逐浪计划

林小染 作品

长江出版传媒

长江文艺出版社

果然杰作　非同凡响

北京长江新世纪文化传媒有限公司
www.cjxinshiji.com
出品

世界是狂暴的海洋，幸运的人带着指南针航行。

目 录
CONTENTS

楔 子

乌云穿着笨重的衣服压在头顶，大风如指甲划过金属般不时撕裂着耳朵，海水像一大盘地震中的凉粉，没有一刻停歇地战栗摇晃着。茫茫大海中，一只橡皮救生筏像树叶一样摇摆漂浮，每一次大浪起伏，筏子里的人们都会发出此起彼伏的惊呼，飙升的飓风正卷着洋流将他们飞快地送往前方。

一场热带风暴马上就要来临。

筏子里一共有九个人，六男三女，他们是来参加南海船宿潜水的。令每个人都不可思议的是，他们明明在游艇喝着软饮唱着歌，一眨眼却莫名其妙出现在这只救生筏里。而这片诡异的海域，导航失效，人迹全无，他们已经漂泊一天一夜了。

突然间，一片陆地跃入视野，瞬间所有人都欢呼了起来。

一个瘦高个的帅气男子喊着号子指挥几个壮汉挥桨控制方向，眼见前方岛屿越来越近，甚至能远眺到岛上茂密的绿色丛林了。在众人催促下，一个俊眉俏眼的姑娘拉下信号弹手环，放出了一个求救信号。

筏子里一个眼镜男生兴奋地冲着帅气男子道："王法哥，原来到这个岛一点儿都不难啊！"

话音刚落，一个突来的涌浪把救生筏推向高处又重重落下，海水像倾倒了水桶般往筏子里直灌，过山车般的失重感觉让女人们都受惊地尖叫起来，男人们不约而同开始骂娘。可这仅仅是开始，一浪未平一浪又起，一个起落接着另一个起落。

王法大喊："抓紧把手！相互抓紧！"

筏子里一个小个子姑娘崩溃了，冲着王法大喊："都怪你个狗娘养的，昨天出发就没事……"

只顾着骂人一下没抓稳的女人像子弹一样被颠簸的筏子发射出去，一个浑浊的浪头扑来，一下吞没了她。在众人的惊呼声中，刚刚发射信号弹的姑娘毫不犹豫地站了起来，朝着小个子姑娘落水的方向飞身入水，眼镜男生眼明手快也没能拦住姑娘的迅速。他急得大喊起来："小鱼你回来！"

王法却没时间顾及那个叫游小鱼的姑娘，他有条不紊地大喊："离开骑马浪！挥桨！一！二！一！二！"

号子声中，筏子挣扎着驶离了那个涌浪，回到相对平稳的航段，这时虽然神秘岛就在前方，但茫茫海面只有一叶孤舟，落水和救人的姑娘们呢？眼镜男生焦急地站起来也想下水救人，被王法厉声喝住："巫马朋你坐下！"

王法看起来并不着急，他丝毫不乱地挥着桨，只是一直在四顾搜寻。

漫长的两分钟后，小鱼拎着耷拉着脑袋的姑娘在二十米开外浮出水面。

那姑娘完全没了力气，是小鱼当踩椅才把她顶上筏子。上来后她的同伴只顾着救人，连个谢字都没给小鱼，只有王法在拉小鱼上筏时用力地握了下她的手，送去了一个鼓励的眼神。小鱼报之一笑，笑容前所未有地温柔和美丽。

相识以来他们一直互撕，从未如此友好。

王法有些感动，虽然此行是为调查游小鱼父女跟海盗有何瓜葛而来，但无论如何小鱼都是个勇敢的姑娘，绝非富贵城堡中扭捏做作的豌豆公主。他甚至第一次怀疑自己的判断，也许小鱼真的什么都不知道？

巫马朋一刻也不要再和游小鱼分开了，他把小鱼的胳膊锁在了自己臂弯，狠狠瞪着还在吐水的落水姑娘。

众人刚想喘息一下未定的惊魂，却发现洋流一刻不停地带着筏子往前走，这时风更强浪更大，按这个速度救生筏根本进不了岛就会漂走。

"四把桨，我们换个位置进岛！逆流稳住！"大风中王法的声音像定海神针，"小鱼，放信号弹！"

"放信号弹！""快放信号弹！"船上七嘴八舌各种声音在狂喊着。

游小鱼一拉拉环，黄色的烟雾腾空而起，但很快被狂风吹散消失。小鱼暗自祈祷，但愿岛上有人，也但愿刚好被人看到。这时的救生筏已经偏离最佳进岛方位，岛上连绵不断的嶙峋峭壁跃进视野，这时众人才看清楚，岛屿后半段基本是光秃秃的岩壁，只在山腰两侧生有两株巨大的木麻黄，即使岛上有人也不会住到这一面来。

一直在观察洋流的壮汉朝王法大喊："他妈的！这个岛外围不是骑马浪就是洗衣机浪，我们不可能突围！"

只剩下最后一个信号弹了，这时狂风已至，不等大家催促，小鱼拉下了手环。可升空的烟雾东倒西歪地四散在空中，闪电伴着雷鸣撕裂天空，花生米大的雨粒开始噼里啪啦砸了下来，砸得他们眼睛都睁不开。

狂风、暴雨、乱流、巨浪，大海撕下了她温柔的伪装，露出了最狰狞的面目。

王法最担心的情况全变成了现实。

天空和海水已经连成混浊的一片，现在划桨的几乎全盲，只能走哪儿算哪儿。突然间，筏子被吸进了一条轨道，不受控制地沿圆弧前进，几条汉子四把小桨完全控制不住，这是最糟糕的旋涡流！船体开始朝一边倾斜，将众人倒豆子一样滚到一边，水、粮、桨和行李全飞了出去，只剩下几个人死压另一边试图让船体恢复平衡，可人力难敌天威，筏子依旧倾斜着，它的轨迹圈越来越小，正被一股巨大的引力吸向旋涡中心，眼见这汪洋大海里的小小方舟马上就要倾覆了。

第 一 章
魔兽世界

阳光、海浪、大长腿，
三亚度假标配?
哦不，
说不定你得到的是海盗、飓风、神秘岛。
不信你试试。

1

  王法调查逐浪潜水俱乐部不是一天两天，盯梢游小鱼也不是一回两回了。

  逐浪俱乐部位于寸土寸金的三亚亚龙湾，创新地把潜店和酒吧组合在一起，卖点除了无敌一线海景，更有一个赫赫有名的蓝洞。蓝洞是一个直径二十米深十米的半露天圆形池，由坚硬的钢化玻璃围成，平时潜店的学员们就在这里学潜水，外围是昼夜欢腾的逐浪吧，嗨皮的人们花上一点钱就可以来体验潜练习潜，更多时候是色眯眯的屌丝战队在围着蓝洞吹口哨。当然，背气罐戴面镜的水肺潜水员没啥稀奇，但不定时的美人鱼表演总能瞬间引爆气氛。

  游小鱼那天的银白色练习服带着闪闪鱼鳞和长长流苏，肌肤一般贴在她曼妙的身体上，这是一个不同于传统审美观的身体。满世界的媒体轰炸不停地在给人们灌输一种性认知——好看的女人得有夸张的胸部和雪白的皮肤，游小鱼不过是个 B+，而且她蜜色皮肤，好吧，其实就是皮肤黑，忘记那些冬瓜芯儿一样白皙的南方妹子吧，眼前这个黑瘦的姑娘可不是什么甜心 Candy 二次元少女。

  可王法觉得游小鱼是为了证明美是多元化存在的。蓝洞中的她四肢纤长肌肤紧致，传说中的马甲线蝴蝶背 A4 腰随着她从容优美的动作轮番展现，那是长期锻炼才能拥有的美妙线条，比基尼里的山峰沟壑忽隐忽现，隔着一个水世界也能让人感受到无限风光。热烈的阳光从蓝洞上方挥洒下来，穿过水立方的晶莹剔透，照在她那条比白云更舒展、比清泉更柔软、比晚风更摇曳的鱼尾上，再将斑驳的耀眼光芒折射到观众心底。

此刻王法的眼神没有在游小鱼身上，他这几天都在观察进出逐浪吧的人群，希望能找到一些有别样标签的人或线索。这次他注意到了屌丝阵营里一个双肩包少年，他一头乱糟糟的卷发，戴着一副可以进博物馆的黑框眼镜，模样跟哈利·波特有几分神似。那家伙脸都快贴到了玻璃上，正目瞪口呆地看着蓝洞里的游小鱼，王法觉得他的哈喇子都快流下来了。

突然，游小鱼轻轻几个海豚踢，游过来贴在了玻璃上，那个位置外面站着的正是哈利·波特。那个瞬间，没有戴面镜的游小鱼在水中睁开了眼，她仰起头轻吐气，向上空打出了一个漂亮的大圆泡。隔着五个身位王法都能感觉到哈利·波特呼吸停顿了。

四周的口哨尖叫沸腾了，嗨歌的鼓点也疯狂起来。

但游小鱼只是眨巴了下眼睛便开始上浮了，直到她的身影消失在蓝洞上方，哈利·波特这时才敢呼出一口长气。

看来不是什么可疑人物，只是个普通小屌丝。

王法正要转开视线，哈利·波特却从人群中挤出来，在挤过身边时王法近距离地看清了这个人。他五官清秀眼圈发黑，精神好像还有点恍惚，撞到别人时连个道歉的表情都没有，好不容易挤了出去，哈利·波特却绕到人群后面往逐浪吧上层走。最顶层是蓝洞的准备区，难道他要去找游小鱼吗？

王法心里一动，跟了上去。

蓝洞如此开阔大气，准备区却因为摆了很多潜水装备显得有些局促，地板和空气都很潮湿。这里很安静，那泓深蓝里只有层层叠叠的水波荡漾，下面的人影和喧哗都已模糊。准备区没有别人，只有小鱼背对着入口在整理东西，她已经换上了白色工字背心牛仔蓝毛边热裤，黑发湿漉漉地披了一肩。王法看到哈利·波特弯下身在蓝洞边假装玩水，眼睛却盯着小鱼在看。

很遗憾，他真的只是一个想来泡妞的屌丝。

就在王法准备撤退时，小鱼突然转头看到了他们，发出一声惊天动地的怒吼："哎！！怎么没换衣服就跑这儿来了？！你们教练没教你们规矩吗？"

小鱼这一嗓子来得太突然了，哈利·波特吓得慌了神，结果一头栽进了蓝洞。来学潜水的人都有起码的游泳基础，一开始岸上的人还以为他在装，结果他在蓝洞里手忙脚乱地扑腾，水涌进口鼻，喉咙本能地关闭，可怜的家伙一句话也没能喊出来，不一会儿便只剩下头发漂在水面沉沉浮浮。

哈利·波特不会游泳。

岸上的男人和女人几乎是同时跃入了蓝洞。两人合力把死鱼一般的哈利·波特捞上了岸，王法给他做了心肺复苏，哈利·波特开始往外吐水了。小鱼急切地拍打他的脸："哎哎，小孩儿！小孩儿！"

这还是王法调查逐浪俱乐部以来第一次近距离接触他们的人。小鱼比水里看起来更黑，但更显得明眸皓齿，刚换上的白色背心此刻又湿了，清晰地印出里面的藕粉色文胸。

感觉到王法在注意她，游小鱼警惕地一抬头，与王法毫不掩饰地在她身上探索的眼神撞个正着。平时也有很多来搭讪的色狼，这个显然明目张胆。小鱼双手护胸，瞪眼喝问："看什么看！你是什么人？知道这里不是谁都能来的吗？"

虽然被抓了现行，王法却不想把这个接近游小鱼的机会搞砸，赶紧送上一句奉承："我是来救人的，放松点！你长得这么好看，一板脸就像计生干部了，多煞风景。"

这是个嘴油的男人，也是个好看的男人，看样子二十七八岁，瘦高个、大长腿、朝天发，黑色背心湿淋淋地贴在他略显单薄的胸肌上，露在外面的肌肤都晒成了铜色，左肩刺个鳄鱼文身，右耳挂着一只耳钉，打扮有点潮。或说或笑，他的脸颊都会凹出一对大酒窝，可同时会让人发现他的嘴稍稍歪向一边，这让他的表情看起来既阳光又带几分邪乎劲儿。

这种游客小鱼平时见得多，脑门都有共同的标签——求艳遇。但这是个颜值高的艳遇客，成功概率一定很高。小鱼皱起了眉："少来这套，轮不着你救人，要学潜水你就去交费，这个地方闲人免入！"

看来对普通女人那套对她不管用，王法悻悻地指着地上那个刚睁开眼的少年："这个哈利·波特，我看他有点恍恍惚惚就跟上来了，没想到还真出事了。"

小鱼忍住了笑。哈利·波特，别说这家伙长得真像。小鱼蹲下去又拍了拍哈利·波特的脸："小孩儿，你醒了吗？"

看着小鱼，哈利·波特眼里燃起了一点儿亮光："你，你给我做人工呼吸了？"

小鱼一愣，和王法一起哈哈大笑起来。

半小时后的凉茶铺。游小鱼盘问了两位不请自到的客人。一听哈利·波特叫巫马朋，歪嘴男人叫王法，小鱼当场笑抽了："哈哈太逗了！原来你就是王法！平时肯定没少欺负人吧？别人问你到底有没有王法，你就可以说：老子就是王法！"

阿弥陀佛。游小鱼一张嘴和她在水中的优美形象反差太大了，美人鱼、计生干部、缺心眼二货，很难想象这几个形象是同一个人。王法不满地说："你就不能叫我大王吗？小王也行啊！"

"干脆叫你王炸吧？反正都是鬼！这都什么名字啊！"小鱼笑疯了，"还有你，巫马朋！马棚！动物世界吗？你爸妈怎么想的！"

巫马朋推了推眼镜架，低着头小声地解释："我爸姓巫，我妈姓马。"

这是个老实孩子，小鱼能感觉到他全身肌肉都是绷紧的，是因为坐在她身旁吗？为了表示友好，小鱼把手搭在了马朋的肩上，想继续开玩笑缓解下他的紧张："小孩儿，你是不是失恋了？一个人来三亚，要么是找死的，要么是找艳遇的。"

说到艳遇时，游小鱼斜眼瞟了一下王法。

看样子她以为王法想泡她，这姑娘还真自作多情。王法有点恼火地笑笑，故意把视线抛物线般落往小鱼的胸部，然后皱眉歪嘴地摇摇头，用肢体语言告诉她：我没兴趣。小鱼见状，比画着大拇指朝下，回敬了一个鄙视。

巫马朋憋了半天才低声喊出来："我刚才不是找死！我明天就满二十四岁了，我不是小孩！"

王法笑了："还说不是小屁孩，哎，领导，你都把人家快搂哭了！"

小鱼条件反射般地抬起了手臂。原来这个巫马朋只比她小三天。

马朋的耳朵根都红透了："我不是小孩！"

王法和小鱼交换了一个让对方别再开玩笑了的眼神。王法收起笑容，尽量真诚地说："那跟我们说说你的事好吗？"

这得从马朋为什么来三亚度假说起。

巫马朋是只电竞狗，也就是职业电子竞技选手，从小就是大人眼中的网瘾少年，不过他打出了名堂，十八岁便签约俱乐部，最耀眼的成绩是他的战队两次获得世界 T14 电竞冠军。当然，冠军的背后是夜以继日的集训，但这半年来巫马朋的状态持续下滑，最近更拖累战队输掉了几次重要比赛，压力让他严重失眠更是出现了幻听，俱乐部终于提出给马朋放大假。这种放假其实是给马朋的职业生涯判了死缓。多残酷，二十四岁，刚尝到成功的滋味就面临着退休转型，可除了打游戏马朋什么都不会。退二线做游戏主播？马朋不想当个靠取悦别人谋生的段子手，为躲父母劝他去读书的轰炸，逃来了三亚。

虽然是同龄人，虽然听到世界冠军这样的头衔，但玩户外的游小鱼显然跟巫马朋不在一个频道："所以说不要干吃青春饭的行当嘛。没事马朋，输了就输了呗，一个游戏比赛有啥关系啊，难道还有奖金吗？"

王法鄙视地说："当然有，世界冠军哦，你以为是在家玩连连看吗？"

小鱼显然还没被说服："好吧，那个什么 F4，能有多少奖金？"

"T14。"马朋举起一个手指头。

"一千？"

马朋摇摇头。

"一万？"

马朋继续摇头。

"一百万？"小鱼提高的声音透着难以置信。

"一千万……美金。当然，是战队一起分。"

游小鱼和王法看巫马朋的眼神立刻变了，哈利·波特由屌丝变成了男神。

巫马朋尴尬地笑了笑："别这么看我，我现在什么都不是，我不知道自己能干什么，我不会做饭不会玩没有朋友……"

小鱼又搂住了马朋的肩："谁说你没朋友？现在你有我，还有这个王法！"

王法被点名有点愕然，但立刻想到这是个接近游小鱼的好机会，于是相当配合地点头："是啊，我们都是你的朋友了，学好不容易学玩还不简单吗？让这位领导教你游泳和潜水！等你学会了我们当 Buddy（潜伴）！"

马朋感动地说："认识你们真好。哥哥你是哪里人？做什么的？"

王法一愣，给了一个逗逼的答案："我家啊，在大城市铁岭十八环向前镇倒下乡二茬子大队，职业是环球经济共荣调研员，潜水是我的第三产业。"

"哈哈哈！哥哥你太幽默了！"巫马朋笑得前俯后仰。

尽管三亚有很多东北人，但王法一口南方普通话，跟东北绝对扯不上半点关系。小鱼翻了个白眼："扯鬼蛋！"

仅仅是几秒钟，马朋刚散开的笑容又黯淡下去了，他不自信起来："我很想跟你们学潜水，可我能学会吗？"

游小鱼给了王法一个白眼，她讨厌王法自作主张替她收了学员，但救人要救到底："没问题！你知道吗？我们俱乐部好几个潜水教练原来都是白领，就因为爱玩才把潜水变成了饭碗，我们可没有青春饭的问题，高兴的话你可以潜到一百岁！"

这些话显然打动了正在抓瞎期的马朋，他心动地沉默了。

王法却饶有兴趣地接话："那你呢？你是什么原因当了潜水教练？"

小鱼被问住了，笑容凝结在脸上。这时她的手机响了，一条信息进来：他有很多秘密。

这是一条查不到发信人资料的网络信息，前几天也是这个时间，小鱼收到了类似的一条：你了解他吗？当时小鱼觉得是垃圾短信，随手就删了，可现在看来明显有所指。

究竟是谁发来的？"他"是谁？"他"有什么秘密？

2

秘密！

匿名短信没说错，游小鱼早就觉得怪怪的，好像她正穿着皇帝的新装，身边每个人都有不能说的秘密，是那种大家心照不宣只有她被蒙在鼓里的秘密。

在逐浪俱乐部，人人都把小鱼当公主，这是尊敬、照顾的意思，但也是疏远、警惕的事实，她被关照的同时也被监管着。俱乐部是父亲游大海为小鱼开的，大家都叫他海哥，小鱼心情特别好的时候也会这么乱叫。作为一个单身父亲唯一的女儿，小鱼却觉得自己像个孤儿，这种孤独的感觉不是贵族学校和华丽玩具可以填补的。小鱼对早亡的母亲没有印象，只记得很早海哥已带她南迁，小鱼的童年和少年都在寄宿学校度过，记忆中的父亲永远都在讲电话忙生意，即使到他有了足以把小鱼变成公主资本的时候。

是不是每个父母都希望女儿是安静的芭比娃娃？反正海哥希望小鱼成为淑女，小鱼却想当个冒险家。海哥希望小鱼出国读财务，她却因为打架被三所贵族学校劝退。小鱼的青春叛逆期比一般人来得更漫长，有个阶段她就喜欢跟海哥对着干。让海哥决定放下生意的转折点，是得知小鱼去参加一次自由潜水比赛，等他赶到时小鱼已经成功挑战了无限制潜水六十米，可就在鲜花和掌声簇拥着小鱼时，海哥冲上去给了小鱼生平第一记大耳光，然后用他铁钳般的大手把小鱼拖回了家。

"不准玩潜水！不准毫无意义地去冒险！一个女孩子应该学点有用的本事，干份安稳工作，好好享受人生！"

"那是你的计划不是我的人生！我不是为完成你的梦想活着的！"

父女俩爆发了一次剧烈的争吵，那天小鱼把她孤单的童年和对父亲的怨恨都发泄了出来，她从来没那样哭过。

结果，看上去是小鱼赢了。海哥把他的地产王国交给了职业经理人，然后带着小鱼来三亚开了这家逐浪潜水俱乐部，他的原话是：一定要潜水就在我眼皮底下潜。让小鱼惊讶的是，海哥的技术是教练长以上级别的，是什么让他把自己隐藏了二十多年，从一个户外达人变成了庸常生意人呢？起初海哥还真陪着小鱼教学，陪她出海，甚至买游艇和水上飞机开辟了南海船潜航线，把小鱼的时间充填得满满当当。海哥不喜欢别人提他当地产商的过去，人越来越黑，精神却越来越好，他比小鱼更快适应了当个蛙人。那段时间小鱼真的觉得前所未有地幸福。

看到小鱼终于安分了，海哥又开始忙碌起来。他经常会莫名其妙地消失几天，和他轮流消失的还有俱乐部的教练们，追问去哪儿了就说去钓鱼。小鱼曾吵着跟他们出去过一次，但真的只是在茫茫大海中当个延绳钓客，不过他们只取少量小鱼食用，多余的都放归大海，从来不捕杀掠食性动物，每次带回陆地的只有一路收集的海洋垃圾，海哥说钓鱼的乐趣不在于猎物多少。太无聊了，小鱼再没跟班这种老头子的爱好。

事实上小鱼已经对这种波澜不惊、装在套子里的生活又感到了厌倦，巫马朋和王法就在这个节骨眼上冒了出来。

小鱼见过形形色色的游客，但这两个人，一个单纯得像水，一个则神秘得像谜。王法这家伙其实水性很好，需要时随时能拿出更高阶的潜水员证，他却说要和马朋结成潜伴，形影不离地蹭吃蹭玩蹭潜，反正马朋愿意埋单。每次小鱼盘问他的来历，他都是满嘴跑火车。要说他的目的是为骗钱？或为撩妹？小鱼觉得都不像。王法是个看不透的男人，当然，萍水相逢的游客而已，不说真话也正常。只是马朋如此信任他俩，把他们当成了新生活的救命草，她不忍心丢下马朋。

巫马朋真的没有一点运动细胞。学游泳那天，无论小鱼在游泳池里召唤了多少回他都不肯下来，还是王法不客气地把马朋一脚踹了下去。小鱼的耐心加王法的铁棒，马朋终于在一周后达到了不间断游泳两百米学水肺潜水的门槛。

学会游泳是马朋克服水下幽闭恐惧的第一步，但这远远不够。第一次装备水肺潜入游泳池，第一次尝试用口呼吸，虽然牢记耳压平衡和面镜排水，没想到干燥的氧气吸得喉咙干涩，他有想咳嗽的强烈欲望，不得不返回水面。跟出水面的小鱼耐心又温柔，一遍遍教他别憋气、要咽口水湿润喉咙，鼓起勇气再次尝试时马朋死拽着小鱼不放，当看到小鱼含笑的眼睛，看到她摆动着脚蹼飞翔，马朋绷紧的弦开始松弛了，他比画出了一个 OK 的手势。

也就是那个瞬间，马朋发现长久以来困扰他的幻听消失了，他从来没有抵达过如此安静的世界，除了自己的呼吸声和水泡声，世界一片静寂。在岸上那么沉重的装备，在水里竟然身轻似燕，他的肾上腺素开始释放，他觉得自己长出了翅膀。

上岸后，马朋第一件事便是来抱小鱼："谢谢你，我会飞了，我会飞了！"

等马朋来抱王法时，王法却赶紧躲开："傻小子，你可是吸上了蓝色鸦片，这辈子别想戒毒啦！"

从那晚起马朋的失眠症不治而愈，梦里总有他和小鱼一起手拉手在海底世界快乐地翱翔。

第一次下海上开放水域潜水课程时，巫马朋紧张得不停往自己身上涂防晒霜。看到这一幕，小鱼还没来得及出声，王法已把马朋拖到喷头下冲着他劈头盖脸地浇水，恶狠狠地骂："不准涂防晒霜！"

可怜的马朋这段时间已经习惯顺从王法的蛮横，只弱弱地问了句："为什么？"

王法冲洗着马朋身上的防晒霜，口气软了下来："这破防晒霜根本不能替你抵挡紫外线，可你知道会杀死多少珊瑚吗？你爱上了潜水，就要学会更爱大海。"

这是小鱼认识王法以来唯一一次他显得正常的时候。

那天阳光很好，给王法光着的膀子镀上了一层铜粉，他不算肌肉男，但穿衣显瘦脱衣有肉，配上一张没有死角的脸，那画面足以让女生们尖叫。小鱼用目光把他身上所有起起伏伏都抚摸了一遍，不能不承认他的身体让她心里放生了一百只爬虫。这个人符合小鱼对男性的所有审美。

但是，有种男人天生完整，他们没有情感饥渴感，不需要别人照顾，也不会成为某人的另一半，他看起来容易亲近，他吸引了很多男哥们儿和女粉丝，可即使他身贴身也永远无法心贴心。小鱼觉得，王法就是这样的人。这让她不时要提醒自己别被颜值迷惑。

马朋显然也注意到了王法的腹肌，好奇地伸手摸了一把："哥哥，我什么时候能有八块腹肌？"

"现在就可以有啊！你站起来……"王法拿起船上一支标记笔，煞有其事地在马朋白胖的肚皮上画出了八个方格。

"哈哈哈哈……"一船的教练游客都笑得东倒西歪，可怜的马朋也没心没肺地跟着乱笑，小鱼冲过去把马朋拉去前舱。路过王法时，她用力踩了他一脚，也狠狠地挖了他一眼，她用目光告诉他：别欺负我的人！

刚回到前舱，小鱼又收到了一条信息

"他"是谁？小鱼把现在身边关系

得最近的是王法和马朋，但认识他们

教和学员的关系，还不至于招惹是

除了海哥，小鱼没有更亲近的

的情妇干的，如果是这样倒好，

从没带过哪个女人回来，虽然

爱海哥。

小鱼沉默地删掉了信息，但愿海哥能处理好他

父亲其实和她一样孤独。

3

王法这段时间一直在等待游大海出现。

逐浪潜水俱乐部不是一家正常经营的潜店，王法可以肯定。

商人的目标是什么？逐利。就算蓝洞潜水和逐浪吧的投资可以收支平衡，那打着南海旅游名义购置的快艇、游艇和水上飞机，以他们那种懒散不力、自用居多的经营方式，每天都是往里头砸钱的，你可以解释成有钱、任性，但王法还是觉得蹊跷。逐浪在远离市中心的地方有一处专用码头，在那里出入的可不只是潜店的船只，王法蹲守过一段时间，夜里有时有渔轮出入，但他们装卸的并不是海鲜，而是打包严实的机器设备和生活补给，而且经常是满船出海空船回来，这绝对不是一个正常潜店所为。

鬼鬼祟祟，他们究竟在干什么呢？

第一个勾连上的，王法想到了一个恶名昭著的海盗团伙——湾鳄。知道海洋里最凶猛的生物是什么吗？是称霸湿地的湾鳄，著名的虎鲸和大白鲨在它面前也只能认小弟。湾鳄的变态在于无论海里陆地，它们会攻击一切东西，而且击中之后无一幸免。一个以湾鳄命名的海盗集团，你可以想象他们的凶残。这

……号"湾鳄"，这些年湾鳄纠集了一群跨国亡命之徒，在南海打劫偷猎珍稀生物，而且他们神出鬼没、海上战斗力很强，每次出警追……就逃往海疆敏感地带，警方也拿他们没辙。

这个逐浪俱乐部，难道是湾鳄的后勤补给部队吗？

王法已经收集了一堆关于游大海的资料，遗憾的是还没见过本人，这段时间他一直没出现在俱乐部。

游小鱼是王法现在唯一能接近的逐浪的人，通过她探得俱乐部的秘密恐怕是最快捷的方式了。不过小鱼口风很紧，聊到俱乐部的一切都很正常，对她父亲游大海却只字不提，可笑的是她还老摆出一副离我远点别想撩我的样子，让王法简直有点气急攻心。说不定她就是头小湾鳄，王法可不想死在她嘴下，就算不是，王法喜欢的类型也不会是这种疯疯癫癫的女汉子。

巫马朋考过 AOW[1]这天是个大日子，标志着他可以在开放水域三十米深度内水肺潜水了，刚够着逐浪俱乐部南海船潜的标准。这段时间王法不断给马朋灌输南海珊瑚有多美，锤头鲨魔鬼鱼有多帅，放流深潜有多妙……马朋已经中了毒，在蓝洞练习中性浮力、在近海捡垃圾刷瓶子（氧气瓶）已经攒够了二十五潜。马朋的肾上腺素彻底被激发了，他要参加逐浪组织的南海船潜，去真正的深海见识风浪！

但小鱼说先陪她见证一个重要日子，她报名参加了一个自由潜水邀请赛。

说是重要比赛，其实场地就是一个简陋的小型船队，由一些帆船和蜂窝状聚氯乙烯拼格在近海围起了一个浮台。前一晚，所有参赛选手都对自己的目标深度向组委会给出了投标，谁也不知道对手投出的是多少米，为了赢得比赛，每个人都会挑战超越自身能力范围的深度。这次小鱼投出的是八十二米，之前她最深只到达过七十米。面对马朋的担心，小鱼报以一个自信的笑容："放心吧，我这个人就是为冒险而生的，一定会成功的！"

一件带头套的湿衣裹着小鱼凹凸有致的身体，在一片口哨声中，她兴奋

---

[1] AOW：进阶开放水域潜水员。

地在浮台上热好身，像海獭一样滑入海里。一切就绪，工作人员开始数数，小鱼开始努力吞咽空气。可就在这时，由远及近传来了马达轰鸣声，一辆摩托艇风驰电掣般驶来，同时一个穿透所有嘈杂的吼声随风送来："游小鱼！不准你下水！"

说话间摩托艇已经飞到浮台附近，一个漂移急刹转停，带来一阵波涛汹涌。一个高大的男人大迈步跨上浮台，大声质问："游小鱼呢？游小鱼在哪里？！"

离他最近的马朋被那人最先揪到，马朋被威风所慑，怯怯地朝海里指了指。身边嗡嗡的议论声告诉马朋和王法，那人就是逐浪俱乐部的老板——游大海。

游小鱼蹙蹙眉戴好面镜，一个筋斗扎没在海里。海哥从浮台飞出半个身子去海里抓小鱼，却晚了两秒抓了个空。他只犹豫了两秒钟便除下衣衫，抢过浮台边一个选手的面镜，深吸了几大口气，跟着小鱼绑在脚踝的保险绳一头扎了下去。

一旁观战的王法很兴奋，海哥本尊终于亮相了。

好胜的小鱼有一个如此威风凛凛的父亲，看样子可以归结为基因——海哥有着中国男人少见的力量美，那是一种属于战士或者说是海盗般的彪悍。

一分钟过去了，两分钟过去了，三分钟过去了。

"三十米……四十米……五十米……八十一米……八十一米……八十一米……"声呐追踪监控的工作人员每隔几秒就宣布一下小鱼的深度。

小鱼和海哥都没有露出水面。

马朋着急了："哥哥，小鱼为什么还没上来？我最多只能闭气两分钟。"

"别担心，她受过专业训练……知道日本的海女能闭气多久吗？"王法眼也不眨地盯着水面，"十五分钟……"

深度停留在八十一米就没有动了。裁判宣布："昏厥！"几个救援潜水员迅速沿绳下潜。

"什么意思？什么意思？"马朋急得快哭了。

王法面色凝重，没有回答。

半分钟后，海哥和几个救生员一起簇拥着小鱼的身体冲出水面。小鱼脸色发青，茫然地张着嘴，面镜后面的双眼直勾勾地看着太阳。

她没有了呼吸。

"小鱼！小鱼！"海哥使劲拍着她的脸，从后侧扶住她的头，将她的下巴托出水面，"小鱼，呼吸！快呼吸！"

小鱼像一条死鱼，一动不动。

海哥的眼睛红到快滴血了，抱着小鱼的胳膊在发抖。

令人崩溃的几秒钟之后，小鱼咳嗽起来，面部痉挛，全身颤抖。她大口大口地喘着气，神志逐渐恢复。清醒后第一反应她做了个 OK 的手势，接着开始寻找："我带上来的白牌呢？我做到了，是吗？"

围着她的救生员遗憾地摇摇头。小鱼是触到八十二米深度标之前昏厥的。

小鱼刚回转过来的神采消失了，恨恨地瞪向海哥："都是你突然出现干扰了我！本来我可以做到的！"

海哥铁青着脸把她送到岸边接应的王法和马朋手里，自己也跟着爬上岸，小鱼在王法手里挣扎着："放开我，我要再试一次！"

海哥忍无可忍，"啪"地甩了小鱼一耳光。

旁观的人们发出"哇"的一声惊呼。王法撇撇嘴："你们确定游小鱼是游大海的亲女儿？不是拿积分换的？"马朋想笑又不敢笑，强忍着。

小鱼捂着脸，眼冒金星地看着海哥："这是第二次了！你记住！"

海哥痛心地看着小鱼："为什么你不守信用？你答应过我的，以后不再玩这么危险的游戏！"

"这不是游戏！这是我的梦想！"小鱼带着哭腔大吼了起来。

海哥的声音不比小鱼低："你的梦想就是拿生命去赌一个毫无意义的数字吗？别忘了当初你是因为喜欢大海才爱上潜水的！"

"那你告诉我什么才是有意义的事！是你那些赚不完的臭钱？是听你的话规规矩矩当个会计？还是跟着你去钓鱼？！在这里，就算我今天死在这里，起码我也知道是为什么而死！"

明显海哥不是伶牙俐齿的女儿的对手。他开始压低声音甚至有些恳求地说："小鱼，爸爸是为你好，你还年轻，玩这种危险的项目迟早会出意外的……"

小鱼不吐不快地大吼着："那有什么不好！我为我的荣誉而死，好过你不知道为什么而活！"

"爸爸在你眼里就真的是行尸走肉吗？"海哥受伤了。

"是的！你就是个没有理想不懂生活眼里只有生意的大僵尸！"小鱼的心已经软了，可嘴还是硬的。

海哥被打败了，他蹒跚着转身而去，跳上了他来时的摩托艇，直到摩托艇驶离浮台飞速而去，海哥再没看过小鱼一眼。

看着消失在海平线的摩托艇，王法若有所思地问马朋："你是因为什么才去潜水的？"

马朋看一眼坐在浮台正失神发呆的小鱼，没有回答。

王法把走神的马朋拽过来面向自己，少有认真地说："永远不要因为取悦别人去潜水，即使你再爱那个人。那会让你置身死亡陷阱。记住。"

马朋心头一震。他对小鱼的感觉说不清是不是爱，但她的确是自己如此努力学潜水的原动力，一想到放弃潜水就再也看不到小鱼，他就感到非常害怕。

"好了傻小子，走，哥带你看大长腿去。"

马朋钉在原地不动，目光还看着小鱼："她怎么办？"

"晾着她让她想想吧，我看她就是公主癌，家里钱多了烧的……臭钱，靠，我不嫌臭，全捐给我吧……"

虽然王法眼角的余光还牵绊着小鱼，却絮絮叨叨地拉着马朋跳上了一艘帆船。对待任性发作期的女人，最好的办法是别理她。

和父亲闹翻之后小鱼不肯回家，马朋心心念念要参加逐浪俱乐部组织的南海船潜，小鱼无论如何不肯陪同，她说这次海哥不道歉她绝不回家。就在王法放弃跟小鱼再耗时间，打算另想办法去逐浪卧底时，马朋却兴奋地带来一个好消息，他在路边被人推销其他潜店组织的南海船宿潜水，已经替他们三个都报名参加了。

小鱼看都没看马朋带回的行程介绍："随便吧，反正我这几天也不想回家。"

这次海哥是真生气了，昨晚小鱼没回家都没找她。

王法皱眉看了一阵行程单便把它扔在了一边，这种船宿潜水在他看来实在小儿科，他还没拿定主意是跟着小鱼还是盯着海哥。

思来想去，只要跟着小鱼就能钓到海哥这条大鱼。

守鱼待渔。

4

魔兽世界号。

一看到这个名字巫马朋就兴奋得连他逢船必晕的毛病也忘了，他认定这个熟悉的名字会给他带来好运。这艘双体船在船宿潜水船只里算得上中大型、奢华型了，航速最高能到四十节，而且船体稳定不易颠簸，后舱有大型潜水装备区，上下四层共有十个带冷气和独立卫生间的海景客房，随船WIFI，全程管家，一对二潜导服务。看到观景平台那个超大的按摩浴缸，马朋高兴得进去躺了一会儿，立刻决定报名参加。听说他们自带潜导而且是著名的游小鱼教练，对方立刻承诺给小鱼免除费用。

马朋兴奋地把小鱼安置到全船最好的房间，对此小鱼只淡淡地说了句："这比我们逐浪号小多了，差远了。"

紧随其后的王法发出了一声冷哼。

魔兽世界号是中午一点起航的，一个给大家适应晕船的小憩之后，四点半途经一个著名的珊瑚礁潜点安排了第一潜。阳光正好，风平浪静，能见度很高。这是马朋第一次出远洋，看着澎湃的波涛想东想西，他完全没有陌生感，好像是造访阔别很久的故乡。

穿好沉重的装备，马朋跟着小鱼和王法跨步式入水。

海水让面镜有近三分之一的放大效果，马朋不算高度的近视刚好变正常，整个世界如此清晰明亮，如银幕一般徐徐展开。这里跟混沌的近海是两码事，亲身体验才知道，原来珊瑚是斑斓的，鱼儿是七彩的。他在海里追着鱼儿飞，有时明明伸手可握，捉住的却是一团长着羽毛的海藻，海底世界就是他的魔法王国，忘了时间和自己的存在，没有空气和引力的阻挠。第一次，马朋在海水里完全忘记了小鱼。不过很快王法和小鱼便抓住了他，王法用手势告诉他要动作放慢，小鱼则用写字板告诉他不要触碰任何东西。马朋干脆两手交扣，缓缓蛙踢，只用眼睛来享受美好。

这是一个斜坡型大陆架海床。潜水电脑表提示他们已经潜到了三十米，同船潜友都在更深的前方探索，王法和小鱼却体贴地陪同马朋在三十米处观光。马朋这个新手太费气，没多久就只剩下五十巴。他们拉着恋恋不舍的马朋开始返回上浮，在五米处做三分钟安全停留时，小鱼用线轮放了一个象拔。马朋中性控制还不够稳定，怕他冲上去，小鱼、王法和马朋手牵手围成三角，悬停在梦境一般的画面里。在这片只听得到呼吸咝咝声和水泡咕咕声的静寂世界里，马朋却听到了潜伴的心跳，他看看王法又看看小鱼，在他们含笑的眼里是满满的善意。马朋突然间流泪了，感觉第一次被这个世界温柔以待。

前几天王法的问题马朋突然找到了答案，他是因为爱上大海才来潜水的，从此以后，大海就是他灵魂的归宿。

晚餐同时也是欢迎宴上，船长安排这次同船的九位潜友正式结识：除了王法同行的三人，一对小情侣坚强和丽丽，两位健壮汉子初六和阿牛，白白净净永远笑眯眯的碧荷姐和她帅帅的儿子自健。几位潜导和船员都是晒得黝黑干瘦的男士，话虽不多但很友善，只是能拿到南海航线牌照的游艇不多，小鱼常跑这条航线也没见过他们，不免感叹干潜水这行的人越来越多了。

潜友骨子里都有爱交朋友的基因，几个小时就能混得像生死之交，大家很快熟络起来。虽然因为潜水不能喝酒，但随着船吧的音乐大家载歌载舞，玩得十分高兴。船长催了几次，希望大家早点休息，美美睡上一晚就会到达西沙群岛，迎着晨光进行第一潜，如此美妙的理由才让大家意犹未尽地回了各自房间。船员还贴心地送来了睡前牛奶，服务十分周到。

马朋太累了，眼镜都没摘就发出了鼾声，王法却因为心事重重不想睡，上到了顶层观景台。星空下有人比他更早到，她的头发和衣裙在海风中飘舞，身体却像凝固的雕塑——那个修长的身影正倚靠在长椅上发呆。是小鱼，认识以来从没见过她如此安静。她在想什么呢？挂念那个水火不容的父亲吗？这父女俩是真不合还是假分裂？小鱼对她父亲背后做的事情究竟了解多少？

王法清了清嗓子示意他的存在。小鱼一见他起身就走，王法一把拉住她："聊聊。"

"我现在没心情跟你斗嘴。"

"不斗，好好聊。"

两人隔着一米远坐下，气氛却尴尬地沉默了。

"其实……""我不喜欢你……"

王法气笑了："我也不喜欢你。"

小鱼依然警惕地看着他。

王法无奈地说："你别把我当成色情狂行不行？虽然我深受广大中青年妇女同志的喜爱，人称女老板杀手……"

"你的脸皮是屁股移植的吗？咋这么厚！"小鱼再次站了起来。

"游小鱼！"王法急了，"我错了我错了，可我真的想了解你！"

这句话倒是让小鱼重重地坐了回来："了解我什么？我这种公主癌对你那个环球经济共荣调研计划有意义吗？你想了解别人，起码你得有个真诚的态度吧？就你这种没一句真话的人，也不配别人跟你说真话！"

"别生气小鱼……"王法压着脾气尽量让自己的声音显得温柔些，"我迫切地想了解你，但我对你真的没有坏想法……"

小鱼摸着手臂做了个肉麻起鸡皮疙瘩的表情："别当我是傻子，谁不知道这话等于'我想和你啪啪啪但不想负责任'一个意思吗？"

王法愣住了，小鱼的神逻辑竟然让他无言以对。

小鱼冷笑："你留着花言巧语的套路去撩妹，跟我还是继续毒舌吧，我不习惯！"

王法也有些恼了："知道你跟恐怖分子的差别是什么吗？"

小鱼眨巴着眼睛不想接茬。

"恐怖分子还可以谈判，你根本没得商量。"

"呸！你才是恐怖分子！你全家都是恐怖分子！"其实小鱼差点笑喷了，为了掩饰只得彪悍地甩下一句狠话，径自噔噔噔下了扶梯。她重重关上房门，这才爆出了一阵压抑的大笑。

王法尴尬地摇头，从小到大他在女人堆里都所向披靡，可这个游小鱼完全不吃他那套。如此浩瀚的星辰大海，搂着一个美女呢喃情话才应景，可惜遇上了一个不解风情的对手。

王法打了个哈欠，觉得睡意沉沉袭来。

阳光、海浪、摇摆，小鱼感觉自己沉醉在一个美梦里怎么也醒不来。又有人在着急地拍打她的脸了："小鱼！小鱼！"

真讨厌，为什么又梦见潜水失败呢？小鱼转过头，还想再回到上一个美梦里。"游小鱼！快醒来！出事了！"

小鱼一个激灵弹了起来。

阳光、海浪、摇摆。老天爷，这不是梦。

游小鱼发现她在一只八角形橡皮充气救生筏上，准确地说，昨晚同船的潜友，她、王法、马朋、坚强和丽丽、初六和阿牛、碧荷姐和自健，一共九个人，东倒西歪、人叠人地在同一只救生筏里，在茫茫大海里随着海浪起伏摇摆，此时太阳刚露一小脸，半边天空都笼罩在一大片晕染的酡红中。

这时每个人都被最早醒来的马朋摇醒了，惊恐地左右四顾着。老天，发生了什么事？！

5

你能想象吗？上一个场景你还在游艇上喝着软饮唱着歌，搂着爱人赖着窝，转眼发现自己无依无靠在茫茫大海中漂流！

九个人，衣着单薄光着脚，四根船桨乱扔在大家身上。

碧荷姐抓着自健的胳膊不停在说阿弥陀佛，自健面无表情却在低声安慰妈妈，壮汉初六一直在问候没有具体对象的老母，阿牛则是眉头紧锁，坚强像惊弓之鸟一样东张西望，丽丽更是当场崩溃了，她大声呼救起来，可惜直喊到声嘶力竭，地平线上还是只有大海茫茫。

众人当中只有王法最先冷静下来，他冷冷地对坚强说："让你老婆住嘴吧，如果她不想死得更快的话。"

马朋最早醒来，也是最早晕船的，虽然这时风浪很小，但橡皮筏的颠簸程度是游艇的 N 次方，他脆弱的胃早顶不住了，这会儿晕头转向地趴在筏子边上，正要朝海里呕吐，可是被王法一把拎了起来："别往海里吐！会招来鲨鱼！"

王法指着不远处忽隐忽现的尖鳍。

"真的是鲨鱼！"丽丽大哭了起来，但很快被坚强捂住嘴压下了哭声。

马朋虚弱地问王法："我们那条船是被海盗打劫了吗？"

这句话也是在场每个人要问的。

"睡前牛奶有问题！该死的，从一开始就掉坑里了，船上那些都不是好人，他们是有预谋的！"小鱼恍然大悟地捶了自己一下，从那艘没有听说过的魔兽世界起其实就处处可疑，只是她沉浸在自己的坏情绪里视而不见，也到底是没遇过事，她向来只觉得朗朗乾坤即使有坏人让她遇上的可能性也很小，墨菲定律却不幸应验了。

"不对，我的手机、钱包、相机这些贵重行李都在。"自健翻看着自己的物品。

"我的东西也都在，太奇怪了，为什么海盗什么都没抢呢？"马朋虚弱地检查着自己的财物。

众人身后都靠着自己的随身行李，清点一下每个人的贵重物品全都在，来之前他们都和马朋一样，把大件行李寄存在三亚的酒店，一身轻松地来船宿潜水。

自健一阵翻找终于摸出了一块随身小钢镜，条件反射般地对镜整理了下发型。

阿牛也从裤兜里摸到了他的威士忌随身瓶，那是一个雕龙画凤精美无比的不锈钢手掌瓶。阿牛摇了摇，显然里头是空的，人却立刻回了魂："只要它在就行，这是我师父送的，不能丢。谢谢菩萨。"

"谢什么菩萨，谢海盗没拿走你的破铜烂铁吧！"丽丽没好气地顶了阿牛一句。

而救生筏自带的救生包并不常规，有三个求救用的烟雾信号弹、九瓶矿泉水，还有一个奇怪的老式航海罗盘。王法检查了下瓶装水，见封口完好，这才放心地分给大家。

小鱼困惑地问："九瓶水明显是算好人头的，信号弹和罗盘是留给我们求救吗？奇怪，如果遇上了海盗，为什么又给我们一条生路？"

"这些人不是一般的海盗。劫财？我们这点财物不值他们出这趟海的成本。

劫色？那就更……"王法斜眼看着小鱼，虽然话没说出口，却是一脸小鱼不够劫色标准的表情。

这家伙，这时候还改不了犯贱。不过现在小鱼没心情骂他。

"我们不是被绑架了吧？听说海盗最喜欢干这个……"坚强左顾右盼，生怕什么地方会冒出个凶手的表情。

初六没好气地说："绑个屁啊，真要绑架，你还有胳膊有腿吗？我看咱们是被卖猪仔了，从大游艇被卖到了小筏子，你们不是要来南海玩吗？给你玩个够！哈哈！"

碧荷姐突然问小鱼："你最熟悉这里的航线，难道不知道我们现在的位置吗？"

小鱼茫然地摇摇头："如果船潜航线没有偏，从时间上算我们应该到百花岛附近了，平时这个时间我们逐浪号会在百花岛休整一天。"

"有驻军和住民的百花岛吗？那不就可以获救了，太好了！"碧荷姐非常高兴。

"百花岛在北纬16° 52′，东经112° 20′……这里肯定不是百花岛附近。" 王法给出了一个结论，他一直在研究罗盘，他的潜水电脑表和外挂指北针也还在，只是全都不能正常运转。再留意大家腕上，自健手上还有一块潜水表，他也正一脸困惑地敲打着，看样子也有问题。手机本来在海上就没信号，此刻更是全部黑屏。

见大家垂头丧气，王法给出了另一个结论："放心，那些人不想我们死，附近肯定能找到陆地，不然他们不会留下这些信号弹。"

"那我们就放信号弹吧，说不定马上就有人来接我们了。"自健提议，好几个人都附和地点头。

王法摇摇头："等等，现在还看不到陆地的踪迹，先看洋流能把我们带去哪儿，不要浪费信号弹。"

大家刚刚高兴起来，仔细看了看罗盘的小鱼大惊小怪地说："天哪！罗盘是坏的！"

罗盘在众人手中传看。只见罗盘里的指针像抽风一样打着转转，就是不能稳定下来，而王法和自健的潜水电脑表显示的是乱码，指北针也上了发条般转动，手机全部黑屏，怎么会这么巧全坏了呢？刚燃起的希望一下子落回谷底。

王法观察着洋流方向，喃喃道："罗盘不是坏了，是这附近磁场很怪。"

"怎么个怪法？"碧荷姐惊讶地问。

王法若有所思："知道百慕大三角区吗？船只和飞机经过那个区域时经常会仪器失灵失去方向，据说那里有能干扰信号破坏声呐的磁场……"

"那我们会死吗？"好不容易止住哭泣的丽丽又绝望了。

"好像我说的是百慕大三角区吧？"王法的话老让大家一惊一乍，一转头看到马朋他倒参毛了，"哎马朋！你这么快就把水喝完了吗？"

晕船的马朋已经让他刚分到的矿泉水变成了空瓶，而大家的水几乎都没动或只喝了一丁点，马朋还不知死活地说："没事，实在渴了我就喝点海水。"

王法气极而笑："只要你喝得下去你就喝吧，你喝下去多少，就要消耗双倍的水分才能排出来，很快你就会尝到脱水而死是什么滋味。"

小鱼自责地说："都怪我没看住你，我的水分你一半吧。"

"不要不要，我会想办法……"

"你能想什么办法……"

"别吵，前面有个小岛！"王法突然喊了起来。

视野里果真出现了一个黑点。先前没有参照物觉得救生筏原地没动，眼见着黑点由远而近变大才知道洋流果然正将他们送往未知地方。不过令人失望的是这个小岛其实是礁石群，最大的山石面积大概是两个篮球场大小，只在顶部生长着一些植物，他们不可能在这里找到人烟获救。

为要不要停留大家发生了分歧，大部分人认为应该放出信号弹等待救援，王法却坚持烈日之下不宜久晒，要先去找些水和食物，决定权便交到了小鱼手里，毕竟她是最熟悉此地航线的潜导。

王法凑到小鱼耳边低语："我们得先搞清楚这几个人的来头，很难说昨晚那些海盗到底是冲谁来的。"

他身上散发着柠檬和海洋混合的清新味道，恰好是小鱼喜欢的类型，一想到这儿小鱼就自责地躲了躲，她惊讶自己在生死关头居然还有闲工夫留意别人用什么沐浴露。

这个人很讨厌，但关键时刻他确实和小鱼想的一样。

虽然洋流把救生筏带向了礁石群岛，但想自动停靠是不可能的，幸好有初六和阿牛两位大力士跳下海又推又拉，这才把救生筏靠近固定。马朋一上岸就吐了个天翻地覆，如果不赶快找到饮用水，在烈日暴晒下他很可能会第一个脱水。

最大的山包主要是石灰岩堆，散发着一股子鸟粪的臭味，这里已经被大海侵蚀得很脆弱。王法观察了下地形，让大家转移到一处背阴凹陷处躲避火辣辣的阳光，他自己则开始向上攀爬，不过石堆一抓即碎很难借力，他上升得很艰难。

丽丽一直吵着要离开，坚强被她吵得犯了头痛，丽丽便对着他脑袋一通敲打，美其名曰按摩去头风，那种敲冬瓜般的啪啪拍打让马朋看得目瞪口呆。

初六观察完地形就嚷开了："这里连根毛都没有，你还找个球啊！赶紧发信号弹吧！"

王法充耳不闻地继续攀爬危险的山石，不时这里摸摸那里挖挖，突然，他在高处发现了一处从岩石缝渗出的湿地，他用手摸了摸放到嘴里一舔，惊喜地喊道："这里有淡水！"

这个位置较高，海浪不易拍到，所以是淡水，但他们没有任何工具可以挖掘，从石缝渗出来的淡水其实也无法收集。不过这个难不倒王法，他下到岸边的犄角旮旯里寻找着。海水会送来源源不断的垃圾，一个人的垃圾会变成另一个人的宝贝。

瞧，王法捡到了几个空胶瓶，还捡到一截绳索。他重新爬到湿地，把绳索一端塞到岩石缝里，另一端塞进空胶瓶，很快绳索就被渗水浸湿颜色变深，并且不断向下延伸，要不了多久就会有水渗到瓶子里，这个收集淡水的办法虽然慢却行之有效。回到营地，王法第一件事便是把自己的水给了马朋。马朋不愿意抢别人的水，王法却满不在乎得像个大款："喝吧，现在哥有把握渴不死了。"

水的问题解决了，然后就得解决食物，昨晚到现在大家还胃里空空，趁着还有力气的时候得抓紧。王法潜下海摸了一阵但两手空空，水性最好的小鱼接力，可惜没有面镜视线模糊，她只摸上来一只小牡蛎，就这点还不够一个人塞牙缝。王法让男人们搬一些石块在浅水区围了一个窄口宽肚的小池，把那只牡蛎敲碎放在池子里，希望能吸引一些鱼儿困进陷阱。这仍然是个需要等待的笨方法，不过眼下似乎也别无他计。

王法不打算吃生鱼片，不过九个人居然没有一个有打火机。怎么办？

王法找出了一个透明小塑料袋，对着小鱼说："女士们请把脸转过去。"

小鱼警惕地问："你要干吗？"

王法坏笑："这是个尿袋。"

小鱼吓得立刻整个人转了个向："你要当众那个吗？臭不要脸！"

王法找来了一些干枯的树枝和茅草，然后将装满黄色尿液的塑料袋拧成一个圆球状，用来隔在干草和阳光之间，尿袋此刻成了一个放大镜，阳光透过尿袋产生光折射，没一会儿便引燃了茅草。王法看到干草冒烟那一刻，情不自禁打了个响指，众人也欢呼起来。

垃圾宝贝里还捡到了一个能烧水的旧铝锅，王法将一个大可乐瓶剪开倒扣在装满海水的铝锅上，一端开孔对上空胶瓶，以便收集烧好的蒸馏水，这样又有了另一个淡水来源，至少能保证大家暂时不会渴死。只要把火种留好，他们也将不用茹毛饮血，这让流落汪洋的悲惨遭遇有了一丝安慰。

不知不觉中王法领导了这支队伍，现在大家都能看出他海上自救经验丰富，只要他一声令下，马上有人主动执行。

小鱼的视线一直困惑地跟随着王法。进入领导岗位的王法真帅，这个人真正的魅力其实被他花哨的外表和犯贱的嘴巴掩盖了。

忙完这一切王法终于疲惫地坐到了小鱼身边，小鱼终于有机会问："你到底是做什么的？"

那个痞痞的笑容又浮现在王法脸上："怎么样，觉得我是个很 man 的男人吧？"

小鱼哭笑不得："对，你是个很慢的男人。"

王法不怀好意地凑了过来："你怎么知道？要不试一下？我不挑活走量，只收费两块。"

"呸！"小鱼气笑了，"照照镜子吧，你出来卖条件还差点！"

"这是什么话，我这种酱板鸭性价比还是很高的……"

小鱼恼火地伸手想打王法，不过被马朋拉住了："别生气小鱼，他开玩笑是想让你忘记害怕……"

小鱼还是没好气地丢给王法一个白眼。

6

现在有一件比求生更重要的事情，王法要摸清身边这些人的来历，他要知道放逐他们的人究竟为何而来。不过刚提议大家详细介绍下个人情况和怎么到魔兽世界号的，却得到除马朋之外大家一致的意见——王法应该先如实介绍自己。在这群倒霉蛋里，他实在引人注目。

王法看着小鱼，这次没有一点儿笑意："听着，我以我妈妈的名义起誓，我现在说的每一句话都是真的。请大家放心，我是本地人，是渔民的孩子，所以被扔在这里也没什么可怕的，只要大家齐心，我保证你们能平安回到陆地去……"

自健盯着王法的耳钉看："可你一点儿都不像个渔民。"

王法目光坦然："是的，我早就出去读书了，在美国待过几年，现在的职业是……流浪、探险、拍照，主要职业是兽医。没什么奇怪，玩户外的老外很多都这么生活。我没钱，但养活自己还是没问题的，至于我们三个怎么上了魔兽世界号，就由马朋说吧。"

巫马朋结结巴巴把他怎么在路边被人推销参团的经过讲了一遍，这个过程小鱼一直在观察王法，王法则笑眯眯地迎接她的检阅。至少有一点儿他没说错，玩户外的老外不少都过着这种浪迹天涯的生活，这点小鱼有体会，她曾经交往过一个英国探险家，虽然她也爱冒险，但爱高山和爱大海的人注定要擦肩而过。想起那段努力忘记的缘分，小鱼仍然隐隐心痛。

接过马朋话头的是坚强，他没精打采地扶着脑袋："我俩是从深圳来旅游的，我二十六岁，是个厨子，一会儿要是抓到鱼，我给你们烤鱼吃！丽丽是我马子，咳，女朋友，她是个护士。哎，我们就是来旅个游的，没想到见鬼了。"

"你是猪吗？意思说大家都是鬼吗？"丽丽又发飙了。

坚强留着一小撮山羊胡，中等个子，胳膊肌肉鼓胀，看起来臂力惊人，可能跟他当厨子长期颠锅有关。他显然是个妻管严，无论说什么都会被丽丽骂。丽丽是个除了胸部发达，其他地方都是缩小版，特别是脑子有障碍的小个子姑娘，没事时像条鼻涕虫一样粘在坚强身上，可不高兴了说翻脸就翻脸，出事以来就数她情绪起伏大。

王法淡淡地问："你俩怎么会潜水的呢？"

坚强愣了下，正欲开口，丽丽抢过来："他就在深圳一家潜水俱乐部当厨子，我们都是免费学的，员工福利你不懂吗？"

坚强补充道："深圳没船宿潜水，她脑残想来看鲨鱼。"

"那还不是你这个猪头带我上了条贼船！你是又欠揍了吧！"丽丽又开始捶打坚强的脑袋，坚强连连告饶。有他俩在的地方省得不热闹了。

小鱼皱着眉，和王法交换了一个厌烦的眼神。

轮到初六和阿牛了。

"我，李卫国，二十九岁，我妈初六生的我，就给我取了个白痴小名初六，在海军待过。阿牛大名叫王铁牛，是我哥们儿，也是我老板。"初六指着阿牛。

阿牛正用 T 恤擦拭他的宝贝酒瓶，惜字如金地说："不是老板，是发小。我们开洗车行。"

这对发小还真是同一类型，都是身高一百八十厘米、体重一百八十斤的壮汉，胳膊、前胸、后背，只要露在外面的皮肤都文满了文身，众人当中就数他俩神力，今天的力气活儿都是他们干的。这两人要是往一扇大门边一站，毫无违和感的俩黑社会打手。

王法对他们也有疑问："你们怎么会两个大男人出来玩潜水？"

初六正欲开口："呃……"

阿牛抢着回答："赚了钱烧包。让初六带我玩潜水，结果被人玩。"

这四个人和马朋一样都是被路边推销的小妹给领到魔兽世界号的。

小鱼和王法又对视了一眼，这次两人眼里都有些困惑。

自从上了岸，碧荷姐笑眯眯的面容就找回来了，此刻她真诚地看着王法："小王，真的要感谢你，现在就指望你带我们回家了。我是个教历史的中学老师，我跟你们不一样，我儿子会水肺，我不会。自健马上要出国读书了，我想陪他旅游一次，为了找一个可以带家属出海的船潜，我们一家家找来的，钱可没少交……"

"我们就是来找死的。"自健酷酷地补充着，"我叫吴自健，十八岁，经济管理专业，刚中了潜水的毒，可惜拖累了我妈。"

自健是个小帅哥，自从找到他的随身镜后不时便要对镜整理下发型，脸上总是挂着一副对什么都无所谓的表情。虽然自健比小鱼、马朋还小，说话举动却透着冷静和老道。

轮到小鱼了。对海哥是逐浪俱乐部老板一事，大家显得很感兴趣，碧荷姐甚至提出了一个设想，会不会是竞争对手的打击报复呢？小鱼立刻予以了否定，逐浪跟同行没有深仇大恨，即使有，人家也犯不着花这么大力气给她设局。

如果大家说的都是真话，那除了小鱼家，其他人都家境一般，最多是中产。如果海盗为钱而来，王法相信在陆地上他们一样有机会绑架小鱼，就海哥对小鱼那个在乎劲，估计会愿意给赎金的。那钱财就不是目的，至少不是唯一目的。

不为钱，那又为什么呢？

难道是两拨海盗势力之间的火并？

王法想得出了神，小鱼拉着已经恢复元气的马朋也走了过来。在这个队伍里，目前至少小鱼愿意相信更为熟悉的他们。

马朋看上去呆萌，骨子里却是爱刺激的，大家都关注他的身体和情绪，他却一点儿没为流落荒岛担心："我不晕了，而且很兴奋，我们这是在玩一个超酷的游戏。"

王法哭笑不得："大哥，咱们这是在玩命。"

马朋笑得更开心了："不怕，猫有九条命，我们三个在一起就有二十七条命。"

"好了，别胡扯了。"小鱼低声问，"你们觉得那些人里头谁会是海盗的目标？"

那边的几个人正在吵架。

厨房果然是坚强的主场，王法帮他砸碎了一块石英石，坚强用其中最锋利的一块当了菜刀，正麻利地收拾刚才收获的一条板机鱼，刚才坚强还在山顶刨出了十几个野山芋，大呼发财。鱼被叉起来架在火上翻烤，山芋则裹上湿泥放在火堆里煨，香气四溢。食物显然让大家的精神都好了起来，不过初六认为男人出力大，应该多分些食物，丽丽却说女人最辛苦，得多照顾，为了分食物两个人几乎要大打出手了。马朋不禁感叹：一口食物还真是人性的考验。

王法倒是看着小鱼接过了之前的话题："我觉得海盗的目标是你，有可能是为了给你设局，我们都被当了炮灰。"

小鱼怒斥："胡说八道！"

马朋惊讶地问："难道他们利用我来接近小鱼？为什么？"

"海哥做的所有事你都知道吗？你就没有发现一点点他的不对劲？"王法提示。

这话戳中了小鱼的心病。她犹豫了一阵，把这些日子有人不断给她发匿名信息的事说出来了。最近的几条内容也差不多，都是"他是个人面兽心的东西，你赶紧离开吧"之类，只是用词越来越激烈。

王法却听乐了："这肯定是哪个女人被你爸抛弃了，简直就是怨妇嘛。"

马朋却摇摇头："不对，再怨也怨不到人家女儿头上。"

"女人的事呢，我比你懂，难道就不可能是干女儿什么的……吃小鱼的醋吗？"王法说干女儿时向马朋挤了下眼睛。

"呸！我爸没你这么龌龊！"小鱼气得站了起来。

"小鱼！冷静一点儿！这是在讨论生死攸关的事情……"马朋把小鱼拽了回来，又恳求王法，"哥哥，你能不跟小鱼开玩笑吗？你们两个对我都很重要，别再吵架了好吗？现在还不齐心的话，就真的要在这个地方当野人了。"

小鱼重新蹲了下来，头还是倔强地扭向一边。

王法终于正襟危坐："我真觉得是海哥的女人发的，当然，这只是一种可能。发信息的人肯定跟设局把我们弄来的人不是同一起，如果那个人有那么大的能量，就没必要干匿名信息这么小儿科的事。"

这时坚强拿着刚做好的中餐送了过来，三人比六人，鱼和山芋居然是对半分的，原来最后是碧荷姐说服了大家，要尊重能带领大家走出困局的领导团队。坚强的厨艺真是不错，什么调料都没有也做得鲜美无比。对小鱼由衷的夸奖坚强并不在意，倒是显得有些着急："我们商量了下得尽快出发去放信号弹。"

小鱼沉默地看向王法，王法看了下手表又观察海水："现在想走也不能走，洋流方向改变了，跟送来的方向是相反的，会离他们希望我们去的地方越来越远……"

"那我们到底啥时候能回家？"

"回家？等我怀孕的时候吧……"正经不了两分钟，王法又开始逗乐子了。

坚强一脑门汗："你怎么还有心情开玩笑，总不能窝在这里占山头吧？"

"急啥，就算老天爷要让你当山大王，好歹你还有个压寨夫人……"王法嘴上跟坚强说话，眼神却坏笑地看着小鱼。小鱼知道他又想调戏自己，干脆装作没听到。

陷阱里又蹿进来一条肥硕的鲳鱼，王法兴奋地扑过去捉住，然后给了鱼一记响亮的亲亲："太幸运了，咱们应该感谢这个小岛，给它取个名字吧？叫魔兽世界？"

只有马朋一个人高兴地鼓掌响应，其余人都一脸莫名其妙。

是真情还是假装，荒岛求生还如此快活，真是见鬼。

7

又是一个繁星如织的夜。

在涨潮之前营地已挪到了山腰一处较平缓的空地，仅够大家盘腿坐着打盹，但总比漂在筏子里被大海吞没强。下午海水送来一段大鱼头骨，王法用树枝、鱼骨和藤条绑成了一个简易鱼叉，带着男人们观鱼跳水，又叉到了几条鱼，他的徒弟们上手很快，王法说今天运气好到爆棚。现在储备的水和食物能再撑一两天了。

这注定是个不眠夜。

因为需要远眺洋流方向，王法把马朋和小鱼带到了山顶。像是要弥补前晚错过的星空大海，这晚的夜色格外迷人，星星明亮得几乎伸手可摘，海水泛着粼粼波光，温柔地拍打着海岸。海风撩动着小鱼的长发，在她耳边吟诵着一首关于天与地的情歌，小鱼几乎要忘记被放逐这事了。

观察洋流的王法此刻呆看着大海出了神，很久都没出声。马朋也突然对漫天星星发生了兴趣，伸出两臂指向星空，十个指头发鸡爪疯一样点动着。

很久都没人理会，小鱼终于忍无可忍："你俩又作什么妖？"

马朋却更加聚精会神地指画着，嘴巴嚅动着念念有词，似乎在计算什么。王法这才留意到马朋的样子，心里一动，看看手表和指北针，仍然在乱码乱转中，见小鱼正要去拍马朋，王法赶紧搂住小鱼并捂住她的嘴，压低声音在她耳边说道："别吵，他好像在看星象，不知道是不是在用北极星算纬度。"

马朋认真的样子恍若新生。不管他在干什么，这时候打断好像都挺蠢。

小鱼老实了，不敢说话不敢动。王法看着马朋出了神，胳膊却一直用力地束缚住小鱼的身体。小鱼忍着，准备一会儿给他一记狠狠的勾拳。经过一天风浪的洗礼，虽然新添了些海腥味，但王法身上那股独特的气息依旧，这一整天，他为大家一刻也没停下忙碌，这衣服湿了又干多少回，想到这里，小鱼原本僵硬备战的身体开始松弛下来。

他的体温很高，接触到的地方全是坚硬有力的。男人就是这种硬得让女人不得不服软的东西。可这是个危险的男人，离他远点。小鱼心里在挣扎着，身体却被抽离了力气。

这时王法也感觉到了异样，发现自己如此亲密地环抱着小鱼。

这个女人，脾气那么硬，身体却这么软。抱着她像拥着一团云，感觉真好。可是，她也许是海盗的女儿。王法忍住想再搂一会儿的绮念，强迫自己松开了她。

夜色掩盖了尴尬和暧昧，他们谁也不敢看谁地沉默着。

不知道过了多久，马朋突然停止了计算，转过头来眼睛发亮地说："我好像知道我们的经纬度了。"

不等回答，马朋又不自信地说："刚才我用北极星算了下纬度，又推了下昨天太阳的方位和时间，算出了经度，不过我也拿不准偏差有多大，是不是有用。"

马朋怯怯地说出几个数字，王法思考了一会儿，突然给了马朋一拳："你太棒了！谢谢你兄弟，我现在知道我们大概在哪儿了！"

"你怎么会计算的？"小鱼惊喜地问。

马朋不好意思地说："这是我小时候无聊玩的游戏……"

小鱼扑过来给了马朋一个热烈的拥抱："你就是游戏界的战神，我崇拜死你了！"

那一瞬间马朋连心跳都静止了，很长时间后他还感到热血沸腾，那是一种找回斗志的感觉。这是他第一次凭实力得到小鱼的赞赏，今后小鱼就是他的新目标，这是比英雄联盟更刺激的游戏，他要在人生新旅程再赢一回。

好消息让昏昏欲睡的队伍为之一振，王法下到了岸边，聚精会神地观察着海面，见众人跟下来，又示意大家不要吵。在闪闪波光的不远处，好像有什么东西不时拱出水面，一下，两下，一会儿看到庞大的身躯，一会儿侧身露出一截鳍肢，是鱼！一条大鱼！丽丽一声"鲨"字刚喊出来，就被小鱼一巴掌拍了回去，两个女人相互瞪着，和事佬碧荷姐把丽丽拉到了人群后。

小鱼也以为是鲨鱼，正想组织大家向上转移，却见王法将下午拾到的一块铁皮卷成喇叭状浸入海水中，然后对着喇叭发出奇怪的"嗒嗒"声，跟着又将垃圾宝贝里一根破旧的木船桨一端浸入水中，另一端则贴在自己的耳朵上。他就这样听一会儿"嗒"一会儿，直到一只鲸鱼就在离他们不到三米的地方跃出水面。

鲸鱼的跃水来得太突然，除了王法其他人都发出了惊呼。这是一只超过十米长的鲸鱼，头部相当庞大，占据了体长的三分之一。夜色荒岛上突然近距离冒出这么个庞然大物确实吓人。听到众人异口同声的惊呼，王法赶紧稳定军心："大家不要怕，这是抹香鲸，不是杀人鲸！"

但鲸鱼已经受惊了，重重没入水中，摆了两摆便不见了。

鲸鱼入水砸起的浪花把众人吓得连连后退，王法却动也不动任凭浪花溅湿一身，脸色凝重地目送鲸鱼消失。

半晌，众人一起围了上去。

"你刚才在干什么？"

"你不会是在跟鲸鱼说话吧？"

"你怎么认识抹香鲸？"

王法此刻很严肃，脸上没有一丝平时的戏谑："大家要做个决定了，二十四小时内会有大风暴要来，这个地方肯定顶不住的，我们得趁现在就出发。根据马朋测算的经纬度，我们在两个岛的中间，如果按昨天的方向走，前面那个岛很近，但那里有乱流，磁场也很怪，从来没听说有人到过那个岛。而且现在洋流的方向是相反的，如果我们顺流而下，远是远一点，只要能在风暴前漂到，下一个岛的渔民就能救我们。"

"扯犊子，哪来的风暴？天气预报说最近都是大晴天。"初六第一个不相信。

"是啊，夜里星光明，明朝依旧晴。"碧荷姐看着星空也喃喃道。

"鲸鱼告诉我的。刚才我是在模仿鲸鱼的回声定位，跟它聊了会儿天。"看到大家一副吞了臭鸡蛋的表情，王法补充道，"我是兽医，相信我。还有，今天早上你们留意过吗？朝霞是红色的，这表示会变天。如果你们还不信，那就去看看咱们营火的烟，它在旋转下降，证明气压下降，会带来云和水，这表示恶劣天气就要来了。"

大家回头看烟，果然在旋转下降。

前面是很近的乱流荒岛，但不知道能否活着上岸，后面是很远但不难到达的获救点，这还用得着考虑吗？不过大家还是先征求了领导的意见。

小鱼认真地说："如果没有风暴，如果只有我自己，我肯定要去那个荒岛探探深浅。但现在是九个人的命，我赞同现在就出发，往后求救。"

"不，前面不会是荒岛，不然海盗就不会给我们留下信号弹，也许打劫我们的目的就是要把大家送到那个岛上去，所以即使我们往后走，他们可能也会拦截……"马朋见大家都惊讶地听着他的分析，又解释了一句，"如果我是游戏对手一定这么干，所以我觉得现在只有往前走。"

既然意见不统一，只有投票表决了。八个人先投票，除了小鱼所有人都站在了马朋那边。王法是最后表决的，但结果似乎大局已定了，他给了个折中的意见：既然要往前走也得等到天亮，不管荒岛上有什么，白天走以便目标明确，白天发烟雾信号弹才能让人看见，但如果早上洋流仍没有转向或是走到一半就遇上暴风雨，大家就真的只能听天由命了。

确定方案后离天亮还有几小时，大家小憩了一会儿。其实大部分人都觉得王法那个跟鲸鱼沟通的方法不靠谱，那些观察天气的方法也闻所未闻，搞不好他就是在故弄玄虚。初六甚至得出了王法就是想在妹子面前显摆自己多有能力的结论。第一个喷初六嫉妒王法的却是丽丽，两个人又吵了一架，现在他们算是冤家路窄了。

这是难得风平浪静的一晚，星空大海都在甜美的梦境沉睡。

明天，真的会有大风暴吗？

8

天刚蒙蒙亮，睡意正浓的难民们就被初六狂喜的喊声吵醒："洋流转向了！洋流转向了！"

果然，洋流又转成和昨天上午漂来的方向一致了，喜的是老天爷替大家做了决定，现在去前方荒岛已经天时地利人和，忧的是半夜里果然变天了，风力加强云层聚集，王法说的飓风袭击的可能性在变大，如果在乱磁激流里迷失再加上暴风雨，后果将不堪设想。

为了大家的安全，王法和小鱼再次纠结了。第二次表决，七比二。向荒岛挺进。

告别了魔兽世界岛这个临时庇护所，他们比来时多了些储备水和食物，满载九人的筏子，在汪洋大海里却像一片树叶般渺小。不过有了目的地，大家已不再像昨天那么慌乱。马朋晕船依旧，但强打精神辨认方向，其实没有太阳和星辰做参照，他已经英雄无用武之地，但经过昨晚计算经纬度一事，所有人都对他刮目相看。被团队需要的感觉真好。

风力逐渐加强，掠面而过的风声开始在呼啸，这意味着令人心惊胆战的飓风即将来临，可飙升的风速也将筏子送得飞快，半小时后，一片陆地跃入视野，那个瞬间所有人都欢呼了起来。

接下来就是故事开头发生的那一幕，王法指挥初六、阿牛、坚强这几个最强壮的男人配合他挥桨控制，眼见那个岛越来越近，甚至能远眺到岛上茂密的绿色丛林了。在众人的催促下，小鱼拉下信号弹手环，放出了第一个求救信号。

狂风、暴雨、乱流、巨浪，大海撕下了她温柔的伪装，露出了最狰狞的面目。

王法最担心的情况全变成了现实。

天空和海水已经连成混浊的一片，现在划桨的几乎全盲，只能走哪儿算哪儿。突然间，筏子被吸进了一条轨道，不受控制地沿圆弧前进，几条汉子四把小桨完全控制不住，这是最糟糕的旋涡流！船体开始朝一边倾斜，将众人倒豆子一样滚到一边，水、粮、桨和行李全飞了出去，只剩下几条汉子死压另一边试图让船体恢复平衡。可人力难敌天威，筏子依旧倾斜着，它的轨迹圈越来越小，它正被一股巨大的引力吸向旋涡中心，眼见这汪洋大海里的小小方舟马上就要倾覆了。

就在这千钧一发之际，一条粗大的绳套从天而降，刚好甩中了王法，王法一把拉住套在自己身上，然后用尽全身力气抓紧救生筏，同时拼命大喊："抓紧把手！"

三秒钟，或者更短，筏子凭借绳索的拉力往旋涡边缘驶出，一个剧烈的震动后，离心力一下子把筏子甩离旋涡很远。因为绳套不够长，出流的离心力瞬间把王法拉飞起来，小鱼和马朋同时扑过去拉他，却只触到了一点点脚尖。王法在空中飞腾而去，早就在临界点的绳子终于断了，他重重地摔在海面，掉进了另一个旋涡里。

小鱼和马朋同时哭喊起来："王法——！"

强大的洗衣机流如同一千根消防水管同时开启的力量，把王法往中心圈吸去，只是一瞬间他便消失在海面。王法放弃了挣扎，在被海水吞没前深吸了一大口气，然后把身子像乌龟一样蜷缩起来，随着涡流的力量往水深处自然旋转沉没。他大概下沉了二十米，也许三十米，涡流中心圈的吸力消失了，把他推向了涡流边缘。那排山倒海的力量消失了，可是王法这时已经气尽力竭，明明知道浮上去就能逃出生天，可他竟然四肢瘫软使不上劲。就在这时，一个庞然大物突然蹿出来，将已经开始意识模糊的王法驮了起来。

海面的筏子仍然在海浪的咆哮中上下哆嗦，但总算是脱离了最可怕的境地。小鱼和马朋不停哭喊着王法的名字，惊魂未定的人们看到一艘快艇出现在不远处，原来那条救命的绳索就是快艇上的人投的。妈祖保佑！救星来了！此刻快艇正朝着救生筏驶来。

驾驶快艇的是一个渔民，之所以判断他是渔民是因为他晒得快分不清五官的肤色了，见到救生筏里面无人色的众人时他显得很惊讶。他一言不发地将快艇靠近停下，用绳索将两船绑紧并靠。坚强第一个想爬上快艇，渔民却把他一把推开，伸手把小鱼、丽丽和碧荷姐接了过去。小鱼看清渔民时愣了一下："笨叔？！"

风浪中无法叙旧。

此时距离快艇一百米开外的地方突然冲出一股向上的浪柱，一只大鲸鱼驮着王法跃出了水面。眼尖的马朋第一个看到，激动地喊了起来："王法哥没有死！"

小鱼也喜极大喊："在这里！在这里！"

鲸鱼翻了个身，轻轻将王法放下，摆了摆尾沉没在海面。马朋惊喜地喊道："是那只昨晚跟王法哥聊过天的鲸鱼！"

笨叔驾驶快艇向王法驶去，几个人合力把筋疲力尽的王法拉上来。他一上艇便瘫倒了，小鱼焦虑地搂着他，用自己的身子替他尽力遮拦一点儿针尖般的雨水。王法奄奄一息地紧靠在小鱼怀里，陡然放松下来后，心里只有一个模糊的念头：能再见到小鱼真好。在这个时刻，小鱼和马朋真的就成了他的亲人啊。

人太多，只能分两趟转移筏子上的人。快艇离开时坚强哭喊了起来："你们要快点回来啊！"

小鱼发现快艇进岛的路线是在绕路兜圈，呈不规则"之"字形变化，仿佛他们进入了雷区，而知道地雷分布并能成功避开的只有这位笨叔，不由得暗自庆幸命大。

将王法和三个女人放下快艇，不等催促笨叔又转向了风浪中。碧荷姐双手向天喃喃祷告大家都要平安无事上岛，丽丽却忙着和小鱼救治半昏迷状态的王法，也是到这个时候小鱼才觉得这个女人没那么惹人厌烦了。

第二批落难者成功登上海滩那一刻，电闪雷鸣飓风暴雨巨浪滔天，载着他们一路漂来的救生筏完成了最后的使命，消失在惊涛骇浪里。

第 二 章
神秘岛

你们瞧瞧这帆船，"其底尖，其上阔"，
一共有九根桅、十二张帆，
这正是郑和为远洋航行制造的宝船！
这里还有船号——"安济号"！
惠康、长宁、安济……
这些都是郑和用过的船号！

1

一个土著般的渔民，却有快艇代步，住的地方处处是文明的痕迹。

这是一排坐落在海岛丛林的木屋，一共有六间房，四间卧室、客厅兼餐厅、厨房和杂物间。每间卧室摆着两张单人床，铺着草席等床上用品，厨房燃料用的是海岛取之不尽的木材，锅碗瓢盆都是崭新的，桌椅床凳皆是木头拼接自制。杂物间虽然关闭着，但从木板墙缝里能看到摆放整齐的生活和潜水用具。茅厕和柴堆在离木屋三十米外的棚下，淋浴蓬头等洗浴用品就在木屋屋檐下，安排的是从海滩上来直接洗完再进屋。每间木屋居然都亮着灯，王法观察到电力取自屋顶的太阳能蓄电盒，本来还想追溯下木屋的淡水来源，因风雨太大而作罢。

没有电视、收音机和卫星电话，王法、自健的潜水电脑表和指北针上岛之后便恢复了正常，但这并没什么用，目前这状况意味着至少台风停止前无法进出这个岛得到救援。

飓风撒泼的时候，从魔兽世界虎口余生的九个人坐在笨叔的木屋地板上喘气。失温、饥饿、体力透支、伤痕累累，尽管门窗紧闭，风仍然从缝隙中不停钻进来，吹得饥寒交迫的难友们直哆嗦，但跟筏子上比这里已是天堂。

跟巨浪乱流搏斗后王法身上多处被刮伤，腿上更是有一道五厘米长的伤口。上岛之后丽丽表现不错，主动帮王法清洗伤口并包扎，敷上了在丛林采摘捣烂的鱼腥草，还让王法生嚼下一把蒲公英。面对众人的质疑，她神气地给了个解释："鱼腥草加蒲公英，止血消炎，对付这点小伤足够了，笨叔急救箱里那些药应该留着救命。"

对于丽丽近乎儿戏的应急处理，王法却理性地表示了接受。

刚恢复一点儿元气大家便开始围攻笨叔。

"笨叔，你太牛了，你是怎么穿过那些乱流带的啊？"

"笨叔，这个岛上还有其他人吗？"

"笨叔，这里平时有人来吗？等风停了能接我们回去吗？"

笨叔忙着生火做饭，面对大家七嘴八舌的询问，他自始至终没有回答，脸上甚至连半丝笑容都不曾出现。最后小鱼阻止了大家："别问了，笨叔说不了话。"

于是小鱼代替笨叔说了他的来历。说起来小鱼也只见过笨叔几面。有一次海哥和几个教练出海回来，带回了笨叔，说是在一个荒岛上救了正在生病的他。笨叔是个哑巴，也不识字，连比画带猜众人才明白，他早年是海岛渔民，一次海难被邻国的渔船所救，被迫当了渔猎劳工，吃了半辈子大苦头，好不容易才趁一次渔猎时逃到了荒岛上。笨叔这个名字还是小鱼取的，因见他憨厚笨拙，他自己倒是非常喜欢，便叫了下来。

笨叔很快病好出院，小鱼最后一次去医院看他时扑了个空，海哥解释笨叔不习惯陆地生活，就把笨叔又送回海岛了，但海哥也说过他们帮笨叔盖了个小屋，出海钓鱼有时还会到笨叔的岛上歇脚补给。想来这便是海哥帮忙盖的屋子，而那些潜具渔具也都烙着逐浪的标志，多出的客房应该是海哥给逐浪来客自备的。

看来这里是海哥常来的地方。

虽然跟父亲闹翻了，此刻看到这熟悉的标识感觉却格外温暖。几天没回家了，海哥一定着急了，肯定在满世界地找小鱼，希望他能找到这里来。小鱼做了个决定，只要能平安回去，她要主动向海哥道歉。以后她会放弃挑战数字。海哥说得对，没有任何一种成功值得拿生命去做赌注。

笨叔这里只有简单的食材，坚强倒是因材制宜，做出了美味可口的椰子饭，众人吃得狼吞虎咽。饭间，一直在苦思冥想的巫马朋突然冒出一句："小鱼，海盗的目标是你。"

所有人都吓了一跳，困惑地看着马朋。

"这里是你爸爸常来的地方，他们一定是想来来不了，所以才用你当诱饵……天哪，我们当中不会有海盗吧？"马朋突然大惊失色地看着难友们。

想制止巫马朋已经来不及了，挑破也好，看看大家的反应。站在后排吃饭的王法沉默地看着大家。

坚强埋头扒饭："反正不是我。"

丽丽笑得喷饭："我倒是想当海盗，你们听说过女海盗吗？谁介绍我加入一下，谢谢！"

初六怒目圆睁："你个小毛孩是游戏打多了，打得脑壳进屎。"

"不是我。"阿牛仍然惜字如金，只顾低头擦拭他浪口余生的酒瓶。

碧荷姐笑眯眯地说："怎么可能嘛，我们都是一起落难的。"

"妈，说不定海盗使苦肉计派人来卧底呢？"自健淡淡地接了一句。他放下碗筷第一件事是拿出随身镜整理发型，这也是他唯一从海浪里抢救下来的物件了。

"反正我相信大家都是好人。"碧荷姐给了个结论。

马朋困惑地挠挠头："我只是一种假设，现在只有一点可以肯定，海盗对这个岛很感兴趣，可是这里究竟有什么鬼，值得海盗费这么大劲呢？"

"啪——"外面突然一个惊天炸雷，吓得所有人一颤，好像这就是老天给马朋的回答一样，真让人发毛。

小鱼没有插话，心里却很不平静。这件事确实从头到尾都很蹊跷，海哥为什么不辞辛苦把笨叔的小屋建成他的落脚点，这个海岛外部环境如此诡异，为何笨叔能进出自如，难道这个岛上藏了什么秘密同时也是海盗感兴趣的？

加笨叔一共十个人，只有八张床，笨叔非要让小鱼单独住一间，宁愿她房间空着一个床。另外三间房王法安排给坚强和小丽、初六和阿九、碧荷姐和自健，这样，王法、马朋和笨叔就只能在客厅挂吊床，不过笨叔显然不习惯和陌生人共处一室，最后去了厨房打地铺。

回房前笨叔找小鱼要说什么，可双手背在身后磨叽半天，小鱼转到他身后才明白他想拿自己的衣服给小鱼换洗，但可能又怕小鱼嫌弃。小鱼接过衣服捧在胸前，大声说："我非常需要，谢谢你！"

笨叔像个孩子一样咧嘴笑了，这还是登岛后看到的他的第一个表情。

不过笨叔比画着手势告诉小鱼，让大家不管怎样都不要出来乱走，这里处处都有危险。对这个提醒，众人一致没有任何异议地答应了。

房间虽然有蚊帐，但睡吊床的同学没有，雨夜丛林的蚊子非常恐怖，丽丽找来了一些天竺葵叶子，捣碎挤汁让大家涂在身上驱蚊。笨叔用艾叶把小鱼的房间熏了一遍，又在蚊帐边放上几盒清凉油，确保小鱼不用再跟蚊子搏斗，更不用因为洗了唯一的衣裳只能裸睡。说起来笨叔也是感念海哥的恩德才对小鱼这么好。

每一秒都比上一秒更想念父亲。此时此刻，海哥一定也在为她揪心。

木屋原本隔音很差，但风雨雷电的呼啸完全掩盖了邻房的动静。小鱼很累很累了，明明躺在床上，身体却感觉还在筏子里沉浮，她不敢入睡，只怕一睡着就会回到那个再也不愿踏足的救生筏。

半梦半醒的小鱼是被一种奇怪的声音彻底吵醒的。风雨雷电不奇怪，可奇怪的是同时混杂着很多人的叫喊声、刀剑斯杀声、大炮轰鸣声、海浪拍打声，天哪，有人遭遇海难！小鱼从床上弹了起来。

一个闪电把屋檐照得通亮，王法和马朋已经早她一步出来了。

声音竟然是从空中传来的。

各种声音，像一场没有画面的灾难片在空中播放着，叫喊的内容虽然听不清，但可以确定是人类的声音无疑。

配合这场有声灾难大片的是电闪雷鸣，木屋陷在黑影幢幢的丛林里，只有闪电撕裂的瞬间才有片刻光明。另外三间卧室悄无声息，看来那些人睡得很沉。小鱼看到王法和马朋的脸色都是煞白的，而她自己不受控制地在浑身发抖。小鱼不愿意承认，天生爱冒险的人也会害怕。

心里再怕嘴上也是硬的："我看你俩挺害怕的，我也睡吊床保护你们吧！"

王法想嘲笑她几句来着，嘴扯了一下却没说出来，算了，到底是女孩子。马朋倒是体贴地给了她一个台阶下："我确实很害怕！正好笨叔的吊床空着，要不你过来吧。"

小小的客厅，横梁上挂了三个吊床便满满当当了。躺在了左右护法身边，小鱼才没有那种背脊发凉的感觉了。

诡异的声音又持续了半个多小时，直到没有再打雷闪电才停歇。三个人没有一点儿睡意地侧耳倾听着。

"这是海市蜃楼？"马朋忍不住问，"小鱼你见过这种海市蜃楼吗？"

小鱼失笑："你听说过没有画面只有声音的海市蜃楼吗？再说哪有那么多海市蜃楼！电影里那些都是骗人的，这条航线我跑了好几年也没见过。"

王法却沉思着："我怀疑这个岛下面有一个大磁铁矿，刚才我们听到的那些声音可能是以前发生过的一起战争或者海难，当时刚好遇上雷雨天气，磁铁在闪电的作用下录下了当时的声音。今天又是雷雨天气，所以被播放出来了。"

马朋颇感兴趣："那这附近罗盘失灵是怎么回事呢？"

王法想了想："也许这里还有很丰富的硅矿，硅元素会干扰导航设备……"

小鱼实在听不下去了："那乱流呢？不要说这里的海底还有个大裂谷！"

王法认真地说："相当有可能，本来这里就是洋中脊经过的路线，很可能有随时会喷发的火山，那可是排山倒海的力量。"

"要有的话那些科学家早掘地三尺了，别不懂装懂了，行了，我困了……"

弯身睡的吊床倒比舒服的木床更快让小鱼入睡，三句话的工夫没人接茬，她就发出了轻微的鼾声。黑暗中，王法和马朋都看着小鱼笑了。

·

2

早晨风雨暂歇了半小时。

门口摆着整整齐齐三双草鞋，这应该是笨叔连夜编出来的，不过此刻笨叔不在。小鱼想叫上大家一起去岛上转转，那三间卧室居然没有人，看来他们对这个神秘岛一样好奇。

王法却不急于出门瞎转，第一件事是查看厨房水源。小小的厨房奢侈地接了自来水管，一个洗菜，一个接到屋檐淋浴。是水质不错的淡水，清甜甘洌。多耽误了两分钟，小鱼不耐烦了："趁着没下雨赶紧出门吧！在这里浪费什么时间！"

倒是马朋懂王法："小鱼，哥哥从水源里能基本推断这个岛的地况，是否合适居住，他想知道除了笨叔岛上还有没有别人。"

王法给马朋点了个赞，忍不住奚落小鱼两句："大小姐，骂人之前先过下脑子吧。"

小鱼回敬了一个白眼。

厨房的自来水管是从屋后接进来的，三人转到屋外却愣住了，原来外面的管道全是竹竿相连并架好，而且沿着屋后山坡蜿蜒上去，吞没在丛林之中。这意味着高处有水源且不易干涸，否则海哥他们不会费这么大劲引下来。

"荒岛生存法则——有淡水的地方就能活下去！"王法精神一振，"走！"

雨后的丛林一片泥泞，看不出有什么路是经常被人踩踏的，三个人手足并用往上爬，笨叔精心编织的草鞋立刻没了模样，把小鱼心疼坏了。

沿着竹竿攀行果然是好策略，没多久便找到了水源，是一条小溪。王法这里摸摸那里看看，给出了一个结论："你们看，这条小溪是人工挖的沟渠。"

"为什么？"马朋不解地指着这条长满青苔的小溪。

"它又窄又深，这不符合自然形成的小溪走向。"王法皱起了眉，"太奇怪了，如果只是为保证笨叔的水源，他完全可以把住所修得高一点，除非他必须住在下面……"

"当前哨！"小鱼脱口而出。

"是的……"王法赞许地看着小鱼，"很可能上面有海哥的秘密基地。"

"这话我只同意一半。我也觉得有秘密基地，但不一定是我爸的。走，现在我们就去证实！"

这个缺心眼的妹子太真实了。王法不禁莞尔，现在他几乎可以断定小鱼的确不了解海哥的行动线，作为女儿，这是一种悲哀，但也是父亲对她的最大保全。当然，现在王法也可以肯定海哥隐藏起来是干见不得人的贼勾当，不然需要瞒着女儿吗？

在马朋摔到第三跤之后，视野豁然开阔。他们抵达了山顶，准确地说这只能算坡顶。这是一个面积在一平方公里左右的小淡水湖，位于神秘岛的第二阶梯，湖对岸紧临高耸的山峰，山上植被很少，大多是走势陡峭的花岗岩石堆。昨天他们在筏子里已经侧面观摩过它，此时并不觉得意外。意外的是淡水湖边明明有足够面积修建住所，然而只是辟出了几块菜地，看来也是出自笨叔之手。

此时大雨已把原来长势喜人的蔬菜冲得东倒西歪，除了不时掠过的水鸟，这里空无一物，没有房屋，没有篝火，连生活垃圾都没有。

根本没有什么神秘基地。

不过王法认为没有踏遍整个海岛就不能下定论，小鱼却显然轻松了起来。其实她也害怕父亲有什么见不得光的秘密，事实证明海哥仅仅是为了救助笨叔顺道方便自己。

"还是不对，万一这个小湖涨水决堤，笨叔的木屋就会被冲走，他为什么要住在一个前面有海啸威胁后面有决堤风险的地方？这不符合正常人选择居住所的原则。"王法认真思考的样子比他犯嘴贱时可爱多了。

马朋却也提出疑问："你们看，下过这么大一场暴雨，水位其实并不高，会不会这里有什么地下河把水引到海里去了，所以海哥确定笨叔的木屋会安全？"

为了让王法死心，三人欲绕到湖的另一面察看，不料急雨又劈头盖脸地浇了下来，只得作罢。一身泥泞回到木屋时，大家都已经坐好开饭了。没等迟到的三人开口，丽丽一副家长派头开骂："笨叔不是让你们别到处乱走吗？这是上哪儿搞了一身屎？洗干净再进屋。"

小鱼怒了："装什么装！你们不是出去得更早吗？"

"我跟我老公去哪儿你管得着吗？"

这两个女人现在说不了两句就要炸，丽丽似乎完全忘了昨天小鱼冒着生命危险把她从大海里捞出来。

一直跟丽丽不和的初六很乐意站在小鱼这边："小鱼妹子是领导团队，再说这个岛是她爸的地盘，她想去哪儿就去哪儿。"

还好王法及时转移了战火："初六、阿牛，你们早上去哪儿了？"

阿牛用了最简短的解释："我俩在海边等过路船。海滩淹了，碰到笨叔，一起捡鱼。"

"大家都别生气啦，我和儿子在林子里走了走，捡了点蘑菇想当早餐，结果让丽丽全扔了，有毒。"碧荷姐是永远的和事佬。

王法留意到他们全都光着脚，原来笨叔只给他们三个做了鞋，这些人应该是走不远。此刻王法倒是心平气和："昨晚你们听到那些声音了吗？"

"什么声音？""什么声音？"

众人异口同声。

如果不是和王法、马朋一起听到的，小鱼几乎要以为自己是做梦了，那么吵闹的声音都没有吵醒众人，看来真是那场海难把人折腾坏了。

挤在屋檐下洗脚时，马朋悄悄跟王法和小鱼说："我觉得坚强和小丽有问题，他们跟谁都像有仇一样。"

小鱼点点头："那个女人确实一脸贼婆子的模样。不过阿牛和初六也有可能，他们体格最好，最像海盗。"

王法撇撇嘴不以为然："说不定是碧荷姐，有个定律，最不像坏人的才是坏人。"

"这是什么定律？我怎么没听说过。"马朋一脸困惑。

"王法定律。"王法大笑。

这一整天都继续下暴雨。碧荷姐非常羡慕小鱼的草鞋，小鱼便求笨叔教大家编织，不甚情愿的笨叔最终没能敌过小鱼的撒娇。没有理想的玉米皮和稻秸秆，只有柔韧的干藤蔓和撕成长条的树皮当材料，穿着免不了硌脚，但总比光脚强。小鱼没干过细致活，编得最难看，王法一看她的成品就笑喷了，笨叔却比画着手势耐心地一遍遍教她。

坚强和小丽显得很焦躁，特别是没能从笨叔那里得到香烟后，两人不是蹲在屋檐下骂天就是相互指责不该出来旅游，最后发展到动手。在丽丽抡起扫帚没头没脑地抽了坚强一顿后，大伙的厨子跑了，消失在雨中很久都没回来，而行凶者丽丽居然若无其事回房睡觉了。

目睹这一幕，碧荷姐叹了口气："难怪人家说结婚前要出来旅行一次，碰到一点事儿，人的本性就暴露出来了。"

初六直摇头："我以为就我老婆是八婆，这个女的简直就是女屠夫！"

马朋却眉头紧锁："鬼知道他们是不是故意唱一出戏给大家看，说不定坚强现在找宝藏去了。"

"宝藏！什么宝藏？"很少说话的阿牛来兴趣了。

众人也都惊讶地看着马朋。

马朋有点尴尬："我瞎说的，海盗不都对宝藏感兴趣吗？如果不是这个海岛有什么值钱的东西，何必费那么大劲把我们弄上来。"

这句话倒是给了王法很大提示，他给了马朋一个赞许的目光："坚强一个人在外面不安全，我提议大家一起去找找他吧。"

找坚强这件事还得叫上丽丽，不然师出无名，尽管小鱼和初六不高兴也没办法。

听说大家要出去找坚强，笨叔拦在门口拼命摆手，焦急地做了很多手势，不过这次小鱼也没能看懂，只能安慰笨叔大家集体行动不会有危险。拗不过众人，笨叔便把小鱼往卧房推，试图把她单独关起来。马朋不解地问："笨叔，你这么担心小鱼，为什么不跟我们一起出去呢？"

笨叔一愣，使劲摇摇头，做了个害怕被人打的表情。

小鱼决定的事海哥都阻挡不了，何况是笨叔。最后笨叔不得不给大家找出雨衣，临行前又把打火机、手电和匕首偷偷塞给小鱼。

外面依然暴雨如注。现在要决定的是往哪个方向找人。海滩、丛林、淡水湖，这都是离木屋最近的区域。初六提议分头行动，王法却坚决不同意，一来大家在一起容易抵挡意外伤害，二来他更想借此观察众人，找出那个可能存在的奸细。

说不定，那个奸细就是王法苦苦追寻的湾鳄。

大家都投票去淡水湖，经过昨天的惊吓，坚强不可能再回海上，因此他最可能往后山探路。

王法等三人带路，初六和阿牛殿后，走之前初六甚至带上了一把锄头。小鱼能看得出来大家都有点兴奋，这种兴奋肯定不是因为要去找坚强，而是那个现在还处于做梦阶段的宝藏。

3

滂沱大雨中一行人抵达了淡水湖畔。

小小的湖泊被一片雨帘笼罩着，此时又经过了大半天的暴雨，水位仍然没有丝毫改变，看来巫马朋假设的地下河是存在的。

丽丽真的不着急找坚强，虽然她也在东张西望，但明显是在观察地形而非找人。众人当中只有碧荷姐还记得找坚强的任务，不时呼喊下他的名字，可惜回应的只有沥沥雨声。初六一看到菜地就过去刨了一会儿，当然，除了烂掉的菜叶地里什么也没有。看到小鱼质疑的目光，初六讪讪地说："看什么看，我刨红薯。"

马朋乐了："初六哥，有宝藏也不会埋在菜地。"

初六被说中心事，不好意思地摸头笑了。

王法不死心地盯着对岸："我觉得那边有问题。"

隔着雨海看什么都很模糊，要验证必须转湖过去察看。湖边全是沙石块，依然看不出什么人迹，可转到对岸有一段泥巴路，顿时让王法愣住了，野草丛中俨然有一条被人经常踩踏的小径，如果是笨叔的杰作，那得每天花多少时间在这里才能形成！

马朋第一反应也是："这里果然还有其他人！"

众人紧张起来，都握紧武器或抓起石块。四周仍是大雨茫茫，除了他们哪有什么人踪！

草丛中的小径尽头引向一块大岩石，眼前这块巨大的岩石有什么古怪吗？众人仰望着它，自健这里敲敲那里按按，并没有什么芝麻开门的机关，初六和阿牛默契地走过来推它，两个壮汉使上了吃奶的劲，岩石却纹丝不动！

这时听到马朋在兴奋地叫喊："大家快来，这里有一个山洞！"

原来巫马朋绕到了岩石背后，发现它与山体之间是部分连接的，一个可容两人同时进入的山洞出现在眼前，那块大岩石就像一道天然屏风挡住了洞口，不绕到后面根本发现不了。

巫马朋朝漆黑一片的山洞大喊："有人在吗？"

回应他的是扑面而来略带湿腥的空气。

王法把巫马朋拉到身后，捏住鼻子前进几步，伸手进去打燃了打火机，亮光仅够照亮他的手，洞里仍然一片漆黑，但火苗稳定而且燃烧正常。王法下了个结论："这里没有对流风，山洞应该只有一个出入口，里头氧气含量正常，我们可以进去看看。"

八个人，一支手电。这次男士把女士围在中间缓慢前进，手电则由打头阵的王法掌管。强光手电四周一扫，王法愣住了，这个山洞分明是天然生成，肚虽宽却不深，也就是五十平方米到六十平方米的面积，石壁嶙峋，地面却是平整紧实的泥巴地，山洞空荡荡的，没有鸟兽出没的气味，连岩洞常见的蝙蝠都没有踪影，可见有人经常来这里清扫。

最先让手电驻留的是进洞右手边的一面石墙，这里被精心修整过，画着一幅大壁画。王法一看便被吸引住了，画的是茫茫大海中浩浩荡荡一列木质帆船船队，领头的那艘船头站着一人，官帽长衫衣裾飘飘，虽然面容模糊，但能从服饰上认出是位古代男子。壁画内容显然有些年代了，颜料却很鲜艳，王法伸手在不起眼的角落刮了一下，颜料掉了，露出里面陈旧的色彩，原来这壁画是近期才描红修复过。

自从看到这幅壁画碧荷姐便很激动，她抢过手电凑到画前仔细地照着、摸着，半晌才声音颤抖地说："你们知道这画的是什么内容吗？是郑和下西洋！"

"你怎么知道？"小鱼纳闷地问。

"别忘了我是个历史老师！你们瞧瞧这帆船，'其底尖，其上阔'，一共有九根桅、十二张帆，这正是郑和为远洋航行制造的宝船！这里还有船号——'安济号'！惠康、长宁、安济……这些都是郑和用过的船号！"

"难道这里是郑和到过的地方？"小鱼依然不解。

王法倒是不惊讶："到过也没啥稀奇，这一带本来就是他的必经航线。"

"不过，纪念他的壁画出现在这样一个山洞就太稀奇了……"碧荷姐喃喃道。

突然，山洞一角有打火机亮了，阿牛在给初六照明，初六已经抢起锄头开始挖地。

逐浪计划

众人异口同声："初六，你在干吗？"

"挖宝啊！说不定郑和藏了什么宝贝在这儿。"初六头也不抬地抡下一锄头。

"有病啊，如果这里有宝贝还会等你来搬吗？"王法哭笑不得，"别挖了！现在还不知道有什么古怪！"

王法话音未落，那边丽丽发出了一声瘆人的尖叫。她扑过来一把抱住王法，结结巴巴地说："有……有人在那儿。"

王法厌恶地推开丽丽，接过手电扫射过去，果然有一个人贴墙站着！因为那人服饰暗沉融入背景，第一轮手电没扫到。眼尖的马朋这时也看到了，惊呼起来："真的有人！"

手电锁定那个人影，那人却一动不动，定睛一看，竟然是一尊雕像！

这是一尊真人比例的和尚雕像。整个雕像用桧木雕成，身着僧袍，双手合十。

初六停下了挖掘，众人都簇拥着王法慢慢凑上前观看，除了手电照射，带来的两个打火机也都点燃靠近雕像头脸。和尚的五官在黑暗中清晰起来，只见和尚面容枯瘦，双眉下垂，似乎心怀忧愁。雕工栩栩如生，特别是那双能闪烁光芒的眼睛，像马上能转眼珠，立刻会开口说话一般。

"这和尚是什么人？用来朝拜的吗？把郑和下西洋画成壁画也就算了，干吗拜一个无名和尚？"马朋好奇地摸了摸雕像。

不料碧荷姐表现得更激动了："难道传说是真的？这个就是流落海外的惠帝朱允炆？郑和下西洋就是为了帮惠帝东山再起！"

就在这时，丽丽却再次发出了惊恐的尖叫："和……和尚流眼泪了！"

众人定睛观察雕像的眼睛时，却都惊呆了，只见那和尚双眼晶莹闪烁，两行泪水正夺眶而出，沿着脸颊一直流到嘴边。

"妈呀，有鬼！"初六扔掉烫手的打火机，第一个冲出了洞口。

众人吓得够呛，鸟兽散般争先恐后跑出山洞。

"一定是因为初六乱挖乱刨，和尚显灵了！"马朋拉起小鱼就往外跑，小鱼却反手抓住王法。

王法是最后一个退出山洞的，和尚流泪确实也把他吓了一跳，不过他一边被小鱼拉着退出，一边还在用手电照那和尚。

下山路上风雨依然肆虐，受了点惊吓的众人如同惊弓之鸟，好端端半空一个炸雷，把丽丽吓得一阵鬼哭狼嚎。返回木屋时天已经黑了，一天不见踪影的坚强此时却好好地正和笨叔在厨房忙碌！原来他去海边等过路船了。丽丽一见他就扑上去又捶又打，两分钟后他们和好了，丽丽又成了挂在坚强身上的鼻涕虫。

台风的猖狂阻挡了回家的路，却也送来了不少搁浅的鲜鱼，可面对煎炸烤炖的全鱼大餐，大家的胃口却不怎么好，都还沉浸在那个诡异山洞带来的惊吓中。小鱼追问笨叔关于山洞的一切，他只是一脸害怕地摆手加摇头。

王法食之无味地跟一条烤鱼搏斗着。饭间，笨叔给小鱼送来了一杯绿茶，在这荒凉的海岛有这么一杯热茶真是奢侈，众人都羡慕地看着小鱼。王法突然抢过那个玻璃杯，对着烛光照着。

小鱼没好气地说："抢什么抢！给碧荷姐！"

王法却大笑了起来："哈哈，我知道是怎么回事了！那个和尚的眼睛是水晶石镶的，我们用手电一照，水晶折射率大，看上去他的眼睛就会闪烁。"

"可是他为什么会流眼泪呢？"马朋困惑地问。

"这个地方是海岛，空气潮湿而且盐分很高，山洞里空气湿度达到饱和，水就在水晶石上凝结成水珠，你们用打火机在旁边一烤，他当然要流泪！"

回来后一直一脸愁容的初六此刻惊喜地说："这么说不是我得罪他了？"

"当然不是！"

众人一起大笑起来。

4

到神秘岛的第二晚是烛光之夜。

太阳能的余电消耗殆尽，好在笨叔有大量蜡烛储备。大家急着要听碧荷姐讲郑和和惠帝之间的故事，饭菜没下桌就开始了连珠炮般的追问，碧荷姐却不急于解答，而是先问小鱼："你爸爸跟你提过郑和下西洋的事吗？"

小鱼茫然地摇摇头。海哥跟她之间能愉快聊天的话题很少，她对这种事不关己的古人更是从不在意。

碧荷姐叹息了一声："唉，现在的年轻人光想着赚快钱，愿意了解过去的人太少了，其实最大的财富都隐藏在历史长河中。"

初六不耐烦地说："姐，你接地气点，别搞得跟书呆子说话一样。"

"好吧，通俗点，赚小钱靠拼命，赚大钱靠脑子，明白了吗？"

"明白——"大家异口同声地说。

接下来碧荷姐用最通俗的语言讲述了一个历史加传说的故事："话说这个惠帝原来是明朝正经八百的皇帝，可是这个人性子有点面，他叔叔朱棣就说：'既然你没啥本事，皇帝就给我做做吧！'然后跟朝廷打了一仗，一把火把皇宫烧了，把皇帝宝座给抢了。这个惠帝朱允炆在火灾中失踪了，有人说他当了和尚，也有人说他逃出海了。说到郑和这个太监，他呢，表面上是朱棣的乖宝宝，其实他心里一直惦着旧主子，他跟新皇帝说：'我替您出去交几个朋友吧！'朱棣一高兴就准了，让郑和带着大量金银财宝出海交朋友，也带回了朋友们回赠的宝贝。郑和来来回回七次，就是著名的七下西洋了。皇帝老儿舍得花钱，邦交的朋友也不敢怠慢，这个郑和两边经手了多少财宝啊，他把最贵重的都扣了下来，留给朱允炆当东山再起的资本。可人家朱棣也不是傻子啊，他一直在找朱允炆，终于知道郑和把朱允炆藏在一个海岛上，就派出了舰队追杀。朱允炆听说这个消息就把财宝装上船准备逃走，结果那一仗朝廷把郑和和朱允炆一起给歼灭了。当然官方记载郑和是病死在古里，不这么写不行啊，朱棣这么信任郑和，结果出一乱臣贼子，皇帝的老脸往哪儿搁啊！"

众人听得出了神，初六更是双眼发亮："那郑和藏下来的财宝都去哪儿了？"

"反正朝廷没找到，那一仗打得很惨烈啊，朱允炆的船被朝廷轰沉了，朝廷也死伤惨重……这些故事在今天之前我一直认为是传说，但那个山洞里的壁画和雕像，让我觉得一切都是真正发生过的。"碧荷姐讲得绘声绘色，手舞足蹈，她真是个好历史老师。

"这么说海盗费老劲把我们弄到岛上来，就是为了那些财宝？"初六兴奋了，"要是能找到财宝，遭了那么大罪也无所谓！发财了！发财了！"

"别高兴得太早，那些宝藏有没有还是扯鬼蛋的事。"王法泼了一桶冷水。

马朋却肯定地说："我觉得应该有，海哥在这里设基地就是为了找宝藏，而且他现在应该还没找到，不然早撤回了。"

"我要是他，找到了也不撤，藏在这里最安全。哪家银行保险库能有这个岛靠得住？"坚强打岔。

王法冷笑："好吧，就算找到宝藏，你觉得海哥和海盗这两拨人会让我们大摇大摆拿走吗？"

"所以要团结，我们结盟吧？"阿牛放下了他的酒瓶，果断伸出了右手。

初六立刻把他的手搭了上来："对，有福同享，有难同当！一起找宝藏，一起对付海盗！"

和初六一直不和的丽丽看样子不愿意，和坚强拉扯了一阵，最后坚强过去搭上了他的手："算我们一份，不过找到财宝可要按人头平分。"

自健动了一下想过去，碧荷姐却拉住了他，期待地看向小鱼："小鱼，我们真的可以试一下，说不定能帮你爸爸找到宝藏。"

"也可能宝藏早就被海哥找到了，那小鱼你正好大义灭亲。"王法冷冷地补充着。

众人却还是期待地盯着小鱼。小鱼恼怒地说："别看我！第一，我铁定不跟你们结盟；第二，那个什么宝藏不存在！就算有我爸也不会稀罕，我家不缺钱！"

小鱼撂下话回房了，虽然她也怀疑可能是真的，可在外人面前必须维护海哥。

碧荷姐接着问王法和马朋："你们呢？"

马朋摇摇头，肯定地说："小鱼不结盟，我也不。"

"比起宝藏，我更关心我们怎么回家。"王法意味深长地看着每个人，"命比钱重要。"

结盟会就这样因为小鱼不欢而散。这晚小鱼一直在床上烙大饼，好奇心和护短心在交战，她到底应该帮海哥守住他的秘密还是和外人一起破解呢？怪只怪这件事太蹊跷了。

　　不知道过了多久，有人在轻敲她的房门，这个时候小鱼才发现雨已经停了，静寂的夜里只有牛蛙鼓噪和那敲两下便停很久显然怕吵醒别人的叩门声。

　　小鱼打开门，是笨叔。正要开口，笨叔却做了个嘘声的动作，拉着她就往海滩方向走。小鱼一头雾水地被笨叔拉着，直到远离了木屋她才敢发问："笨叔，你要带我去哪儿？"

　　笨叔没有回头，拉着跌跌撞撞的小鱼直奔海滩。天色已经微明，接小鱼上岛的快艇正泊在岸边，此时笨叔递给小鱼一个背囊，利索地爬上快艇，然后向她伸出了手，示意她上艇。

　　小鱼纳闷地打开背囊一看，矿泉水、压缩饼干、换洗衣物，这些并不意外，意外的是里面俨然有部海事卫星电话！按下按键，竟然电力满格！

　　小鱼愤怒了："笨叔！有这个你为什么不早拿给我！"

　　笨叔做错事般地露出了愁苦的表情，他比画着什么，不断抓挠自己的心脏位置。

　　小鱼没能明白他的意思，也便懒得再理，拿起卫星电话就想拨号，但是笨叔拦住了她，拉着小鱼再次要她上船，着急地比画了一些手势。这次小鱼看懂了，现在台风停了，笨叔要把她送到前面的海岛上去，让她到了那边后再打电话求救。

　　小鱼挣脱了笨叔："我不走，要走和我的朋友们一起走！"

　　笨叔急得从快艇上跳了下来，更快速地比画手势。

　　小鱼只能靠猜："你只愿意送我一个人走吗？还是……这是我爸的意思？"

　　笨叔一愣，慢慢地点头。

　　小鱼的心一瞬间凉透了。如果海哥知道她来了这里，却只想到她一个人的安全，那就证明海哥的确有不可告人的秘密，现在唯一能合理解释这个秘密的，就是郑和的宝藏了。

　　木屋里的那些人，有些是小鱼已经视为生死之交的朋友，有些虽然可疑可厌，目前却也不能断定是坏人。海哥是想让这些人和他的秘密一起禁闭在岛上吗？

笨叔再次拉住小鱼的胳膊要往快艇上带。小鱼却使劲挣脱了他，并把背囊塞回给笨叔："我是不会走的，除非他自己来跟我解释这是怎么回事！"

小鱼快步朝木屋跑了回去，直奔王法和马朋睡的客厅。她几乎是踹门进去的，惊得马朋从吊床上掉了下来。小鱼一进去就带着哭腔嚷嚷："我们结盟吧！去查查这个岛上到底有什么秘密！"

王法和巫马朋目瞪口呆地看着小鱼，隔壁几个卧室的难友们也都被那一下踹门声惊醒了。

5

结盟，也分有限结盟和无限结盟。

小鱼只信任王法和马朋，另外几位还不能断定是敌是友，但得稳定军心以免后院起火，于是小鱼提出了一个方案：她带王法和马朋当先锋部队，其余人留守木屋大本营。理由是王法和马朋是有户外探险能力的人，其他人跟去只能成为拖累，况且现在台风已停，说不定海哥或者海盗们很快就会找到这里来，需要有人留下周旋。

初六第一个跳出来反对："我和阿牛身强力壮怎么可能成拖油瓶？有我们在，什么妖魔鬼怪都能打成肉饼！"

马朋哼哧哼哧笑了起来："雕像的两行眼泪就把初六哥吓得屁股冒烟呢。"

初六不好意思地摸了摸头："咳咳，那是意外。"

坚强也不乐意："凭啥把我们留在这儿？我看你们就是想独吞！"

倒是碧荷姐明白事理："别吵了！小鱼说得对，如果一起去不能帮忙那就白废！而且大本营确实需要留守，现在台风停了，说不定很快会有人找到这里来……小鱼，我看让自健跟你们一起吧，都是年轻人，相互多个照应。"

说是照应，说穿了是监视。不过碧荷姐年长又和善，大家都要给点面子，这个方案也便通过了。兵分两路，却没有有效的即时通讯工具，只能约定到下午六点探宝组还没回来的话，留守组就要出动找人。小鱼想到了笨叔那部卫星电话，犹豫了一阵还是没说，笨叔只是给海哥打工的人，没必要让年老又残障的他面临大家的审问。

海边和丛林已经踩点多次没有异样，现在要扩大范围向后山挺进，为研究进山路线，王法在餐桌上摆起了沙盘。现在大家对神秘岛的整体认识来自进岛前的漂流游，可以大概确定的是岛的南面是海滩和丛林，淡水湖和山洞在海拔第二阶梯，剩下未踏足的地方似乎都是浪蚀崖，悬崖峭壁似刀劈斧削。想探索全岛布局最好能够空中俯瞰或外围水路，但空中飞行不现实，笨叔不带路也没人敢挑战乱流，而想探索更高处，在找到现成山路前只能攀岩，最佳出发点正是淡水湖畔的山洞。

笨叔的杂物间东西很全，头盔、安全锁和绳套、八字环下降器，这些简单的攀岩工具都有，看来海哥他们也经常攀岩。唯一头疼的是大家的草鞋，男人们可以对付，小鱼娇嫩的双脚怎么办？

尽管小鱼一再说没关系，笨叔仍然拎了一双他自己的运动鞋过来，并剪下一块毛巾塞在了里头，大是大了点，总比草鞋强。小鱼心里暖暖地给了笨叔一个拥抱，在他耳边低语："放心，我会好好地回来，也不会让我爸怪你的。"

迎着台风后的第一缕阳光，众人送探宝组再次探访了山洞。这次王法点燃了火把，把整个山洞照得通亮。正如王法所说，和尚雕像的眼睛果然是水晶石镶成，隔了一晚又凝结成水珠在眼眶内，火把一靠近，雕像又流泪了。丽丽取笑初六昨天吓成那个熊样，碧荷姐却仔细地帮雕像擦去眼泪，然后跪在雕像前拜了三拜。

自健不解地说："妈，你干吗呢？"

碧荷姐虔诚地说："大家都来拜一拜吧，请惠帝他老人家保佑我们找到宝藏，平安回家。"

这话倒是说进了每个人心里，没有人再笑闹，所有人都向雕像或跪或作揖行了礼。

出洞前马朋突然来了一句："这个山洞会不会是惠帝当年隐居的住所？"

碧荷姐若有所思："有可能，壁画和雕像都有几百年了，可能是服侍过惠帝的人留下来纪念他的。至于现在是谁在修复壁画和守护海岛，就要等我们揭开谜底了。"

站在山洞外，众人抬头仰望着上山的路，不，这里没有路，这是一面如同斧劈过的岩峰，想要踏遍神秘岛，第一个难关便是这接近九十度的垂直天梯。这时大家开始议论探宝组的决定正确与否，这里至少有大半人是爬不上去的。

玩惯户外的王法理所当然成为开路先锋，他要徒手上爬固定锚桩挂好攀岩绳，再让队友们跟上。他刚攀了几步便有惊喜，原来岩壁上早有锚桩固定，看来这又是海哥留下的足迹，这意味着山上果然值得一探，也将大大节省探索时间。不过小鱼毫不逊色地也跟着王法徒手上爬，这让王法有些恼火："哎，我说你能不能像个女人一点？说好让我先上去放绳。"

小鱼心情不好，此时更是没好气："别小看女人，你也是女人生的！"

王法无奈："难怪你单身，你这个人啊，自带男女双属性，根本不需要男人，也没有男人敢要你。"

小鱼也不客气地回敬："别忘了你也是剩男！那是因为你雌雄同体！但凡正常点的男人都不会这么撕女人。"

两个人挂在半空相互瞪着眼，谁也不肯服软。

马朋在下面看得着急，不由得大喊："小鱼，要么好好上去，要么下来吵！很危险！"

王法继续往上爬，嘴角露出一个坏笑："看来我错了，你把小朋友给迷住了。"

小鱼给了他一个白眼："你不也把丽丽迷住了吗？昨天在山洞她扑你那个劲儿！要是坚强没找到怕是要赖上你了。"

王法有点意外："哦，你这么注意我……难道是吃醋了？"

"呸！"

小鱼的脸有点说中心事地发烧，真不明白，为什么她跟王法明明能在危难时托付生死，却不能像正常男女那样好好说话。这之后他们都沉默了，小鱼就这样满怀心事地往上攀爬着，爬到快到第一段顶峰时，一个走神踩到了松散的碎石，脚下滑空，顿时整个身子的力量都靠双手悬挂在岩石边缘。那一刻下面的人惊呼四起，小鱼也脑子一片空白，难道大风大浪都过来了，却要失足在这小小的山崖吗？

一双手从上方有力地抓住了她。小鱼抬头一看，是王法，原来他已经先她一步登顶，此刻他正咬紧牙关支撑小鱼的体重，俊脸因为用力涨得通红。他的眼神是如此紧张和焦虑，这个眼神在汪洋中的筏子里同样出现过。他是在意她的！小鱼心里一震。

有了王法的帮助，小鱼稳住了踩点，借着他的拉力登上了最后一块大岩石。上去的那个瞬间，因为王法用力过猛，连带地拉着小鱼扑了过去。小鱼惊魂未定地喘着气，半晌才回过神，发现她整个人都扑在王法怀里，她的左手还死扣着他的右手，而他也借势搂住了小鱼的腰。两个人就像情侣一样亲密地脸对脸、身贴身。小鱼羞红了脸，赶紧推开了他。

王法此刻的笑容看起来比任何时候都要像坏人："刚才还笑丽丽扑我，怎么马上就学会了？你这是要以身相许吗？"

本来还想说声谢谢，听到这里小鱼把脸一拉："滚。"

"哎，你这个人真不识好歹，就这么对你的救命恩人吗？"

小鱼没再理会不依不饶的王法，心里刚对他萌生的一点好感又被抹杀了。

尽管有绳借力，攀岩对巫马朋来说仍然是个非常艰巨的任务，他手无力脚发软外加一个恐高症，倒要比他还小的自健一路拖拽加鼓励，为了帮助他们王法甚至不得不再次下到谷底。探宝四人组全部成功登上第一个大悬壁已是十一点，热烈的阳光一扫前几日的潮冷。终于站到曾在岛外仰视过的那两株巨大的木麻黄树下，只见眼前绝壁高耸，怪礁林立，回首海天辽阔，海岸曲折。马朋张开双臂捞风，发出了一声心情舒畅的长长呼喊："我爬上来啦！我又干了一件酷毙的事！"

四人当中只有小鱼笑不出来，她开始希望这是一场误会，希望谜底能替海哥洗刷一切嫌疑。

6

登上了大悬壁，探索神秘岛仅仅是个开始。

意识到这一点，是因为发现接下来的路更难走，前面不仅有接力赛式的层层悬壁，即使坡度较缓的山路对他们来说也是很大的挑战。烈日当头晒得汗如雨下，体力在逐渐下降，藤条草鞋无法给予更多保护和支撑，第一站就让马朋脚上全是大血泡，一瘸一拐大拖后腿。意外的是同样穿草鞋的自健却和王法一样只是轻微伤。这个一直没被大家注意的学生哥在关键时候凸显出他过硬的身体素质，他甚至取代小鱼和王法并驾齐驱，把照顾马朋的任务留给了小鱼。

带着马朋这个累赘虽然大大影响进度，不过每次歇脚他便拿出从木屋带来的纸笔，细心绘制神秘岛的地形图，具体方位、大概海拔、周围布局全标注清楚。小鱼一见便发自内心地赞扬他。马朋当然又归功于平时的游戏训练，自健忍不住夸了句："马朋，你这种人才如果让海盗收了一定如虎添翼。"

马朋直摇头："用词不当，应该是为虎作伥！"

大家一起大笑起来。

时间到了十三点，他们在悬壁之上吃了个简便的干粮午餐，很自然地，大家的话题集中到了自健身上。

首先当然是马朋想跟同龄人找点共同话题："自健，你平时都玩什么游戏？"

自健想了想："不，我不喜欢玩游戏，要玩就玩户外，像小鱼姐和王法哥那样。"

马朋不好意思地笑了："好奇怪，怎么全国不玩游戏的同龄人全在这里让我碰上了。"

"玩户外的人怎么会选择读经济学呢？"小鱼好奇地发问。

"有一种选择叫你妈想让你读这个专业。"自健嘴上说着是妈妈的选择，表情却没有任何的不情愿。

"这也是你爸的意思吗？"王法突然发问。

"我爸想让我去特种部队接受训练，不过他的意见不重要，反正他已经挂了。"说到父亲离世，自健仍然显得很轻松，好像在说一个无关紧要的人。

王法有点惊讶："对不起。"

"无所谓。"自健话题一转，"王哥，你不觉得我们要集中精力找山洞而不是爬山吗？"

王法不解地看着自健。

"你看看这里的山体结构，既然下面那个山洞是天然形成，一定在别的什么位置还有山洞，所以我认为秘密在我们脚下，而不是山顶，看吧，我们今天即使能爬到山顶也是白费工夫。"自健侃侃而谈，一点没有挑战领导权威的压力。

王法看自健的眼神更惊讶了："你说得很有道理，不过我们现在还找不到其他山洞，就只能由下往上排查。"

"如果我有秘密，不会藏到一个自己很难进出的地方。"

"如果我有秘密，一定会藏到别人很难进出的地方。"

王法和自健各持己见地对视着。小鱼不耐烦了："好了，你们都是藏宝专家！管它藏在哪里，咱们都给揪出来好吧！"

接下来的路程进度更慢了，因为除了登山还要一路巡查哪里有山洞。四人当中只有自健精力充沛，现在几乎都由他打头阵，每到一处新地方，他都要拿着石块在石壁地面东敲西戳，寻找可能突然冒出的山洞。

遗憾的是，一路上行一直没再发现类似的岩洞。到下午四点时只剩下最后也是最高的一段悬壁，这时四个人的体力都消耗得差不多了。马朋仰望着最后一段天梯，口干舌燥地摇摇头，筋疲力尽的他不可能再爬得上去。

自健太追求速度，结果不小心崴了脚，整个右踝关节都肿了起来。他看了看腕表上的时间，给出了他的选择："上面不可能再有什么了，别说把金银珠宝背上山顶，普通人把自己弄上去都不可能，而且时间不早了……"

马朋横起手掌对准太阳："太阳会在四十五分钟之内落山。"

"你怎么知道？"大家异口同声。

"你们看，就这样横向举起手掌隔在太阳与地平线的中间，一根手指代表一刻钟，现在太阳到地平线还有三根手指的距离，也就是离太阳落山还有四十五分钟。"

"马朋你在哪儿学的这些啊！真牛！"只要有任何夸马朋的机会，小鱼都不遗余力，她知道他现在非常需要重建自信。

马朋有点羞涩了："平时没啥娱乐，就研究些乱七八糟的闲书。"

"我们赶紧下山吧，现在下还能在六点前赶到。"自健着急地指着手表。

王法看了看快瘫成一团泥的马朋和已经心焦气躁的自健："这样吧，你们在这里休息，我上去看看，既然已经到了这个位置，不爬上去我不甘心。"

"好吧，你不相信我，结果只能是让你死心而已。"自健肯定地下了结论。

"我也去。"小鱼擦了一把汗，咬紧牙关站了起来。

王法心里有些怜惜，嘴上却不听使唤地像平时一样顺出一句："别逞强了，人都快累成狗了。"

"我不是逞强！"小鱼果然怒了，"我想上去不是为了找宝藏，我是想证明给你们看，我爸爸是什么样的人！"

之前的一段路小鱼已经明显很吃力了，王法真担心她会倒在最后一程，只得放低声音无奈地说："好好好，这次让我先上去给你放绳行吗？算我求你了。"

这招果然给了小鱼一个台阶，她仰望了悬壁一阵，也心知自己体力不济，便缓缓点了点头。

最后这段路王法也异常艰辛，好不容易登了顶，他却没有像刚才那样转身照顾队友，而是被什么吸引了似的消失在山顶。这时自健警惕起来，朝上面大声喊话："王哥，上面是不是有什么？我也上来看看吧？"

"跟下面一样，你要不要上来看看？！"王法从上面探出头，"小鱼，要不你和自健一起上来？"

自健沮丧地坐下："疯了，什么都没有还叫我上去，我不去。"

"就是什么都没有，我更要上去！"小鱼却倔强地回话。

又费了半个多小时，小鱼最后登顶的那一刻，却没有理会王法向她伸过来的手，而是倔强地自己爬了上去。上去那一瞬间她便瘫倒在地，像条搁浅的鱼一样奄奄一息地喘着气。

王法并没有对她的无礼在意，而是坐在她身旁，郑重其事地嘱咐："小鱼，一会儿不管你看到什么都不要喊出来……"

"为什么不能！"小鱼大声道。

这家伙真是个透明人。王法有点气急败坏地压低声音："你真的不怀疑我们当中有奸细吗？"

小鱼弹坐了起来，不自觉地也压低了声音："谁是奸细？"

"在没有确凿证据前任何人都有嫌疑。比如自健，开始我还纳闷为什么碧荷姐舍得让他跟我们冒险，事实证明他身上有很多我们没看到的能量。他绝对不是个普通学生。"

小鱼回敬道："也比如你，一个有领袖气质的户外探险家，你绝对不是个普通兽医。你，是个老狐狸。"

"说不定我是猎人呢？"

"不，一个身上有鳄鱼文身的男人不可能是警察。"小鱼盯着王法的左肩，肯定地下结论。

"有文身的不一定是坏人，念菩萨的也不一定是好人。"王法笑了笑，转过头努努嘴，"你先看看这个地方再怀疑我吧！"

这里是神秘岛的最高峰，令人惊讶的是这并不是一个山尖，而是一个连接着神秘岛所有山崖的大平台，面积有足球场大小，看得出来这里被人工炸平修整过，完全可以给好几架直升机提供足够的起降空间。

当然，这些还不能称之为奇，奇的是平台中间有一个陷落的大坑。王法拉着小鱼小心翼翼地走过去探身一看，原来这是个垂直下去的大岩洞，这时太阳已经快落下海平线，洞内阴暗幽深看不见底。王法让小鱼看着他的秒表，然后折了一根荧光棒扔下去，自己则盯着它到消失不见，总共费时六秒。王法喃喃道："这里大概有一百二十米高，差不多四十层楼高。"

王法又扔了一块石头下去，过了一会儿发出了石头撞击水面的声响。

小鱼怀疑道："难道蓝洞直通大海？"

自健的分析是对的，浪蚀崖这种山体结构果然别有洞天，但万万没想到他要寻找的岩洞竟然在他最后放弃爬上来的山顶，而且在洞口边缘，他们还发现了一处锚桩。要想了解蓝洞有什么古怪，只有沿洞口下探。小鱼只是眼珠一转王法就知道了她的心思，立刻否定道："不，要下去也不是现在，最好在他们都不知道的时间来，万一真有秘密，你也可以给你爸留个余地。"

小鱼困惑地问："你到底是想少一点人分宝藏还是为我爸着想？"

王法笑了："我对所谓的宝藏一点儿兴趣也没有，但我想了解你和海哥。"

"了解我们对你有什么好处？你到底是什么人？"

"我不是早就说过了，我是兽医，我只对人性和兽性感兴趣。"

王法笑眯眯的样子充满戏谑，鬼才信他说的是真的。

小鱼发现她的手还被王法握着，他抓得那么紧，生怕一松手小鱼就要掉下蓝洞。虽然是出于安全考虑，但这样的方式在一见面就互撕的人之间太尴尬。小鱼用力挣脱了自己的手，他手掌的余温悄然退却，她心里却有少许怅然若失。

现在要不要信这个人，小鱼一点主意也没有。但至少有一点他说得对，可以去探索秘密，但要给父亲留一点余地。

他们耽误的时间稍长了点，自健又在下面喊开了："王哥，是发现什么了吗？我上来看看！"

王法和小鱼赶紧跑回崖边，王法再次探出身子："没有！小鱼又生我气了，说要惩罚我在这里当金刚，我说除非她也留下陪我打飞机。哈哈！"

明明王法说的打飞机是好莱坞电影《金刚》的桥段，现在说起来却充满性暗示，成功地转移了自健的注意力。崖上崖下的男人们都发出了心领神会的笑声。

小鱼狠狠地瞪了王法一眼："准你占我便宜了吗？"

王法帮小鱼挂好下降器，再次小声嘱咐："自然点，别让大家看出来，为了你爸爸，我们另找个时间来探探蓝洞。"

小鱼心乱如麻地点了点头。

到王法下降时，他真想割断绳索以免有人发现秘密，但这样肯定会引起自健怀疑。犹豫之后王法保留了每一处锚桩的绳索，但愿这稻草人的把戏能暂时糊弄一下。

第 三 章
霸道总裁的测试

海哥说道：海岛的确有秘密，
如果我不想别人知道，谁也别想在太岁头上动土！
你们当中有我信得过的人，我会告诉他；
想离开的，也得通过我的测试才能送走！
不要问我下一个被测试的人是谁，
心里没鬼的人，好好享受你的假期吧！

1

探险四人组下到最后一个悬壁时天色已经黑透了，留守组所有人都在眼巴巴等他们下来，当得到什么收获也没有的答案时，所有人都露出了沮丧的表情。探险组这天累成狗，留守组也没闲着，把足迹能到的丛林海滩地毯式地搜寻了一遍，而且一直请求笨叔带他们出去转转水路，不过笨叔总是充耳不闻。大家七嘴八舌地希望小鱼能说服笨叔，而且是立刻、马上。

所有人都清楚，每耽误一分钟，寻找他们的队伍就可能登岛。那时他们将失去话语权，失去寻找秘密的资格。

小鱼有些困惑了："为什么你们都在关心秘密而不是关心怎么回家呢？就那么相信一定会有人来救我们吗？"

碧荷姐却替大家回了话："不管是你爸爸还是把我们困在这里的人，迟早会出现的。我们拿到秘密，不是为了占为己有，是想有个谈判的筹码。小鱼，你可能不需要担心你的安全，我们不一样。是帮亲还是帮理，我们尊重你的选择。"

"小鱼姐不会不管我们的，我们说好结盟的。"自健接茬。

这些话巧妙地把小鱼放在了道德的天平上，依小鱼那种经不起激将的烈性子，多半会选择帮助大家。难友们看得很准。

这次小鱼在答应前用目光征求了王法的意见，王法点头表示了默许。虽然他不认为那个宝藏真的存在，但借此了解海哥同样是他的目的。

果然只有小鱼能说服笨叔，她只是拉着笨叔的胳膊撒了撒娇，笨叔便拗不过地点了点头。不过快艇最多只能载五个人，自健高风亮节地推荐这次由初六跟班。于是在一个打仗般快速的晚餐后，带着一身疲惫，小鱼、王法、马朋和初六爬上了笨叔的快艇，按事先说好的路线，笨叔将带他们从外围绕岛一周。

靠近赤道的地方天黑得早，幸好这晚月光皎洁，把神秘岛笼罩在一片温柔的幻影中，连鬼斧神工的浪蚀崖也隐去了凌厉的真面目。再次踏上这条船，上岛那日的惊险仍历历在目，每个人都沉默着，谁知道眼前这片看似风平浪静的海面会藏着怎样的汹涌？

和大家预想的不一样，笨叔没有像入岛时走之字路绕去外围，而是贴着悬崖峭壁在绕岛。马朋在心里默记路线，突然间恍然大悟：乱流是神秘岛的外包围圈，怪磁场是再外围的圈，乱流和怪磁场将神秘岛层层保护在内，但保护圈是有缺口的，一旦知道准确路线便可以直杀中心圈，只要能抵达神秘岛，岛内和周边一切正常。如果这是大自然的杰作，那神秘岛真是"一夫当关，万夫莫开"。郑和当年选择这里让惠帝隐居果然是天时地利人和。

笨叔将快艇开到最低速，四支强光手电同时照向崖壁上方，只见照程光圈里的崖壁怪石突兀，石缝里偶尔会爬出一两根藤蔓，潮汐不知疲倦地拍打着岩壁。神秘岛在沉睡，这里既没有方便人力上山的路，也没找到明显的洞口，照这个速度，没一会儿快艇就要绕过石山回到海滩了。突然间小鱼大喊："笨叔，停下来，停下来！"

原来大家只顾着仰头往上找，小鱼的手电却贴着海水和石壁游走，突然她发现了一处内凹很深的湾洞，里面有个庞然大物在浮浮沉沉。

笨叔熄了火放下一个锚。快艇的马达一停，立刻便能听到湾洞里那个大家伙发出的轰鸣声。四支手电齐刷刷地照过去，这是一个四四方方的大箱子，它身子的一大半趴在海水里，远看还以为是只浮在水面的鲸鱼，不过这只鲸鱼并不安分，它随着潮汐起起伏伏，肚子里还发出发动机轰鸣的声响。

不约而同，小鱼、王法和初六都戴上面镜跃入水中，他们要潜到水下看看这个箱子是什么鬼。尽管有强光水下手电，黑夜的海水中能见度不过七八米。三个人憋着气绕着大箱子游了一圈，估摸出箱子的体积大概是二十立方米，朝岛外的这面有一根巨大的柱子，随着潮汐的推动不断往箱内做活塞运动，箱子底部还有一根巨大的缆线，朝湾洞内连接过去。

下水的三个人显然都打算顺着缆线潜过去一探究竟，可惜憋一口气下潜不了太久。初六最先返回浮出水面，王法顺着缆线多探了一会儿也不得不上浮，原想上去换口气便好，不料立刻摸到了上方的石壁，原来湾洞很深，缆线已经走向水下洞穴，这里完全没有空气，没有水肺不可能继续往前。小鱼修长的双腿在王法眼前摆动，她还在往前探索，王法一把抓住她的脚踝拉回来，然后搂住她的手腕往回游。

两人探出水面换气，小鱼不满地瞪着王法："我还有气，可以再往前！"

王法苦笑："再往前就回不来了，我可不想美人鱼变死鱼。"

最先出来的初六深吸了一口气，再次潜入水下，不过这次下潜的时间更短，没一会儿他便冒出了水面，取下面镜大口地喘息着："姥姥的，没戏！得回去背气瓶！"

笨叔和马朋把他们拉上了快艇，马朋一直追问这箱子是个什么玩意儿，初六骂骂咧咧地答不上来。趁初六不注意，王法在马朋和小鱼的掌心先后写下了几个字：波力发电！

波力发电！

月色下的三人都面色凝重地沉默着。的确，在这样远离大陆的海岛想像文明世界那样生存，电力供应是大问题，如果仅仅是笨叔的生活用电需要，太阳能足够了，而用到这样大型机组的波力发电，说明岛上需要强大稳定的电力供应，这意味着神秘岛的确隐藏着一个不为人知的秘密基地。

海哥如此煞费苦心地经营这个神秘的岛屿，究竟图的什么呢？

回到海滩，众人还在岸上焦急地等待着。初六在海滩上画出了那个大箱子的模样，众人七嘴八舌开始讨论，一直沉默的碧荷姐低头想了一阵，突然冒出一个答案："波力发电！这是从日本引进的波力发电！最适合海岛电力的清洁能源！"

不想公布答案的王法等三人心里都是一惊，没想到见多识广的碧荷姐仅凭初六简单的描述便猜出了答案。

"哇，碧荷姐你好厉害！你没看到怎么知道的？"丽丽毫不掩饰她的马屁。

"这个很容易判断。"碧荷姐皱着眉，"好奇怪，这个岛怎么会需要波力发电呢？难道小鱼爸爸在这里搞秘密基地吗？"

自健有些得意了："我没说错吧，这个岛的秘密就藏在山洞里，山上找不到入口的，得从水路。"

碧荷姐略一沉吟："事不宜迟，我们赶紧回木屋拿上水肺再去探探有什么鬼吧！"

坚强赶紧接话："小鱼他们几个都很辛苦了，让他们休息一下，这次我和丽丽去！"

阿牛也不甘示弱："我，初六，去。"

自健更为积极："我的脚没事了，我晚上视力好，我去！"

没等大家讨论出个结果，一直在眺望远方的笨叔挥动着手臂让大家安静下来。众人顺着他的视线看过去，一盏夜航灯在远方闪烁着，正朝着神秘岛的方向驶来。随着那艘船的靠近，小鱼的表情很复杂，她已经认出了那熟悉的船身，喃喃自语："是逐浪号！"

刚才还争先恐后要去拿水肺的难友们全都安静了下来。

逐浪号的进岛路线和那天笨叔的快艇几乎一致，只是那么庞大的游艇东进西突地走显得有些滑稽。只有心无杂念的马朋看得在一旁傻乐："你们看，那艘船像不像猪八戒跳芭蕾舞。"

众人稀稀落落发出了几声应付的笑声。

小鱼完全笑不出来，父亲果然能从乱流圈突围进来，这说明他有太多瞒着小鱼的事。这几日对父亲由怨愤到想念再到怀疑，小鱼真不知道再次见面自己该如何面对。

逐浪号在海滩延伸出去的码头靠了岸，一个高大的身影第一个从逐浪号上跳了下来，看到海滩上站着那么多人，他愣了一下才向这边奔来。众人自觉地都后退了几步，把小鱼让在了最前头。

奔跑的男人果然是海哥。

这时海哥远远看清了站在头排的小鱼，大声喊着："小鱼，你怎么跑到这里来了！急死爸爸了！"

海哥的声音变得很沙哑，可见这几天他有多上火着急。话音未落他已到小鱼面前，一把抓住小鱼双肩，上下前后查看一番，发现她完好无损，这才长舒一口气："小鱼,你把爸爸差点吓死了。"

小鱼鼻子一酸差点掉下泪来,手却倔强地推开了父亲,月色下她冷冷地看着海哥:"你不觉得欠我一个解释吗?"

海哥来拉小鱼的手:"我肯定给你解释,你也要给我解释!走,先上船……这些人都是你的朋友吗?我们一起回家吧!"

"我现在就要你解释!"小鱼用力挣脱了海哥,几乎带着哭腔喊了出来。

2

这几天为找小鱼,海哥都快急疯了。

俱乐部没人敢管小鱼的行踪,只知道她这些天在带两个潜水学员,还好巫马朋交费时有记录,通过他的刷卡记录查到身份证,再查到他曾经入住的客栈,最后打听到巫马朋退房时曾兴高采烈地说要去参加南海船潜。拿到南海船潜牌照的游艇并不多,可惜问了个遍也没有小鱼的下落。最后海哥急了,台风一歇,不等警方出动就自己驾着逐浪号出海。他沿着船潜路线把可能去的地方全都搜到了,最后几乎是抱着绝望的心情来神秘岛,没想到一下船竟然见到了女儿。

所有寻找小鱼的艰辛海哥都没能说出口,因为小鱼执拗地发起了一连串的炮轰:"你给我解释清楚,你和笨叔怎么会知道进岛路线?你为什么要经常来这里?这个岛跟惠帝有啥关系?为什么会供着他的雕像?最重要的,湾洞里的波力发电是干什么用的?"

小鱼情绪很激动,她急于向身后的难友们证明,她的父亲是清白的、正义的,并非他们想象的贪财重利、阴险狡诈之徒。

海哥被小鱼一连串的问题难倒了,他声音沙哑:"我们单独谈谈好吗?"

"不!如果你心里没有鬼,就在这里谈!"小鱼怒喊。

海哥的脸色也变得很难看:"你是我女儿,我可以给你解释,我对这些人没有交代的义务。"

小鱼歇斯底里地吼了起来:"他们不是这些人那些人,他们是我的朋友!"

难友们都沉默地看着这对争吵的父女，巫马朋想劝劝小鱼，手刚碰到小鱼就被她一把甩开。牛脾气犯了犟，火头上谁也劝不了，眼见父女俩都僵在原地谁也下不了台。不过众人中还有个不怕死的，王法走到父女俩中间，慢条斯理地开了口："小鱼，你确实应该先听听他的解释……"

"你不是最想了解他吗？现在他就在这里，有什么话你就问，给他装什么好人？你这个装模作样的老狐狸！"小鱼正好把怒火发泄在这个送上门来的出气筒上。

王法哭笑不得："哎，你们父女俩平时也这样一点就炸吗？大小姐，我提醒过你好几回了，你发脾气之前先过下脑子行吗？我要是有你这么个女儿，得抽你。"

小鱼的脸突然又有了火辣辣的感觉，海哥给她的两记耳光还烙在心上，她瞪着海哥，泪水浮了上来："你没见他抽过吗？你不是说我这个女儿是他拿积分换的吗？"

众人想笑又不敢笑。

海哥露出了痛苦的表情："对不起小鱼，爸爸不应该打你，可爸爸真的是为你好。"

"为你好为你好，你们做父母的永远只想着自以为是的好，有没有问过是不是我想要的好！"小鱼的眼泪夺眶而出，"行了，你不想解释也不用解释了，我是不会离开这个岛的，除非我自己找到答案！"

小鱼转身跑向丛林，王法使个眼色，马朋立刻追了上去。

海哥没有去追小鱼，而是把剩下的人扫视了一遍。他的眼神冷静而犀利，被他扫过的人那一瞬间都有种汗毛倒竖的感觉。

还是碧荷姐打破尴尬主动介绍大家，并把他们是如何被骗上魔兽世界号，被人放逐又遇上台风来岛上避难的经过讲述了一遍。海哥听时一直拧着眉头，听完下了个结论："打劫你们的绝对不是一般海盗，他们就是冲着逐浪岛来的，逼着笨叔不得不救你们，只有这样外人才能来逐浪岛。"

原来海哥把神秘岛命名为逐浪岛，这也意味着他自认是这个岛的主人。话到此处海哥又用他鹰一般锐利的眼神将众人审视了一遍，刚才还在女儿面前显得手足无措的海哥此刻变成刀枪不入的战士。听完那些蹊跷的经历，海哥开始怀疑面前这些人了。

"这个岛上到底有什么秘密需要这么费尽心机保护呢？"王法捕捉着海哥每一个表情。

"只是把一个荒岛开辟成我们俱乐部的驿站而已，有了这个打算，先做些前期建设很正常。"显然海哥不愿意深谈，不等众人发问便不动声色地转移了话题，"有件奇怪的事，阿笨为什么没有用卫星电话联系我？"

这回轮到王法奇怪了："笨叔有卫星电话？他可没有拿出来……不对，他说不了话怎么打电话？"

"他当然不能说话，不过我教了他一些摩斯密码，有紧急情况他只需要敲击电话就行。"

王法眼前脑补出笨叔拿着卫星电话用手指敲击摩斯密码信息的情景，如此方法让哑巴也能打电话，海哥这种智慧简直就是情报员级别的，他怎么会是个简单的潜店老板呢？

这时随行的船员把笨叔带了过来。面对海哥的质问，笨叔只是一脸着急地双手快速比画着什么。笨叔的手语并不规范，纯属随机自创型，平时只有小鱼最能读懂他的意思，可惜在场的都不明白笨叔想表达什么，好在海哥也不打算追问："算了，他可能有自己的原因。幸好他那天出岛救了你们，不然后果难以想象。"

碧荷姐和海哥年龄相近，不失时机地对他开导了一番："海哥，这几天听小鱼经常说起你，其实她还是挺想你的。现在的孩子都特别有主意，我们家自健也是这样，如果我们能像朋友一样跟孩子沟通，结果可能完全不一样。"

海哥沉思地点了点头。

"既然海哥的船已经来了，咱们也不愁回家的事了，海哥方便的话留我们玩几天吧，就当是给我们压压惊。"

王法给了个提议，各怀心事的众人立刻应声附和。

海哥脸上露出了一丝古怪的笑容，对这个要求他未置可否，只是这一晚无论如何走不了了。海哥让众人还按原来安排回木屋休息，他依旧和几位船员夜宿逐浪号。

这头海哥顺利安顿好了众人，追赶小鱼的马朋就没这么幸运了。小鱼只顾在前面泣泪狂奔，夜视不好的马朋没办法像她那样在丛林中健步如飞，追出没多远就摔了一跤。小鱼打开手电一照，这才发现马朋不光刚才摔伤，脚上手上全是白天登山磨出的血泡，胳膊则沿 T 恤被晒成了黑白两截，与第一次见面那个白面小子哈利·波特比，简直换了个人。

小鱼内疚地说："马朋，你这是何苦呢，你父母要是看到你变成现在这样，一定会骂我的……我不该把你带到这条贼船上来。"

"可我是心甘情愿的啊，这点伤不算什么，我从来没有像现在这么开心过，因为，因为和你在一起……"黑暗的丛林中马朋双眼熠熠。

小鱼逃避地转过头："看到我爸这样，你是不是很失望？"

"我刚才在想，我和父母的关系也跟你差不多，我也总埋怨他们不理解我，他们梦想的生活自己去完成就好了，为什么要打着为我好的名义管我？他们想我按部就班地上大学、结婚、生孩子，不就是想少操点心吗？说到底还是自私。"

这话可说到小鱼心坎上了："对啊对啊！为什么我爸自己随心所欲，却不让我做喜欢的事情？他就是想省心，自私鬼。"

"我们不在乎他们省不省心，不也是一种自私吗？既然都是自私鬼，谁也别说谁了吧！"

小鱼被说愣住了。

见小鱼没发火，马朋小心翼翼地继续："没错，他们不理解我们，那我们理解他们吗？你有想过你爸爸为什么要做那些事吗？"

小鱼不服气道："就是想不明白才要他给个解释啊！"

"你明明知道我们当中可能有奸细，还当着大家的面逼你爸给解释，是想听他说真话还是瞎编呢？"

"哎呀！"小鱼脸上还挂着泪痕，懊恼地一拍脑袋，"真的哦，怎么你们不提醒我呢？"

马朋忍不住笑了："就你这个炸药桶脾气，也就王法哥哥敢点火。"

"该死的，我怎么说话就不过脑子呢！"小鱼懊悔地双手猛捶自己脑袋。

马朋看得心疼，试图去抓小鱼的双手，不料一用力手上的血泡钻心地疼，他发出了痛苦的呻吟。

小鱼紧张起来："不行，你得马上回去上药……"

看看马朋的脚也没好到哪儿去，她干脆伸手想给马朋一个公主抱。马朋惊吓地道："你，你想干吗？"

"抱你回木屋上药啊！"

小鱼强硬地掂了下马朋的体重，尽管咬紧牙关还是没能抱起来，反倒一屁股坐在地上直喘气，就这还不死心，把马朋一把拉起，反身又想把他背起来。马朋虽然年龄比她小，身材到底高出一截，试了两次也没能背起来。小鱼扁着嘴直嘟囔："你咋这么肥呢！"

马朋尴尬道："不要你抱，扶我回去就行，只要你别再让我追着跑就行了……"

小鱼扶着一瘸一拐的马朋往木屋走，虽然疼得龇牙咧嘴，马朋心里还是美滋滋的，多希望这段路长一点，再长一点，他们可以一直这样相拥走下去。

3

对王法来说，这注定是个不眠之夜。

回到木屋时小鱼和马朋都已经睡下，马朋手脚都涂满了紫药水，窝在吊床上打呼噜，这一整天的高强度活动已经透支了他的体力，连蚊子都叮不醒他。小鱼的卧室也寂静无声，王法举手欲敲门，本来打算跟她聊聊，想了想还是作罢，希望一个完整的睡眠会让她变得清醒理智起来。剩下的难友似乎没什么睡意，都蹲在屋檐下聊天。隔着门王法听了一会儿，他们在讨论这几天希望能跟着逐浪号玩玩，回去后就要各奔东西，大家留个联系方式之类的话，没一会儿便各自回屋了。

在经过了如此多蹊跷的事情之后，亏得他们还惦记着玩。

王法也爬上了他的吊床，马朋的鼾声、夜蚊的叮咬和内心的焦虑折磨得他难以入睡，迷糊了一会儿又被蚊子咬醒。他正要起来点一把艾草驱蚊，不料隔壁屋木门发出轻微的嘎吱声，接着有人轻手轻脚地走了出来。那人在屋檐下似乎迟疑了一会儿，然后脚步声由近而远走向了丛林。尽管那人特地放轻了脚步，王法还是能听得出来，那是小鱼，她走起路来像一只优雅的母鸡。一念至此自己也笑了，如果把这个比喻告诉小鱼一定会招来一阵暴打。没办法，王法就是喜欢撩得小鱼生气，就好像小时候捉弄前桌女同学一样乐此不疲。

王法突然发现小鱼让他变回了一个幼稚鬼。

如果王法没猜错，这会儿小鱼应该想通了，她应该是去逐浪号见海哥的。王法犹豫了下没有跟出去，他没有把握能在海哥眼皮下盯梢。

夜重新平静下来。

就在王法不知不觉进入迷糊状态时，他在梦里听到了一些脚步声，那脚步比小鱼更轻微，他却一下警醒了。这不是梦，真真切切有人在屋檐下走，而且是两个人，脚步声现在朝客厅走来，停留在了门外。

王法竖起了耳朵。

门外的人好像被凝固在原地，很长时间之后他们才轻轻地推开了门，月光从门外倾泻进来，把两个长长的影子投射在屋里。因为背光王法一时无法辨清来者，只得赶紧闭上眼睛，尽量让自己看起来像在熟睡。

影子一动不动，王法也一动不动。屋子里只有马朋的鼾声回应着丛林的虫鸣。

又过了一会儿，王法感觉到来人走到了他的吊床前，伸手将一块湿纱布捂住了他的鼻嘴。不好！是乙醚，有人想麻醉他！王法赶紧屏住了呼吸，可惜已经吸进了一两口。他立刻感到了天旋地转，心里挣扎着想起来打斗一番，另一个声音却在说将计就计，看看是谁在捣鬼也好。此时另一个吊床上的马朋鼾声也由大到小平静下去了。

纱布挪开了，不速之客迅速撤离。

王法在屋里和头晕作斗争的时间，那两人进了杂物间，叮叮咚咚一会儿，两双脚步开始往丛林移动，他们的脚步声开始变得异常沉重。

如果王法没猜错的话，是难友当中的两个去杂物间背上了水肺，他们要夜探湾洞。听着脚步声消失，王法才挣扎着下床，在门外呼吸了好一会儿新鲜空气才完全清醒。他走到每间卧室推门往里瞧了瞧，碧荷姐和自健、初六和阿牛，连在厨房的笨叔都睡得悄无声息，王法开门大家全无反应，看来都被麻醉了。王法拍打了马朋一阵没能唤醒，他不打算逐一给大家做人工呼吸了，看起来这个人用的药剂不大，等药劲过了之后大家会自然苏醒。

小鱼、坚强和丽丽，他们三人的床都是空的。原来第一次出木屋的是小鱼，第二次麻醉大家并偷走水肺的人是坚强和丽丽。

事不宜迟，王法抓起一支手电钻进了丛林。

丛林里原本只有一条从海滩到木屋的小径，不过这些天难友团的闯入让丛林里多了很多乱七八糟的脚印。偷水肺的两个家伙想去湾洞，必须得经过停泊着逐浪号的码头，从那边海滩下水，否则就要绕岛一周游到湾洞，这样氧气就不够下潜了，而往外游一圈绕道湾洞他们定然不敢，因为现在仅仅知道逐浪岛沿岸是安全没有乱流的。为了甩掉众人独得秘密，这两口子竟然敢在漆黑的下半夜去夜潜，真是想发财想疯了。

不管他们是不是海盗的奸细，王法都要拦下他们，以免发生事故。

那俩家伙背着沉重的水肺就像两头怀着八个宝宝的大笨熊，王法到林子边的时候他们还在海滩艰难挪步，码头边的逐浪号没有一丝灯光，静静地泊在三更时分的夜里。王法正要喊坚强的名字，突然身后蹿出一个人抱住他并捂住了他的嘴，他被一团熟悉的柔软包围了。

是小鱼。

准备给偷袭者一个过肩摔的王法松懈下来。见王法没有反抗，小鱼也松开了他。小鱼已经换上了一身应该是海哥带来的换洗衣服，白色露肩露脐泡泡袖棉短衫，牛仔蓝毛边热裤，高高扎起一个马尾，月色下格外青春逼人，王法瞅了一眼心里便有些东西在蠢蠢欲动。

突然出现的不止小鱼，海哥也从黑暗的灌木丛里走了出来，冷冷地看着在海滩上渐行渐远的两个贼。

王法着急地压低声音："海哥，得拦住他们，他们是去湾洞，刚才把其他人都迷晕了，幸好我反应快才没晕。"

小鱼惊讶地道："他们有迷药？这么说他们就是海盗的奸细？"

"他们是有问题，但现在还不能下结论就是海盗。木屋急救箱里本来就有乙醚和纱布，我估计是岛上准备给临时小手术用的麻醉药，丽丽是护士，她肯定认得这个药，可能是临时计划……不管怎样他们现在去湾洞太危险了，得拦住。"王法虽然着急却也解释得很清楚。

海哥有些意外地转头看着他，却在问小鱼："这个人什么底细？他怎么认得乙醚？"

小鱼挠了一阵脑袋，苦恼地说："他古古怪怪的，其实我也不了解他……哎爸，他就是被我和马朋带到海盗船的那个人！他不是奸细！他救了我好几次！"

小鱼说不了解王法时海哥的手已经锁住了他的喉咙，稍用了点力王法就快呕吐了。尽管王法也自认身手敏捷，但在海哥面前他竟然连反应的时间都没有，不由得出了身冷汗，苦笑道："海哥，我就是个兽医，有时会给动物动手术，乙醚是常用药。"

海哥松开了王法，狐疑地打量着王法："小子，你老实点，如果让我知道你对小鱼玩什么手脚，后果你懂吧？"

王法擦着汗："我懂……哎呀，那两个贼下水了！"

刚才还在海滩挪步的两只大笨熊已经不见了，海面起起伏伏，连冒个泡的动静都没有。

小鱼也紧张起来："爸，咱们得去拦他们！不然真不知道这两个蠢蛋会干出什么事！"

"不用急，明天早上会见到他们的。"海哥拍了拍王法的肩，"好了年轻人，现在去我船上，我得跟你聊聊。"

王法忐忑地跟在海哥和小鱼后面。小鱼还在为蠢蛋们担心，海哥耐心地解释说他们死不了。看样子父女俩已经和好了。

王法猜得没有错。小鱼回到木屋后越想越后悔，最后决定去船上找海哥问清楚。见女儿恢复了理智，海哥也坦言担心岛上混进了奸细，为了保障大家的安全必须先齐心协力找出来，至于小鱼想知道的秘密，海哥现在不告诉她是怕她被人利用，他承诺事成之后一定解释清楚。于是父女俩终于站到了同一战线。

小鱼带王法简单参观了下逐浪号。在此之前王法曾经多次拍摄侦查过它的外形，它比一般船宿游艇更宽敞奢华这不意外，没想到逐浪号居然还配有一个医用高压氧舱，潜水员一旦碰到减压病的问题，就可以抢在黄金时间得到先期治疗，不像别的船只只能去百花岛或回三亚救治。难怪逐浪号这么出名，在寸地寸金的经营式游艇配备这个足以证明它的专业。

借着船吧上的灯光，海哥终于把王法打量清楚了，半晌他才开口："你们的情况我现在全知道了，这群人里头肯定混进了海盗的奸细。小鱼说可以保证你和马朋那小子不是坏人，其实我不信……"

王法苦笑："那你还叫我上来干吗？"

"你不是说要留在这里玩几天吗？行。不过每个人都要通过我的测试，测试通过，我把你们当贵宾接待，送你们安全回家，通不过的，就留在这里等死吧。"海哥的脸上没有一丝笑意，看起来他是认真的。

"非法拘禁可是不小的罪名，虽然这里你说了算，也不能没有王法。"王法犹豫了一下还是捂着自己的喉咙说了出来，以防又惹怒他来一招锁喉手。

小鱼面色紧张起来："爸，你可不能乱来！还有你答应我的，测试完这些人就会给我解释清楚，不然我不会跟你这么配合的！"

海哥点了点头："说话算话。"

原来这就是父女俩重归于好的条件。王法想了想："看来我没有选择。你要怎么测试我？"

海哥悠闲地喝了一口水："急什么。"

就在这个时候王法听到了发动机的轰鸣声，跑到甲板上一看，逐浪号竟然已经离岸驶向茫茫大海。王法奔回船吧大声质问："你要把我带到哪儿去？"

海哥脸上露出了一丝古怪的笑容："等会儿你就知道了。"

4

海哥是逐浪号的船长，大副二副三副都是些黑瘦的汉子，同时兼任着水手、机工、厨师和服务员。他们个个身手敏捷，但也都沉默寡言，跟魔兽世界号的船员们如出一辙，这是个很不好的联想。王法想知道他们如何在这片磁场紊乱的汪洋里航行，也好辨识出逐浪岛的路，可惜他没能走出船吧就被海哥简单地喝止了："坐下。"

在被海哥盯了漫长的半小时后，逐浪号在一堆礁石群附近抛下了锚。海哥看着昏昏欲睡的小鱼："丫头，爸爸带你下海探宝吧？"

"有宝贝？当然好！"小鱼精神起来，想了想又看看王法，"难道带他下海就是测试？"

海哥笑笑："走，去换装备。"

下水前的潜点简报，海哥用"大流"和"大货"两个词来概括，意思是此地洋流湍急但大型掠食性动物很多，不过这时是此地一天当中洋流最平静的时间段。小鱼和王法自然成为潜伴，相互为对方检查调试装备。两人身体配合很默契，过程中王法却不忘挤对她几句，小鱼也不客气地回敬，虽然相互撕得不留情面，但他们之间有种奇妙融合的氛围。一旁的海哥看来这两人简直在打情骂俏，莫非他们在恋爱？这小伙子长得太俊，油嘴滑舌看起来一点都不可靠，做父亲的并不觉得这是个好选择。海哥皱起了眉。

穿戴好水肺，作为潜导的海哥第一个迈步入水。

这时天已经亮了，第一缕晨曦已经温柔地铺满了海平线，游艇附近不时有旗鱼欢快地跃出水面，在空中疾速地画出一道弧光。小鱼和王法交换了入水前最后一个确定 OK 的眼神，利索地迈步入水。

这是一片清澈如玻璃世界的海域，尽管太阳没在当空，仅凭晨曦能见度就达到四十米以上，一入水，五颜六色如万花筒般的小鱼儿便迎面飞来。前面带路的海哥转身跟他们交换了一个 OK 的手势，也收获了俩人面镜后惊喜到发亮的眼神。

一只绿蠵龟憨态可掬地在他们身旁游过，它那长长的桡足像船桨一样划动，桡足和背甲都有亮丽的大花斑，它的尾巴很长，这是一只公龟，体重可能超过一百公斤。这还是王法第一次看到这么大的绿蠵龟，兴奋地牵住了小鱼的手，示意她往这边看。

小鱼却更加兴奋地用力回握王法的手，示意他往上看。

一只巨大的蝠鲼像风筝一样掠过他们头顶，这种叫魔鬼鱼的巨物是水摄师的最爱，这只蝠鲼的翼展可能有五米以上，比体长还要长，这是一只雌蝠鲼。凭王法的经验，现在正是蝠鲼的繁殖季，可能附近还有其他雄蝠鲼，果然，几只体型较小的雄蝠鲼一起尾随而来，它们欢乐地追逐着，雌蝠鲼开始放慢速度，一只雄蝠鲼游到了它的身下，并用胸鳍爱抚对方的身体。它们在交配。

虽然在水下，小鱼也感到了脸发烧，她扭过头不敢看，王法却兴奋得眼睛都不眨，现在他最后悔的是没有带摄影设备，错过了这次他不知道多久才能再等到机会。

这个人太下流了。小鱼在面镜后面向一脸喜色的王法翻了个白眼，从他手里挣脱出来独自游开。

小鱼看到了一条巨大的红色章鱼，高兴地追逐着它，害羞的章鱼躲进了一块岩石后边，小鱼绕过去想看清楚，不料不小心碰到了它的触手，章鱼以为敌人来犯，闪电般扑上去，缠住了小鱼上半身。小鱼惊惶地挣扎着，和它的触手搏斗着，但是它就像生了根一样将小鱼越缠越紧，这时她的呼吸调节器也突然被拔了下来，一根大触手缠住了她的颈部。

小鱼陷入了极度危险中。

不远处的海哥和王法飞快地游来。王法先到一步，他没有用力和章鱼触手搏斗，因为这种体型的章鱼足以将一头鲨鱼缠到骨折。王法伸手捏住了章鱼触手上的吸盘，这些小小的吸盘每一个都能有十五千克的吸力，是它们用巨大的吸力制造出真空，将小鱼牢牢锁死。只见章鱼吸盘受捏吃痛变松，王法轻轻拨拉开触手，小鱼窒息的喉部立刻一松。王法把掉落的呼吸器塞回她嘴里，小鱼用舌尖顶住呼吸器，按下出水键，将呼吸器里多余的海水喷出，这才恢复了正常呼吸。

再看那条差点把她缠死的章鱼已经悠闲地游开了。王法狠狠地瞪着小鱼，把她的右手死死抓在了手里，用眼神告诉她不能再离开他半步。小鱼惊魂未定，只能用抱歉的眼神看着王法。

他又救了她一次。

所有这一切，都被随后赶到的海哥看在了眼里。

现在小鱼不敢再挣脱王法了。小小的惊吓很快被一个大惊喜掩盖，他们看到一条纺锤形的大鱼优雅地游了过来，它的体长接近三米，有着短短的鳍肢和剪刀式长尾，胸部每侧有一个乳房。王法和小鱼惊讶得差点忘记了呼吸，他们简直不敢相信自己的眼睛，这是只有在海洋展图片上才能见到的儒艮，也就是传说中的美人鱼！

王法觉得现在是自己人生中最幸福的一刻，在这里他把大部分人一辈子都看不到的风景全都体验到了。小鱼激动得在发抖，如果说平时船潜固定的几个潜点可以打八十分，这里杠杠的，要评一万分。因为感觉到太幸福，不知不觉中她和王法十指紧扣，在美丽的海洋世界并肩齐飞。

不过这种幸福感在他们潜行一段之后突然消退了。他们看到海里展开了一张天罗地网，这种被明令禁止的渔网可以在海里绵延几公里，见过这种网，才能明白什么叫断子绝孙，什么叫一网打尽。

海哥停留在渔网前似乎在思考什么，小鱼好奇地游了过去，用写字板问海哥：这是你放的网吗？

海哥没有回答，倒是转头看着王法。王法愤怒地做了个要上浮的手势。

回到船上，王法卸下装备就找船员要潜水刀，刚才在水下他就想去割渔网了。就在王法想再次穿上装备时，却被海哥给拦住了："你要干什么？"

王法没好气地说："我要下水割渔网！这么多珍稀动物，你这是要断子绝孙吗？"

"放肆！这是我给你的测试！"海哥厉声喝道，"一会儿抓一条美人鱼上来，我会把它开膛，然后让你做手术救回它，你不说你是兽医吗？我倒要看看你有几斤几两！"

王法愤怒地瞪着海哥："没想到你真的是海盗！动物和人一样都是生命！你这样跟杀人没有分别！"

海哥冷冷地道："别假惺惺了，植物就不是生命？你敢说你没吃过鱼，没吃过青菜吗？"

王法一时语塞，但很快找到另外的点："你知道那些潜水员要花多少钱才能千里迢迢来看它们，你们这样随便捕杀，在菜市场不过卖几块钱一斤，值得吗？"

"人既然站在食物链顶端，所有比你低级的生物都是上天给你准备的菜，如果这是杀戮，那你去烧香祈祷它们下辈子投胎做人吧！"

最后一个上船的小鱼一直目瞪口呆看着他们，这时才回过神来："王法，你冷静一点儿，网不可能是我爸爸放的，他是来救我的，哪有工夫放网？这艘船也装不下那网啊！"

王法一愣，不过依然没有停下穿戴："不管是谁放的，我都要割。"

海哥冷冷地再补一刀："今天你要是割了那个网，就永远也别想回到陆地了。"

王法倔强地瞪着他："那你现在就杀了我，反正伤天害理的事你也没少干。"

海哥一把抓起王法身边的潜水刀抵在了他脖子上，海哥的动作像闪电一样快，反应过来同样想抢刀的王法只差了一秒钟便成了砧板上的鱼，一动不敢动。

小鱼大喊："爸！你是不是疯了！你没有资格决定王法的生死！而且那些动物多可爱啊，你不能干这么丧心病狂的事……"

就在这时，只听得一声哗响，一条巨大的旗鱼跃上了游艇。最爱在海中跳跃的旗鱼是渔夫们心爱的猎物，可它也是极其危险的。现在这条横向搁浅在船舷上的旗鱼前后悬空，就像个多动症孩子一样惊恐地摆动着身子，它那长枪一样锋利的吻和巨大力量的尾巴毫不留情地横扫着船上的杂物，沉重的气瓶都被它扫倒了几个，滚落　地。刚才还说海洋动物很可爱的小鱼发出了害怕的尖叫。

王法心里突然掠过一个念头：这些大型掠食动物才是食物链顶端，和它们共处就像在雷暴天气抱着金属棒一样危险。你若不敬而远之，随时可能被它毁灭。

一个船员拿着木棍走近旗鱼想制伏它，王法大喊一声："小心！"

迟了，旗鱼的尾巴扫中了船员的腰背部，把他扫得飞到了船的另一边，他倒在地上爬不起来，一脸痛苦。

海哥疾步把吓蒙的小鱼拉到船舱，这时王法随手捡起一条刚用过的浴巾，一把扔在旗鱼头上，蒙住了它的眼睛。

说来也怪，旗鱼立刻停止了挣扎摆动，不一会儿便安静下来。王法走过去轻轻一推，旗鱼应声落海，欢快地扎进了深海中。被吓坏的众人这时才敢过来，王法奔到受伤的船员身边，伸手在他背脊上摸探了一阵，又让他翻过身在胸腹各处按压，见他没有剧烈痛楚，这才松了一口气："没有骨折也没有内伤，休息一下会好的。这也算你命大，如果被旗鱼嘴巴捅到，我们就得请直升机救援了。"

小鱼一直吃惊地看着王法，今天的他真是霹雳无敌帅，此刻小鱼的眼神几乎有点崇拜了："你为什么用浴巾蒙住旗鱼的头？"

"其实只要你不冒犯旗鱼，它是不会主动攻击的。它搁浅到了一个新环境，周围的一切让它很害怕，当然会挣扎。如果蒙上眼睛让它看不到，自然就不会挣扎了。"

这时身后响起了一阵鼓掌声，是海哥，他沉重有力地鼓着掌，这还是小鱼第一次看到海哥用如此赞赏的眼神看一个人。海哥没有接话，却拿起藏在气瓶后的一把手臂长的不锈钢大剪刀递给王法。

王法不解地道："这个是？"

海哥笑道："恭喜你通过了我的测试，你的确是个好兽医！现在我们一起下海剪渔网吧！"

"这么说爸爸断定他不是坏人了？"小鱼惊喜地问。

海哥把笑容一敛："我只说他是个好兽医，如果他敢打你的歪主意，一样是坏胚子！"

王法有点脸红，赶紧转移话题："看来渔网不是你放的。"

海哥板着脸冷哼了一声。

这把渔网剪锋利无比，看起来很像是海哥专为剪渔网设计打造的，只花了几分钟便把天罗地网剪出了一个大洞，如果用那把小潜水刀只怕半天也搞不定。等到盗猎者们来收网时，网里的猎物会在出水前全部跑光，小鱼一想起这个就非常兴奋。上船后王法也抑制不住开心，主动伸手与海哥相握并和他撞了撞肩。

"小子，这不代表我们就是朋友了，我的生活与你无关，以后不要再窥探我。"

可惜海哥煞风景地丢下了这句话。

返程前，小鱼突然问海哥："爸，这就是你平时出海做的事吗？因为怕我跟来有危险，所以撒谎说去钓鱼？"

海哥假装没听到，陷在沙发里发出了鼾声。

王法虽然通过了测试，依然被限制在船吧不得在途中外出。他一夜未寐仍无睡意，一会儿想到在三亚逐浪专用码头上进出的渔轮，那些有去无回的设备和生活补给，一会儿又想到逐浪岛上的波力发电机，神秘的惠帝雕像和郑和壁画。刚对海哥产生的肯定又回到了现实。

人都是多面的，慈善家中不也有杀人犯吗？

王法对这个海哥越来越感兴趣了。

5

逐浪号是披着金色的阳光进岛的，远远就能看到木屋那些人都在海滩翘首以盼，当然，他们当中没有坚强和丽丽。船头并没有向码头靠拢，而是转去了湾洞的方向。不等王法、小鱼开口，海哥主动解释："我们先去收个网。"

王法和小鱼吃惊地对视了一眼。

逐浪号抵达湾洞时王法被允许和大家一起出来到甲板上。湾洞里的发电箱轰鸣依旧，同时还夹杂着微弱的叫喊："救命啊！"定睛一看，在洞口像门神一样一左一右被渔网困住、大半个身子泡在水里的人，不是坚强和丽丽又是谁？一见到有人来，两个家伙崩溃了，连哭带喊："海爷爷，您饶了我们吧！"

小鱼当场就笑喷了。王法倒是松了一口气，跳下海和船员们一起把两只大笨熊解救出来。他们在海水里泡了六七个小时，尽管这里是热带，但夜里的海水温度并不高，长时间的浸泡让俩人的身体肿胀发白，上船后浑身发抖地抱着水瓶狂喝。

在逐浪号的船吧，由海哥主持召开了第一次全体岛民会议。中心议题是提审坚强和丽丽。海哥像个山大王一样陷在他的主位里，两个笨贼可怜兮兮地披着浴巾低头蹲在地板上，早上才从乙醚后劲里苏醒的众人围坐一圈，愤怒地指责着他们。

好脾气的碧荷姐第一个发了火："原来你们就是海盗的奸细！在魔兽世界号也是这样把我们给弄昏的吧？快说主谋是谁，你们目的是什么？！"

"我日你姥姥！敢用迷药弄晕我！"初六上去踢了坚强一脚，不料坚强一闪结果踢到凳子脚上，疼得初六抱着脚在船吧里乱跳。

阿牛蹲在了坚强边上，一个字一巴掌地拍在坚强的背上："孙子，你阴我！"

阿牛手劲很大，只听得坚强背上啪啪作响，他龇牙咧嘴却不敢躲不敢喊。平日里张牙舞爪的丽丽双手抱头不敢吭气。

"够了！在我的船上轮不到你们打犯人！"还是海哥一声喝止了这场闹剧，"你们两个，给我好好交代来龙去脉！"

坚强磕磕巴巴地开了口："我……我发誓，我们跟海盗真的没有半毛钱关系。就是……就是莫名其妙到这岛上之后，丽丽发现了急救箱里的药，她就藏了一些，说是以防有坏人到时先下手为强。碧荷姐说这岛上可能藏了那个太监的财宝，我和丽丽想着不能白来一趟，一时糊涂才干出了这种事……"

丽丽习惯性地抢过坚强的话头："我下的那点药真没伤害你们，顶多就是让你们睡了个好觉……"

"你闭嘴！"小鱼怒了，指着坚强，"你，接着说。"

坚强继续磕磕巴巴地说："我……我俩就是很好奇，那个电缆会通到什么地方去，所以背了气罐去探探底……昨晚只是听说那边大概什么位置有湾洞，我俩一路游过去差点累死，好不容易看到了那个大箱子，就按王法他们说的顺着缆线潜过去看看有什么出口，没想到顺着那条线游了没多远，我们就发现前面全是石山，那个线，那个线……"

坚强看了海哥一眼，胆怯得没敢往下说。

海哥冷冷地道："继续说。"

"那个，那个线就钻到石山里去了，连一点进人的缝隙都没有。我和丽丽正打着手电凑上去看，突然间有两张渔网把我们网住了，然后像装了弹簧一样我们被发射出来。还好我们潜得不深，发射的时候一直在喊，不然，不然这么弹出水面肺就炸了……"

"炸了也活该！"自健愤愤地说。

"这么说昨晚我只差一点也被发射了？"初六挠着脑袋，有些不耐烦了，"这俩蠢货偷偷摸摸是有病，不过这个破岛也太他妈古怪了！发电机到底是给哪里供电的，海哥你就给个痛快话吧！"

海哥冷笑："有人跑到你家里做客，问你的银行密码是多少，你说吗？"

初六瞠目结舌半天答不上来。众人面面相觑，气氛变得尴尬起来。

海哥站起来在屋里走动着，声音洪亮有力："老实说吧，这里的确有秘密，如果我不想别人知道，谁也别想在太岁头上动土！下次再有这种事就不是海水里泡一晚这么简单了！如果你们当中有我信得过的人，或者我会告诉他！和他一起分享！所以，愿意留下来做客的，我游大海会好好接待，不愿意留下来的……"

海哥脸上又浮现出了一个古怪的笑容："不愿意留的，也得通过我的测试才能走！不要问我下一个测试的人是谁，也不要问测试内容是什么，心里没鬼的人，好好享受你的假期吧！"

这个会议在海哥霸道的决定里结束了，坚强和丽丽被暂时软禁在逐浪号的一间客房里，这俩家伙刚经过一夜的惊吓一时半会也没精力再胡来。对于王法劝他说这个可能会涉嫌非法拘禁，应该尽快移送去百花岛时，海哥只淡淡地回了句："少放屁。"

王法差点被一口水呛死。

小鱼目睹了这一幕，笑得前俯后仰："报应，总算有人能治你了。"

等王法离开后，海哥不高兴地跟小鱼说："这个人又轻佻又滑头又迂腐，你可不要跟他谈恋爱。"

小鱼一脸被抓了现行的夸张："我怎么会跟他！开玩笑！全世界的男人死光了，我也不会看上他。"

"丫头，希望你这是真心话。"

"爸，你刚才对他的评价真准！不过还可以用一个字概括——好贱！"小鱼把话题扯开，大笑起来。

小鱼搬上了逐浪号她的专用房间，王法、马朋和笨叔终于能住进木屋卧室了，在享受了船员大厨简单的早中餐后，海哥宣布下午六点会在海滩开烧烤派对。对大家都给面子大夸特夸的船餐，坚强却很难下咽，他申请当大厨将功赎罪，船员给了他一个重重关门的回应。

众人都有些忐忑，但谁也不敢问海哥会在什么时间测试谁。当听说王法已经通过了测试时，立刻被众人围攻追问具体情况，王法只是打着敷衍的哈哈，推托称自己太困得先去睡个大觉。

这一觉真是睡得香甜。再睁眼已是黄昏时分，王法发现床边放着一套干净的 T 恤短裤和夹板拖鞋，听马朋说是小鱼安排给大家送来的换洗衣服，很多天都只能一身衣服洗了穿穿了洗的王法感到了一丝甜意。这个整天破马张飞的女汉子偶尔也有点体贴可爱。

王法装扮一新走去海滩，远远就听到了欢快的小苹果节奏，虽然王法平时最讨厌这种神曲，可出门在外突然听到最能代表家乡的乐曲，真的会心口一热。那是家的感觉，再贫贱再尴尬也是心口暗藏的朱砂痣。

来逐浪岛好几天了，此时才看到这片沙滩迷人的真面目。这里的沙是纯白色的，钙质含量达百分之九十，全靠海浪将源源不断的珊瑚沙送来，经年累月堆积而成。放眼望去，蓝天晚霞白沙，一派人间仙境。多庆幸逐浪岛周围奇怪的磁场和乱流，它们用独特的方式守护着这片净土，只为解开大自然密码的人开放。

沙滩上已经架起了桌椅，摆开了烧烤架，远远就能闻到诱人的肉香，看到已成蜜糖色的烤翅、红通通的大螃蟹和冒着丝丝冷气白沫的可乐。男人们一水的白 T 恤花沙滩裤，外加一个同样打扮的碧荷姐，简直就是夕阳红旅行团集体装备。小鱼换上了一件蒂芙尼蓝吊带短裙，一头还有些湿的头发用一个蒂芙尼蓝发箍别了上去，酡红的晚霞映照着她的明眸皓齿，在人群之中格外打眼。

王法见过的黑皮肤女人里，小鱼是唯一一个能把艳丽颜色穿出彩的人。

王法情不自禁吹了个又响又长的口哨，奔过去加入了老年迪斯科舞团。一奔进人群他便愣住了，怎么囚犯丽丽和坚强也在呢？丽丽虽然也穿着老年团 T 恤，可是作怪地把袖子领口都剪了，露出胸前一抹澎湃，下摆也高高挽起扎一个结，露出一截杨柳腰，沙滩裤也让她剪得仅能遮住半边屁股。她这身打扮在端茶送水，还真让这派对有点美国风。

坚强正在餐桌前给一只鸡拆骨。好家伙，手起刀落，骨肉分离，几分钟光景就把整鸡拆得只剩下了完整的鸡皮，这边起火爆炒，将蘑菇鸡肉胡萝卜丁等几样配料炒出来，然后全装填进鸡皮，把它又凑回了整鸡模样，再从鸡屁股里塞进一个剥好的水煮蛋，加汤放在火上煮。熬煮过程中坚强一直在舀汤淋鸡。

见到王法在一旁关注他做菜，坚强小声地解释："没想到我跟海哥是老乡，我说给他做个家乡菜凤凰下蛋，他就让我们出来放风了。"

坚强的家乡菜做好，小心翼翼地端到了海哥面前。这是一只看上去很完整的母鸡，金黄的鸡皮，清亮的高汤，鸡尾部分摆放着一颗枣。就在王法不知道怎么个下蛋法时，海哥拿起筷子轻轻在红枣上一按，鸡蛋真的从鸡屁股里滑出来了。

"原来是这么个下蛋法！"好奇围观的岛民们顿时爆笑起来。

坚强涨红了脸解释："呵呵，本来应该有八种配料的，海哥多担待啊。"

只有海哥没笑，他眉头微蹙，用勺轻轻戳开鸡皮，舀出一口尝了尝。他闭上眼睛似在品味，过了一会儿又舀了一勺。看样子味道不错。众人好奇，纷纷舀来尝试，果然鲜美异常，不过这跟坚强烤的海鲜大餐还是不能相比。

海哥一个人把这碗滑稽的家乡菜干掉了一大半。吃完他便走到海边眺望远方，久久都没有离开。谁都能看出来，海哥思乡了。

王法靠近小鱼搭话："你们居然也有老家？我还以为是从地缝里钻出来的。"

小鱼正和碧荷姐学广场舞迪斯科，一边带劲地摇着一边傻乐："哈哈差不多就是地缝钻的！反正我一有记性的时候就在海口了，后来我们就来了三亚，他从没带我回过老家，我还以为他忘本呢。"

"那你妈妈呢？"自健突然从旁边插了一句。

"跟你爸一样……不过我爸都不准我提她……"小鱼有点黯然，看到一直笑眯眯看着她的碧荷姐，小鱼突然来了点兴趣，"碧荷姐你现在有对象吗？我爸还没有女朋友，说不定……"

"啊？"碧荷姐尴尬地愣在原地。

王法配合道："别说碧荷姐跟海哥还真般配，要不就趁现在拜天地圆房吧！"

众人爆出了一阵大笑。

就在这时，一个船员惊慌失措地从树林里跑出来："笨叔被蛇咬了！"

原来笨叔要去捡些蘑菇给大家配菜，结果被一条矛头蝮蛇给咬伤了。众人一窝蜂地奔向笨叔受伤的位置，只见笨叔痛苦地抱着左腿坐在地上，小腿被蛇咬过的位置已经肿胀起来。小鱼跟笨叔最亲，也是和船员一起冲在最前面的，拿起笨叔身边的匕首就要给笨叔切开伤口，笨叔没法说话，只是拦着她痛苦地摇头。

第二个赶到的初六问小鱼："你要干吗？"

"把伤口切开，帮笨叔把毒液吸出来啊！电影里都这么演的。"小鱼理所当然地说。

"鬼扯！必须帮他做个止血带，不然毒气攻心就不行了！武打小说都这么写。"初六也振振有词。

丽丽第三个赶到，她拿着一大瓶矿泉水，一边往笨叔伤口上倒一边帮他清洗。小鱼和初六同时嚷了起来："你干什么！？！"

这时才赶到的王法阻止了正要拉开丽丽的小鱼："她的处理是对的。吸毒液弊大于利，唾液可能会感染伤口让治疗变得更困难，止血带把毒液堵在下面，但可能会引起肌肉坏死，搞不好要截肢的。"

小鱼有些后怕地打了个冷战。

丽丽有些得意地瞟了王法一眼："知道我是行家就行，还不快去急救箱拿蛇清注射液！"

王法马不停蹄奔向了木屋，跟随而到的海哥目睹了这一切，他什么也没说，任由还是囚犯的丽丽给笨叔治伤。

处理完笨叔的伤口，初六把他背去木屋休息。

小插曲很快过去，返回的众人在海风夜色中享受烧烤大餐。饭后大家围坐着，王法忍不住问海哥："坚强做出了你喜欢的家乡菜，丽丽及时救治了笨叔，你打算再给他们一次机会吗？"

海哥悠闲地喝了一口啤酒："没错，他们算是通过了测试，现在我可以肯定坚强的确是个好厨子，丽丽也的确是个好护士。"

"啊？我们通过测试了？那我们可以自由了？"坚强和丽丽惊喜地对望着。

"哦不。"海哥使了个眼色，两个船员上前一边一个抓住了坚强和丽丽。

海哥站了起来："放风时间结束。"

众人一片哗然。

6

让给你们下过麻醉药的人当厨子和护士？你能二十四小时看住他们不再下毒吗？

反正海哥不会。

烧烤派对以俩蠢蛋被继续关押的形式草草结束了，让大家扫兴的并不是坚强和丽丽的去向，而是喜怒无常的海哥，可碍于小鱼在场又不敢多说。

快散场时自健悄悄跟巫马朋吱了一声："一会儿别走太快，有话跟你说。"

自健自告奋勇包办清洁，初六则嚷嚷着要打牌，凑了阿牛、王法和碧荷姐四条腿，巫马朋磨磨蹭蹭留在了海滩。现在只剩下他和自健两人了，自健警惕地望一眼灯火通明的逐浪号，压低声音走到马朋身边："现在我们都是没通过测试的人，我觉得应该联合起来。"

巫马朋不解地看着自健。

"你不觉得海哥就像个暴君吗？喜怒无常，出尔反尔，我们不应该把命运交到他手里。"

"你的意思是要像坚强和丽丽那样吗？"马朋困惑地道。

自健不屑地说："我们怎么可能那么弱智！想探秘，要回家，斗暴君，这些都得靠智慧。"

巫马朋苦笑："除了能辨识方向，我还能帮上你们什么？"

自健左右四顾了一下，再次压低声音："听说你绘出了整个逐浪岛的地形图？"

巫马朋想了想，老老实实地说："是。不过我也不能确定正确率有多高，绘这里的地图，一半凭路线勘察，一半是凭空间想象，比如猜山脉的走向，洋流的方向……"

自健大喜过望："你太牛了，那你能找到出岛的水路吗？"

巫马朋摇了摇头："暂时还不可以，有机会再进出一次也许可以。"

自健重重地拍了下马朋的肩："你太厉害了！所以你才是最可能满载而归的人！你一定要跟我联合起来！"

"可是，我为什么要和你联合？"

自健显然对这个问题早有准备："没错，你和小鱼是朋友，小鱼一定会在海哥面前为你说话。和你比起来，我和我妈对他们来说更像外人。可我能帮你，我知道你喜欢小鱼……"

突然被一个比自己小的人戳破心事，马朋有点挂不住了："我，我先回去睡觉了……"

自健急了："马朋！难道你想跟游戏世界里的女朋友过一辈子吗？碰到自己喜欢的人为什么不追？"

马朋有点被触动了，半晌才回应："可我不知道怎么追，有时感觉她对我很好，可又好像她一直把我当小孩。"

"那是因为她身边现在有个王法！"自健提示。

马朋笑了："不可能，他俩是冤家对头，说不了两句话就得撕，我还得经常调解他们的关系。"

自健同情地看着马朋："那是你不懂女人，我妈说了，他俩有戏，撕着撕着最后就会走到一起的。你想想，王法现在已经通过海哥的测试了，他们之间最重要的一道障碍已经没了，如果你是小鱼，你会选择又帅又可靠的能力者吗？"

这一点马朋从来没想过，太可怕了："不，不，你这是在离间我们，我不相信你……"马朋心慌意乱地退了几步，然后拔腿奔进了丛林。

"马朋！马朋！"自健追出两步，又怕别人看到只得作罢。

马朋回到木屋时那一桌牌鬼激战正酣。由于都身无分文，谁输了就得在耳朵上夹芦苇秆，初六和阿牛显然不是对手，耳朵上夹着嘴里咬着，连碧荷姐头发上都插了几根，只有王法得意扬扬一根都没有。

用一个替初六扳本的借口，马朋加入了斗地主阵营。他基本不叫庄，但配合碧荷姐、阿牛打得天衣无缝。一个小时过后，之前还是最大赢家的王法变成了稻草人，他被难民们打得屁滚尿流，眼见芦苇秆快插到鼻孔了，王法不得不举手投降。

初六高兴得跟赢了真钱一样："小马朋是世界冠军！玩这点小牌还不是通杀！"

这是马朋为数不多能赢王法的方式。可惜爱情不是玩牌。

输家王法回到木屋便四仰八叉地睡了，赢家马朋却翻来覆去睡不着，终于忍不住摇醒王法："哥，你觉得小鱼这个人怎么样？"

王法迷迷糊糊等明白问什么后，眼也不睁地露出了一个想入非非的微笑："有点猛，有点笨，也有点……可爱……好……可爱……"

王法喃喃着翻了个身又睡着了。

这下马朋彻底睡不着了。现在他也看出来了，王法对小鱼不是表面上看到的那样。这些日子来，马朋与他俩生死与共，早把他们当哥哥和恋人，可马朋无论如何不想最后哥哥得到他的恋人。

心急火燎地等到王法陷入深睡眠，马朋拿出了藏在床垫下的一个笔记本，然后蹑手蹑脚地出了门。他要去逐浪号找海哥谈谈，这是他曲线救国的爱情计划。

海哥正在船吧独酌，好像算到会有人来找他，不过巫马朋出现时他还是诧异了一下："是你？"

巫马朋非常紧张，眼前这个男人不仅是女神的爸爸，还是从第一次见面就令他胆战心惊的大人物，他几乎要鼓起所有勇气才能开口："海哥，我想请你现在就测试我。"

海哥注意到马朋有些发抖的声音，便给他倒了一杯酒，"你那么着急通过吗？"

巫马朋捧着那杯白酒，忍着呛鼻的气味喝了一口，一股呛辣从口中直冲脑门。他狼狈地放下了杯子，好在酒壮尿人胆，马朋把心一横提高了声音："是的，只有通过测试才能让你和小鱼信任我。"

"可小鱼说过保证你和王法没有问题，你可以免试。"海哥语调轻松，并不像对其他人那么严苛。

虽说让马朋免试却又提到王法的名字，顿时激起了马朋的自尊心："我也是男人，为什么我不可以参加测试？我不需要靠小鱼走后门。"

海哥乐了："你小子有点轴啊！行，让我看看你的本事。听说你很会玩游戏？"

"那不是玩，是我以前的事业。对每件事我都是很认真的，现在，我很认真地在了解这个岛……"马朋最不喜欢别人用玩笑的口吻来谈论游戏，他把那个攥了很久的笔记本递了过去，这个在杂物间找到的积满灰尘的本子已经成为他上岛后最重要的宝贝。

海哥随手打开一看，第一页图便跟外星文符号一般，不过海哥倒是一看就明白，这画的是从他们发现自己在漂流筏上到中途魔兽世界岛，再到逐浪岛之间的风速、所耗时间、大概距离和大致经纬度。在这片磁场紊乱的汪洋，马朋没有借助任何工具居然徒手计算出了接近正确答案的结果，这让海哥很是吃惊。

翻到第二、第三页海哥更是吃惊了。这次巫马朋画的是整个逐浪岛的俯瞰图、侧面立体图和重要位置分解图，标注了橡木屋、僧雕洞、悬壁之巅等每个关键节点的朝向、海拔，并估算了海滩、丛林、悬壁区的大概面积。如果不是清楚知道巫马朋只不过是沿水路环岛一周和勉强登到了山肩，海哥真怀疑这小子在这里做了很长时间的地质勘探。

心里虽吃惊，脸上却没表现出来。海哥指着地图上那些断层分明的浪蚀崖，淡淡地问："这些地方你都没到过，凭什么断定它就是这个样子呢？"

"好好研究山体的走向……就像一团揉出褶子的面粉会在加热作用下膨胀成包子一样，山体走向也是有一定规律的，我就把这个岛想象成在地壳运动下变形的包子，对不起，这样说可能冒犯了……"马朋有些不敢再继续。

海哥认真起来："有点意思。继续说。"

"自健说这个岛的秘密可能在一个我们没找到的山洞里，小鱼和王法那天登顶时看到了一个垂直的蓝洞，我估计这个蓝洞不仅直通海水，而且波力发电机的输入端很可能连通到蓝洞里，所以如果想得到这个岛上的秘密，蓝洞可能是突破口。"看到海哥一脸严肃，马朋赶紧把话圆回来，"请放心，蓝洞的事虽然小鱼和王法告诉了我，但我不会让其他人知道的。"

海哥皮笑肉不笑地扯了扯嘴角："你这么费心研究逐浪岛是相信这里有宝藏吗？"

"对我来说，真正的宝藏只有一个……"马朋咬了咬牙终于说了出来，"那就是小鱼。不管她想做什么，我都会全力以赴帮她。"

"啪——"海哥一掌拍在吧台上，吓得马朋一震。这时海哥已经黑了脸：

"小鱼也是你可以打主意的吗？！"

话说到这份上，马朋干脆豁出去了："我知道你看不上我，不过我懂你要什么……"

海哥冷笑："那你说说。"

"你想要小鱼平平安安地过一辈子，哪怕没啥出息都行，希望有人疼她，爱她，代替你照顾她。"

海哥一愣，难看的脸色缓和了下来。

"小鱼跟我在一起发火发不起来，因为我会化骨绵掌，而王法这样的探险家跟小鱼只能是火星撞地球。你觉得谁更合适她呢？"

"都不合适。王法会带她去玩更危险的东西，再有能力保护她迟早也会出意外。知道什么叫意外吗？就是你以为有能力平安无事偏偏就会出事，我不会让小鱼用生命的代价来明白。而你……"虽然嘴上否定着，但海哥的语气和眼神变得平和多了，"你太顺着她，她是一头蛮牛，犯倔的时候就得靠拉，那时你靠什么保护她？"

"为什么要拉？上次自由潜水比赛我看你也没拉住她啊！我有我的办法，四两拨千斤，说不定就能阻止她。"

海哥捕捉到了一个他很愿意听到的信息，满意地笑了："行，那就试试你的方法，如果你能成功地阻止一次她冒险，就算通过我的测试了。当然，事先不能让任何人知道。那时你不仅可以平安回家，还可以和小鱼做朋友。"

马朋露出了一个惊喜的笑容。

这晚马朋被海哥留下喝了一罐软饮才走，爷俩闲聊了很久。当得知马朋并没有系统学过太深的天文地理知识，观星辨位、看山析形只是一种突发潜能时，海哥简直对这个不起眼的小孩刮目相看了。不过临别前海哥把马朋的地图本给扣下了，他意味深长地说了句："这东西要是落到了别人手里，这个世外桃源就毁了。"

回木屋的路上巫马朋一路都踏在云朵里，他和海哥之间有了谁也不能说的秘密，海哥还许了一个看得到希望的未来，这怎么能不让他兴奋呢？

第 四 章
海盗湾鳄浮现

王法一直在观察海哥，
无论是他的话语还是微小表情都没有任何破绽，
难道海哥真的跟海盗没有关系？
王法突然有点失去方向了。
"直说吧，这湾鳄跟我们今天出海有关系吗？"
有人不耐烦了。
"我怀疑……"海哥突然加重语气目露凶光，
"你们当中有人是湾鳄！"

1

逐浪岛的八个外人，王法已通过测试，巫马朋确定是友，坚强和丽丽则非友非敌。剩下了开洗车行的阿牛和初六、中学历史老师碧荷姐和学经济管理的自健还没通过海哥的测试。

海哥上岛后的第二个日出如约升起。早早地笨叔就把众人叫醒，示意大家去逐浪号集合。依旧是船吧的简单早餐，依旧是神采奕奕的海哥，依旧是他无上权威的决定："我说过要给你们一个假期补偿，今天就出海转转！"

巫马朋的一声欢呼没有喊完，一个船员从他身后迅速地给他套上了一个黑色头套，而且推着他在原地转了起来。马朋挣扎着，被动地转着圈，大喊："这是干吗？"

只听得海哥洪亮的声音响起："小马朋，少安毋躁，出门前给你热个身，做好防护措施。"

巫马朋明白了，海哥这是提防他辨识出岛路线。好个翻脸比翻书还快的霸道总裁，昨晚巫马朋还以为他已经成为海哥的朋友了呢。马朋至少被他们拉着转了九圈，自然是天旋地转。站都站不住的他然后被扶到一个沙发上躺下，虽然脑袋还在冒金星，不过马朋还是从海哥声音的位置认出了自己现在的方位。马朋一阵窃喜，海哥也有百密一疏的时候，他干脆根据船速和摆动的幅度在脑子里画图，凭感觉来辨识方向和路径。

其他人虽然不用戴头套，但也都被要求被戴上了一个眼罩。

起航了。

一小时后众人被松绑，逐浪号已经飘在一片茫茫大海中。王法看了下他的电脑表和指北针，磁场一切正常，看来已经远离逐浪岛了。

海哥坐在他的主位，笑容可掬地看着大家："欢迎大家来逐浪号做客。今天，我想给你们讲个故事。大家听说过湾鳄吗？"

王法心里一惊，立刻接话："是一种被称为湿地之王，非常凶猛的鳄鱼吗？"

海哥笑了笑："也可以这么说，不过今天我说的湾鳄是一个海盗团伙……"

海哥的眼神从每个人脸上扫过，王法和他对视的眼神震惊又大胆，马朋和小鱼是一脸错愕，阿牛此刻依旧在擦拭他的酒瓶，但面无表情地和初六对视了一眼，碧荷姐正在把一块苹果往嘴里送，吃惊地看着海哥忘了咬下去，自健则旁若无人地对着他的随身镜整理发型。

"几百年来这片海域一直都有海盗出没，特别是过去十年，湾鳄团伙在这里横扫一切。他们是一群跨国犯罪分子，从海里的到岛上的再到过路的，能捕的捕，能抢的抢，能绑的绑，而且绑架敲诈得手后经常撕票。这伙人非常凶残彪悍，特别是头目湾鳄，据说见过他真面目的外人没留一个活口……"

碧荷姐打了个冷战："那把我们扔在漂流筏里的是湾鳄吗？"

海哥看了碧荷姐一眼。昨晚小鱼戏谑说如果碧荷姐母子通过测试就要他和碧荷姐发展，所以他第一次认真打量了这个女人。她清秀白净，养尊处优的白嫩双手，教师标识的透明树脂框眼镜下面是文秀的五官，和一般女人不同的是镜片后笃定的眼神，她应该是见过些世面的知识分子。这是一个举止得体、面目和善的中年女人，一举一动都让人觉得舒服。到海哥这个年纪，年龄相貌身材地位都退居其次，对女人最高的评价算是舒服了。

海哥却没有正面回答碧荷姐："这几年海警一直在抓捕湾鳄，他最后一个案子是绑了内地一个地产大亨的儿子，然后撕票了，海警差点抓到了他们。那次枪战就发生在我们现在的位置，打得相当惨烈……"

"你怎么知道的？"马朋好奇地问。

"当时我们刚好路过，远远听到枪声就赶紧熄灯，我用望远镜看了一会儿。一艘渔轮上有那么多炮火真是吓人，当时把海警船都给打哑壳了，结果渔轮跑了，我也是后来看新闻才知道那晚是跟湾鳄打。"

"那湾鳄现在抓到了吗？"马朋听得入了神。

海哥摇摇头："没有，不过这一年多湾鳄都没再犯过案，有人说他已经逃到国外，也有人说他已经金盆洗手了。"

"爸，这也是你从来不让我跟到这里来的原因吗？"小鱼突然插话。

海哥犹豫了一下，缓缓点了点头。

这个过程王法一直在观察海哥，无论是他的话语还是微表情都没有任何破绽，难道海哥真的跟海盗没有关系？王法突然有点失去方向了。

"直说吧，这湾鳄跟我们今天出海有关系吗？"初六不耐烦了。

"我怀疑……"海哥突然加重语气目露凶光，"你们当中有人是湾鳄！"

王法的眼珠都快掉下来了。自健睁开眼茫然地看着海哥，碧荷姐的苹果掉在了地上。初六咚地站了起来，阿牛瞪着他的牛眼睛，他俩都显得有点激动。马朋突然明白了什么，抓紧机会观察众人的反应。

"有……有证据吗？"阿牛本来就惜字如金，此刻看来更是有些结巴了。

初六更是："你丫可不能乱冤枉人！"

海哥站了起来，走到初六面前上下打量着，初六握紧了拳头，愤怒地瞪着海哥。王法皱着眉也站了起来，他还没想好，如果打起来应该帮初六还是帮海哥。

气氛变得一触即发。

海哥突然间大笑起来："哈哈哈，别紧张！我只是开个玩笑！"

初六不客气地一记重拳挥了过去，不过海哥身手敏捷地躲开了。阿牛和王法一起拦住满脸通红的初六，初六声音大得快把王法耳朵给喊破了："我们不是来这里被他当猴耍的！有种的跟我打一架！"

"你不心虚的话急什么急？"海哥冷冷地质问。

初六愣住了，张嘴正欲再说却被阿牛踢了一脚，初六把话头生生咽下去了，气呼呼地憋红了脸。幸好这时碧荷姐前来圆场："好了，别生气了，海哥也是想测试一下我们嘛，你这个反应也是太过了，我要是他就得怀疑你了，还好人家海哥不像我这么浅薄。"

这下可好，初六把怒火转移到了碧荷姐身上："你这老娘们什么意思？把我往刀口上送是吗？"

碧荷姐尴尬尴尬地笑着："哎呀，你怎么听的话啊，我明明是想帮你……"

自健跳起来拦在碧荷姐和初六中间："别想欺负我妈！就算她说的就是你又怎么样？要是心里没鬼你能这么大反应吗？"

初六二话不说，痒痒了很久的一记直拳终于疾速挥了过去，一拳正中自健的脸部，自健摔倒在地，鼻血长流。碧荷姐惊慌失措地帮自健擦鼻血，不想却越擦越多。就这样初六仍不罢休，还在继续往前冲，王法和阿牛费了老大劲才把他压下来。小鱼赶紧端来毛巾和清水给自健擦拭。

看着立刻染红的一盆水，碧荷姐眼圈红了，眼泪汪汪地看着初六："初六兄弟，我说错话可以跟你赔罪，大家一起共过患难的，你怎么能下手这么狠呢！"

自健倔强地抹了一把再次涌出来的鼻血："妈，不要跟他道歉，你没有错！"

初六发出了一声冷哼，并不作答。

目睹了这一切之后海哥默默离开了船吧，他走到甲板上看着茫茫大海，似乎在思考着什么。王法和马朋交换了一个眼神，都跟了出去。

"海哥，难道你在怀疑初六和阿牛了？"马朋愤愤地说，"这个粗人，真是一副野蛮人的样子，说他不是海盗我都不信！"

王法也给出了自己的意见："从外形上看，所有人里头只有他们最有可能是海盗。一样彪悍的大块头，一样晒成黑铜色的皮肤，力气最大，身手也最好，真打起来两个我再加五个马朋恐怕也不是对手。不过……"

海哥示意："接着说。"

"就这几天的接触，初六的确是个四肢发达头脑简单的家伙，阿牛很少说话有点神秘，像他俩当中的脑子担当，我觉得我们有必要再观察下，不要轻易下结论。"

海哥若有所思地点了点头。

2

初六和自健动过手之后，谁也没有游玩的心情了，偏偏这时海哥通知大家换装下海。刚流过鼻血的自健被留在了船上，不会水肺的碧荷姐发了救生衣和浮潜用品。

小鱼看得出来，碧荷姐下水时一直在回望船舱，她在强忍快要掉下来的眼泪。小鱼有些不忍心了："爸，就不能让碧荷姐留在上面陪她儿子吗？"

海哥却不容反驳："全都下去看看。"

说是让所有人都下海，马朋却找准时机问海哥要不要借此机会阻止小鱼，海哥却面色凝重："这不是个冒险。"

不是冒险，难道真的是来水下观光？

有过前一天美妙的水下经历，王法和小鱼对这次下水最充满期待，他俩最早换装穿戴相互检查，俨然只把对方当成了潜伴。本来马朋还没太在意，鼻孔还塞着纸巾的自健特别走过来捅了捅他，示意马朋留意他们。

那边的王法正在为小鱼整理 BCD 浮力背心，突然间凑到小鱼耳边不知道说了句什么，小鱼有些嗔怒地瞪着他，王法又凑过去说了一句，小鱼转怒为笑，同时也不客气地踩了王法一脚，王法抱着脚叽叽歪歪，脸上却没有丝毫责怪的表情。

傻瓜也看得出来，他俩绝对是在打情骂俏。

马朋敢说坏脾气的小鱼从来没跟他发过火，但也绝对从没在他面前流露过女性特质，那种特质是只在有感觉的男人面前才自然流露的。顿时一个气急攻心，马朋剧烈地咳嗽起来，遗憾的是尽管万箭穿心，还是没能像武侠小说里那样吐出一口鲜血。小鱼立马注意到晾在一边的马朋，这才想起来自己还是马朋教练的身份，赶紧走到马朋身边嘘寒问暖，并承诺和马朋一起下海。这让马朋心里略微安慰些。

大家开始向海里下饺子。按下泄气阀进入水里，王法第一时间感到了不对劲。这里的海域仍然像昨天那样清澈，但那一入水就迎面扑来的鱼雨呢？那五彩缤纷的珊瑚群呢？那可爱凶猛的大货们呢？没有，什么都没有，只有阳光穿透海水朝未知放射的万丈光芒。继续朝那弥漫着蓝雾的深海下探，依然什么都没有。

不知不觉中王法和小鱼并驾齐驱，他们心里同样充满问号，这里的海怎么啦？马朋像一只濒死的海狗一样无助地跟随在他们后面，心里充满了绝望。他能清楚地看到小鱼和王法手拉手在他的前方游弋。马朋此刻看不到别的东西也完全不在乎，他只知道前面那两个人看起来太般配了，而他是多余的第三者，从头到尾都是。

可惜前面那一对牵着手的家伙现在并没心情谈情说爱，他们此刻是海上搜救队，寻找着一切有生命迹象的东西，直到抵达一片狼藉的海床，他们终于明白了。

这里是一片死海。

虽然也曾经生长过美丽的珊瑚群，也有过无数可爱的海洋生物，但现在只有散碎海底的珊瑚断块，而且完整的、品相好的珊瑚枝全都没有，只有触目惊心的一地残骸。珊瑚群的消失直接驱逐了赖以生存的鱼群，于是这片海变成了水下地狱。

王法不小心踢到了海床上的沙砾，招起一大片沙雾，小鱼赶紧拉着他上浮。上浮过程中王法遇到了初六和阿牛，他们面无表情地擦肩而过。拉着马朋上浮到五米处做安全停留时，浮潜的碧荷姐就飘浮在上方。王法抬头看着她，看不清背光的碧荷姐的表情，但碧荷一定能看到王法眼里的愤怒和悲伤。

随着王法三人的上船，其他人也赶紧鸣金收兵，反正下面也没什么可看的。顶着一头湿漉漉的头发回到船吧，王法一直都黑着脸沉默着，倒是小鱼叽叽喳喳地追问海哥："这里为什么啥都没有？"

海哥一直没回答，直到人齐了才慢悠悠地发问："怎么样，好玩吗？"

碧荷姐没有理会海哥的关注点是什么，一上来就对自健问长问短，鼻孔已经结了血痂的自健还拿着他的随身镜整理发型。阿牛耸耸肩又开始擦他的宝贝酒瓶，只有初六一脸烦透了的表情："什么都没有，好玩个屁！"

王法突然把手里的浴巾一扔，怒不可遏："是谁把这里的珊瑚炸成这样？"

众人被他吓了一跳，目光全集中在了王法身上。

小鱼惊讶地说："什么，那些珊瑚是被炸过吗？难怪乱七八糟的。"

倒是海哥慢悠悠地说："知道那是什么品种的珊瑚吗？全世界最昂贵的阿卡牛血红。知道它的国际行情多少钱一克拉吗？"

"多少钱一克拉也不能乱炸！"王法愤愤地说。

"对，我也觉得是，多值钱的宝贝啊，应该好好用工具整枝取下来，用炸药真是暴殄天物，只有最没文化的海盗才这么干……"海哥脸上又浮出了一个古怪的笑容。

有了这几天的经验，众人在没摸透海哥真实意图前都不敢随便表态，只有王法不能控制情绪地站了起来，大声地嚷嚷："胡说八道！不管是什么品种的珊瑚，它都属于大海！任何人都没有资格巧取豪夺！"

"那你觉得让它们沉睡在海底更有价值，还是成为珠宝给女人们增加美丽，变成收藏品展示在博物馆更有价值呢？那么美的珊瑚，大海不应该成为它和人类之间的障碍。"

小鱼本来在心疼那些珊瑚，不过听了海哥这话也觉得有道理。

"不！珊瑚离开了大海就会死，很多鱼类离开珊瑚也会死！再有价值的死亡那也是死亡！"王法一脸激动地说，"小鱼那么美，你会愿意把她做成不朽的标本收藏起来吗？"

"王法！"小鱼嗔怪地道。不过他当众称赞自己美，心里不免甜滋滋的。

"按你这么说，你就不应该伤害任何一个生命，你不应该吃任何东西，连一粒米都是有生命的啊！凭什么可以吃小鱼不能杀大鱼，凭什么能吃素不能吃荤。就因为那些生命更低级吗？你不应该消耗这个地球上哪怕一丁点儿的资源，你生下来就死吧，成为其他生物的贡品吧，这样才是你们这些伪善者最好的归宿。"海哥冷冷地说道。

他俩又回到昨天能不能捕杀掠食性动物的诡辩里了。虽然王法明知道这很可能并不是海哥真正的观点，但这些理由确实让他无言以对："是的，人类为了自己生存确实要做出优胜劣汰的选择。别人我管不了，至少我，将来死了一定会海葬，以肉还肉，还多少算多少。"

小鱼实在不想听他们再争论下去，赶紧站出来圆场："哎呀，你千万别海葬，不然以后我一吃鱼就感觉在吃你！你想恶心死我吗？"

众人哄堂大笑。

海哥却不打算岔开话题："其他人没有不同意见吗？阿牛？"

问的阿牛，初六却没好气地说："炸了好！炸了干净！"

阿牛做了个抱歉的表情："别理他，还在生气。我没意见，都行。"

"那马朋呢？"

马朋还沉浸在刚才的坏情绪里，此时被点名吓了一跳。他看着海哥阴晴不定的脸色，小心翼翼地接茬："我觉得海哥说得对，名剑配英雄红粉赠佳人，像小鱼这样的女孩值得拥有世间一切美好，如果能办到的话我很想给她找一枝阿卡红珊瑚。"

小鱼听得出马朋话里的真诚，不过同样的被赞美此刻却是不舒服的感受，为了不让话题转移到自己身上赶紧假装生气："马朋你可别跟着王法学坏了！"

不等点名，碧荷姐主动接话："刚才我浮在海面什么也没看到，不过我一直很反感炸珊瑚的人，新时代应该有赚钱的新方法。这个世界多宽广啊，干吗要做这么低级又没脑子的事呢？是吧，自健？"

自健终于放下了他的随身镜，连连点头："对，我妈说得太对了。"

这场关于珊瑚的争论以海哥突然沉默走开告终。他站在甲板上又沉思了很久，谁也不知道他在想什么。船吧里的人七嘴八舌地议论着海哥葫芦里卖的什么药，尽管知道这很可能又是父亲的测试，小鱼也还是尴尬地走开了。

自健做了个总结："海哥这么玩下去，不等到回家我们就变精神病了。"

马朋感到又一阵绝望。

3

返程众人依旧被要求戴上眼罩，马朋仍是那个遮得严严实实的头罩。可不知道为什么，明明头罩下来世界陷入了黑暗，马朋心里却灯火通明地展开了另一幅画面。起航没几分钟马朋便下了结论："这不是回逐浪岛的航线。"

海哥父女都不在，众人便毫不掩饰惊讶，纷纷问现在是去哪儿。马朋也答不上来，倒是王法想到了另外一个点："奇怪，你都被蒙住头了，还分得清方向吗？"

"嗯。"马朋此刻真不想和王法说话。

"也就是说你能找得到进逐浪岛的水路？"自健惊喜地问。

"也许吧，那个我可没把握，走错一步就是死路。"

负责看管他们的船员清了清嗓子，大家都沉默了下来，不过马朋有可能找到进逐浪岛的路这事在每个人心里都掀起了不小的浪花。

两个半小时之后，逐浪号熄灭了引擎。海哥走了进来，跟在他后面的是一直被关押的坚强和丽丽。海哥让船员把众人的眼罩头罩取下来，大声说道："朋友们，我们到百花岛了！"

众人纷纷扭头朝周围看，只见逐浪号进了一个泊着许多船只的港湾，岸上**楼房林立绿树成荫**，人们衣着整洁彬彬有礼，一派文明世界的旖旎风光，和几日来避难歇脚的荒岛简直是天壤之别。天哪，真到了百花岛！所有人都是一脸茫然，这个在筏子漂流时曾经被无限向往的百花岛此刻就在眼前，为什么没有一个人高兴呢？

海哥拍了拍手掌，船员给每个人分发了一个信封："逐浪号要在这里补给，顺便就把你们送过来了。信封里是两千块钱，钱不多，但应该够你们回家了。现在你们就可以上岸报警，海警会送你们回到三亚的，我只能帮到这儿了！"

"报警？！不要报不要报！"坚强哭丧着脸。

"是怕把你跟海盗勾结的事暴露吗？"海哥冷冷地说。

"冤枉啊！我们跟海盗没有一毛钱关系，就是在岛上犯了点糊涂，那点事可够我们坐牢的啊！求各位大哥大姐高抬贵手饶了我们吧！"丽丽吓得说不出话了，坚强向众人连连作揖。

阿牛和初六对视了　眼，阿牛斟酌着说："我们活着回来了，损失的东西也不值两个钱，算了，不报警了。"

"不对，应该报警，不查出元凶，还会有其他人被害的。"碧荷姐的态度这次很肯定。

海哥蹙了蹙眉，大家的反应有些出乎他的意料了，于是转头问王法和马朋："你们俩的意思呢？"

王法惊讶地说："这还用问吗？必须报警，起码要把来龙去脉查清楚。你不是说我们当中有人是湾鳄吗？这事还没水落石出呢！"

海哥又露出了一个古怪的微笑。

马朋却沮丧地说："报了又能怎么样，查出来又能怎么样？别再折腾了，我想回家。"

这时才从外面进来的小鱼刚好听到这句话，惊讶地问："马朋你不是还要学高氧、沉船潜和洞潜吗？学完你就能在水下待更久啦！"

马朋苦笑不语，他能说自己失恋不想再见小鱼了吗？

阿牛向初六使了个眼色，初六赶紧把手搭在马朋肩上："小马朋，你不是不想回家吗？跟哥上百花岛玩玩吧。"

马朋黯然地说："不，我想马上回家……"

"好了！"海哥拍拍手，"要开会你们下去开会，逐浪号要去加油了！今晚游艇会在岛上有个大宴会，我们要去参加，玩个通宵！各位后会有期！"

这个海哥还真是出人意表，明明说只有能通过测试的人才能送回家，现在一群人当中通过测试的人也只有王法、坚强和丽丽而已，甚至早上他还声言凶残的湾鳄就在大伙当中，可说完这话便把大家送回了文明世界。这唱的是哪一出呢？

众人下船时小鱼自然也要跟去，海哥跟她耳语几句，又嘱咐王法、马朋负责小鱼的安全让她日落之前回到逐浪号。马朋对此不答，只是挥手跟海哥再见，心想着这次再见应该是永不再见了，作为一个失败者，应该趁早滚回老家。

往日形影不离的三人组开始分崩离析了。王法和小鱼总是有说不完的话题，王法想打探小鱼从海哥那里有没有得到新情报，然而小鱼也正为此郁闷，海哥非要等到整件事结束才会跟她坦白，现阶段不让她知道太多是为了她的安全。两人一路分析海哥的用意和众人当中谁最可疑，因为话题隐秘不免故意滞后，怕小鱼晒伤，王法还脱下 T 恤让她披在头顶。谁见了他们会说这不是一对情侣呢？

马朋有意加快步伐走在最前面，很快被其他人看了出来。自健开始寸步不离地跟着马朋，初六不时想来跟马朋搭个话，自健总是警惕地当了马朋的盾牌。马朋心里正伤着，此刻自然愿意和最懂他的自健成为朋友。

烈焰当头，心情不好的马朋一路狂奔，渐渐感到胸闷气短欲吐不能，丽丽检查了下他，断定是中暑，大家不得不在一家冷饮店歇脚。碧荷姐拿了枚硬币帮马朋刮痧，在大家啧啧围观马朋那一背触目惊心的淤痧时，初六突然东张西望起来："那对贼公贼婆呢？"

初六说的是坚强和丽丽。刚才他们是别别扭扭地跟进了冷饮店的，喝过的椰子还摆在桌面，人却不见了踪影。

初六屋前屋后马路牙子找了一阵，气急败坏地来报告："狗日的怕我们报警，已经跑了！"

嫌犯跑了，报警便成了需要再斟酌的事。王法是坚定不移的报警派："报了警让警察找他们去，就这么个小岛很快就会被排查出来的。本来我觉得他们只是那晚犯了点小错，现在看来还真跟海盗有关系，不然至于逃跑吗？"

初六把手一甩："要报你们去报，老子去找船回家了……小马朋，你跟我们一起走吧！"

初六来拉马朋，自健警惕地挡在马朋身前："你为什么不肯去报警？心里有鬼吗？"

初六一下子夆了，一把抓住自健的衣领："放狗屁！"

阿牛把他们分开，语调耐心又客气："有证据吗？没有就滚。初六，我们走。"

王法拦住去路："这事儿还没完，你们不能走。"

"怎么，你也想学海哥玩非法拘禁？"阿牛把这两天王法对海哥的说辞现学现用了。

王法果然默默地让开了去路。初六和阿牛大摇大摆地走出了冷饮店。

九个人的难友团，转眼只剩下了五个人。碧荷姐给出了一个建议："我觉得还是要找一下坚强和丽丽，他们应该还没走远，等到出警可能就晚了，另外最好有人盯着阿牛和初六，万一他们找到船走了呢？万一他们就是海盗呢？要不王法你先去报案，我们几个分头行动吧？"

这的确是个好建议，其实现在王法最怀疑阿牛和初六，自从坚强、丽丽被关押后这两个人处处透着可疑，王法相信警方能帮助他找到答案。

不过一直没说话的小鱼开了口："还是人齐了再去报案吧，说实话你是去报案被打劫还是被卖猪仔呢？我们的财物是在乱流里损失的，你要报案我们被大海打劫了吗？"

"我们被半路扔在筏子里总是事实吧？"王法不服气地说。

小鱼笑出声来："动用一艘游艇千里迢迢把我们这些人召集到海上，目的就为了把我们卖猪仔？哈哈！如果我不是亲身经历过肯定不信，不知道警官信不信你。"

王法沉默了一会儿："小鱼你说得对，说到底把我们逼到逐浪岛还是有别的目的。我们去找人吧，相信很快那些人就会露出真面目了。"

于是众人分了工，王法、马朋和小鱼去找初六、阿牛，碧荷姐母子去找坚强、丽丽。王法跟众人约定，不管结果如何两小时后到派出所集合，那时大家不能再阻止他求助警方。

众人兵分两路。心急火燎的王法第一个走出冷饮店，其实他在后悔刚才没拦住初六阿牛，无论如何受害者不愿意报案都是有问题的，一会儿找到他们讲理不成就动粗，不管用什么方法都要把他们带到派出所去。

就在王法盘算着自己的心事时，小鱼却磨磨蹭蹭走在了后面。她凑到马朋耳边低语了几句什么，马朋一脸惊诧地看着她，小鱼再次凑过去解释了几句，马朋想了想点点头。两人一路跟在王法后面走着，马朋明显比来时心情好多了，他不时靠近小鱼低语着什么，来时那个恨不得离小鱼八丈远的状态不见了。

初六和阿牛的体貌特征还是挺明显的，一问两个浑身文身的八尺汉子便有人指路，王法一路打听过去，追进了一条僻静的死路小巷，正在王法怀疑可能走错了地方时，小鱼突然追上了他："王法，跟你商量个事，咱们能不报案吗？"

"你也不想报案？为什么？"王法惊讶地问。

小鱼低下了头，有些为难地说："……不管什么理由，你能考虑下不报案吗？就算看在我的分上行吗？"

平日里小鱼跟王法见面就撕，嘴上从来没饶过对方，她还是第一次如此低三下四地求他，王法几乎要心软了，但想了想还是摇摇头："这件事是原则问题，我一定要查个水落石出……"

"咣——"王法话音未落，头上吃了一记重棒。他转身昏倒前，天旋地转地看到马朋拿着一根木棒站在他身后。小鱼一把扶住了倒下来的王法，心疼地埋怨马朋："你是不是下手太重了？"

这是王法昏迷前听到的最后一句话。

4

抱着被敲晕的王法，小鱼又急又悔。

来百花岛的路上，海哥跟小鱼聊了很多，虽然依旧没有透露他的秘密，但他一直在请小鱼体谅，把众人送来百花岛是他最冒险的一次测试，他相信如果众人中有海盗奸细，一定会露出真面目，但他也从心底不希望把事情闹大。逐浪岛这个地方，他不希望海盗染指，亦不希望引起公众注意，最好能不费一兵一卒查出海盗是谁，然后悄悄解决。众人当中海哥其实最担心王法会报案，所以下船前再三嘱咐小鱼要不惜一切方法阻止他，必要时找马朋联手。海哥看出三人之间的暧昧，心想女儿对付两个喜欢他的男人应该没问题。

在父亲和王法之间，小鱼选择了父亲。对付这个一贯我行我素的王法，小鱼所谓的一切方法不过是让马朋帮忙敲晕他而已，可是敲完她就后悔了，对这个救了她一次又一次的男人，即使意见不合也不该下手。在这个时候马朋表现出了男人的决断，他立刻去打电话给海哥，很快来了一辆车把他们带回了码头。逐浪号静静地泊在那里，而海哥丝毫也不意外地等待着，听马朋半是兴奋半是邀功地讲完事情经过,他拍了拍马朋的肩膀表示赞赏，来时的车则把王法带走了。

小鱼一脸沮丧地看着远去的车："任务我是完成了，他的头不知道伤得怎样，你得找医生给他看。"

马朋这时才有些担心了："海哥，你可不要伤害王法哥。"

海哥点点头："放心，现在就去看医生，然后让他睡个觉，别坏咱们的事就行了。他皮实得很，那点小伤不碍事。"

小鱼一肚子无名火没处发，只得冲进了逐浪号她的房间，这个时候她谁也不想理。

海哥笑眯眯地看着马朋："接下来就是我对你的测试了，你愿意接受挑战吗？"

"测试我？可是小鱼现在也没什么冒险的事要做，我没法测试啊！"马朋半喜半忧地说。

"小鱼不用冒险，可是你要冒一点险跟海盗周旋，愿意接受这个挑战吗？通过了之后你就是我们的人了，我的一切秘密都可以跟你分享。"海哥试探地说。

马朋心里差点熄灭的火苗又让事情的七弯八拐点燃了，即使没有成为小鱼身边男人的诱惑，解开整件事情的谜底对他也是很大的吸引。挑战？他不是王法那种能力者，可面对挑战也从没退缩过。马朋认真地点了点头。

"一会儿我们全部会下船，你就留在船上守着吧，过不了多久就会有人来，那时你就会知道究竟谁是他们当中的奸细。如果我猜得没错，他们会逼你带路去逐浪岛……"

马朋震惊地说："怎么可能！我又不知道进岛的路！"

"小子，你就别谦虚了，我知道你有这个能力。"海哥又拍了拍马朋的肩，"不要怕，就按你的感觉进岛吧，把他们都带回岛上去，我们随后就赶到。把他们关在岛上，我们来个瓮中捉鳖好不好？"

突然之间被委以重任，马朋有点受宠若惊了，骨子里的斗志也被激发了出来。抓海盗，这个游戏不要太好玩！

不过海哥想把小鱼带下船可不那么容易了，不管怎么说小鱼也不愿配合海哥穿上晚装下船，扮出一副去参加宴会的模样离开，直到海哥说出去看看王法的伤势如何，这才让小鱼开了门。听海哥把他瓮中捉鳖的计划说出来，小鱼第一个反应是："不行，谁来对马朋的安全负责？他还是个孩子，凭什么让他去冒险？"

看来自己在小鱼心里还是有地位的。马朋感动了："放心吧，小鱼，我是个大男人！我会用这件事证明我绝对不比王法差！"

海哥也给了小鱼一个定心丸："马朋现在是进出逐浪岛的唯一希望，海盗绝对不会伤害他的，我让阿笨在逐浪岛上布好了陷阱，就等他们回去自投罗网了。再说百花岛上不可能有他们的同伙，两个对两个完全没问题，你就放心吧。"

"可是这大晚上的，你让马朋认路回逐浪岛不是开玩笑吗？既然早做了设陷阱的打算，你就不应该蒙上马朋的眼睛，应该让他好好认路！"小鱼生气地说。

"我要不这么做，海盗就会想到马朋是我的卧底，他就会有生命危险！况且我对他的能力有信心！希望你也是！"

这是在电竞领域外第一次被人如此重托。马朋顿时心生豪气："小鱼你相信我吧！我一定会平平安安回到逐浪岛的！"

左叮咛右嘱咐，小鱼让马朋一定演好这场戏，又把自己的一瓶防狼辣椒喷雾给了他，马朋不得不把喷雾揣在了兜里。他当然不会用这个以免让人笑掉大牙，但小鱼如此在意他，真是前所未有的满足。

黄昏时分，海哥难得地穿上了海蓝 T 恤白色长裤，几个船员也都换上了正装。而小鱼将头发斜分，梳得紧贴头皮在脑后盘起，穿上一袭雪白半肩曳地高开衩真丝绸晚装，难得地轻点朱唇淡扫蛾眉。她盛装出行的模样差点把马朋看呆了。小鱼挽着海哥下了船，一群人有说有笑地上了车，驶向了沐浴在金色黄昏的海岛中心。

马朋独自在逐浪号甲板上徘徊，为了看起来自然些，他摆出了一把沙滩椅佯装睡觉。他要让自己在醒目位置当诱饵，虽然不知道谁会躲在附近偷窥他，但他知道那个人迟早会到来。

就在马朋在甲板心焦等待时，王法在一家酒店的房间睁开了眼睛，他发现自己躺在床上，而身边坐着那个美若天仙的白衣女子，不是和马朋合伙敲晕他的小鱼又是谁？稍远一点坐在书桌旁盯着手机看的大个子男人，不是海哥又是谁？

王法一骨碌坐了起来，可是脑后一阵剧痛让他疼得说不出话来。

小鱼紧张地站起来察看他后脑勺的伤势，结果被王法一巴掌给打开了。小鱼这次一点儿也没生气，倒是一脸着急："还疼吗？刚才医生不是说没事吗？天哪，你还能说话吗？不会脑震荡变傻子了吧？"

"游小鱼！你还真下得了手！你巴不得我变傻子是吧？告诉你，我傻了照样也能喷你一脸！"王法愤怒地喊了起来。

本来小鱼的眼泪已经开始在眼眶里打转，这下被骂了却破涕为笑："爸，他没事，他还能骂人呢！"

海哥皮笑肉不笑地扯了下嘴角，注意力一直在他的手机屏幕上。

王法愤怒地拍打着床："你给我解释下，为什么要偷袭我？不是说好找到他们一起去报案吗？"

小鱼自知理亏："就是不想你去报案才偷袭的……我爸说了，不想海盗破坏逐浪岛，可也不想警察找去逐浪岛，那本来就是个被世界遗忘的小角落，不如让它好好地保持原状。"

"我还真是看错你了！我怎么会这么傻！傻到以为你跟他不是一样的人！傻到以为你真的不知道他的秘密！"王法悔恨地一拳一拳捶击着自己的胸口。

小鱼心疼地用力抓住王法那只自伤的手，带着哭腔喊了起来："我真的什么都不知道！我爸让我阻止你报案，我，我实在是没别的办法了，打了你我也很后悔……"

这是第一次看到她如此坦露心声，这绝对不是假装。

王法心里一动，手上的劲便松了，任由她把那只自残的手捧在了她的胸口。两人就这样一个眼泪汪汪一个不知所措地对视着，直到海哥在那边清了清嗓子示意他还坐在一旁，这才吓得他们赶紧松手分开。

"等听完我们的计划你再发火不迟。"海哥依旧眼皮不抬地说，"我把你们送到这里来就是做一个大测试，心里没鬼的人自然想去报案、回家，除非……"

"除非心怀鬼胎才不敢报案！"王法冷冷地看着海哥。

海哥抬起头淡淡一笑："我是庄家，游戏规则我说了算。"

"你不是裁判也没有执法权！就算他们当中有人是海盗你也没资格审判！"王法愤愤地说。

海哥盯着王法直摇头："你这个人啊，本身资质不错，本来我们可以做一点共同的事业，可惜你太迂腐了。"

"好了！你俩别再吵了！王法你跟我撕就算了，怎么连我爸也不撒手呢？"小鱼实在听不下去了，"事实证明坚强和丽丽、初六和阿牛都不想报案，当然他们肯定是两起不同的坏人，坚强、丽丽是怕我们告他们在逐浪岛下麻醉药的事，初六和阿牛我敢肯定他们就是海盗……"

王法难得地点了点头："现在唯一能排除嫌疑的是碧荷姐和自健，不过从一开始他们就不可能，一个连水肺都不会的中学老师和一个玩户外的学生哥，真的没可能是海盗。"

小鱼似笑非笑地看着他："那你的王法定律呢？"

"什么王法定律？"海哥纳闷。

王法和小鱼相视一笑，谁都没有回答，这是他俩才意会的秘密。

"我倒是觉得碧荷母子不能排除嫌疑……"海哥眉头紧蹙。

"怎么可能，刚才只有他们母子要去报警！从头到尾他们都很正常，只有突然发现自健很会攀岩那天我们怀疑了一下，但这也没什么稀奇，现在的大学生户外达人太多了。"小鱼困惑地说。

王法连连点头称是。

海哥皱起了眉："姓王的小子，你常年跟大海打交道，应该知道什么叫静水深流。"

王法不解："怎么说？"

"的确，他们表现得没有一点破绽，但坚强和初六那些人只是一般小毛贼，配不上湾鳄的名气。策划上逐浪岛的人智商非常高，如果碧荷母子不是被拖累的受害者，那就是幕后策划的大奸大恶之徒。"

"匹夫无罪，怀璧其罪。"王法对这个理由非常鄙视。

海哥现在没工夫和王法辩论，他看了一眼手机，腰身紧张地直立起来："来人了。"

小鱼和王法也凑过去看，原来海哥的手机连接着逐浪号的监控视频。

只见镜头里马朋在躺椅上闭目养神，有两个人东张西望蹑手蹑脚地上了船，此时夜色已临华灯初上，甲板光线昏暗，但还是可以一眼认出那两个熟悉的身影。

果然是初六和阿牛。

5

其实马朋早就听到脚步声了，上船的踏板晃悠着发出吱呀吱呀的声响，那是两个略显迟疑的脚步声。马朋躺在沙滩椅上虽然没有睁眼，心跳却不由自主地加快，恨不能马上看看海盗的真面目，却又无比紧张，生怕自己忍不住惊呼出来。

脚步声停在了马朋的椅子旁，一只滚烫的大手搭在了他的胳膊上，一个熟悉的粗嗓门压低声音在喊："小马朋！小马朋！"

马朋心里的石头落了地，如他所料，果真是初六和阿牛。他慢慢地睁开眼："初六哥，阿牛哥。"

"海哥他们那些人呢？"初六东张西望。

"哦，他们去参加一个什么游艇会的活动了，说是要玩通宵呢！也叫我一起去来着，可是我太累了，就想吹吹海风睡个舒服觉。"马朋极力让自己镇定下来。

初六和阿牛不相信地奔向了船舱，上上下下把每个房间都检查了一遍，连冰箱都打开看看有没有藏人，确定安全后这才招手让马朋来船吧。

初六放松地往海哥专属位上一躺："狗日的，吓死我了。"

"王法呢？"阿牛示意马朋坐下。

"不知道啊！"马朋装蒜。

"别装了小马朋！你把王法敲晕了以为我们没看到吗？当时我们趴在人家院子的围墙上看着呢！看不出来啊你，居然敢干这个！"初六乐不可支地说。

马朋心里大呼不妙，支支吾吾地说："唉，那都是小鱼让我干的，海哥怀疑他有问题要收拾他，我也不知道他们把王法弄哪儿去了。"

"你也觉得王法有问题吗？"阿牛不动声色地问。

"说实话我不知道，反正海哥说他是海盗的奸细。"马朋认真地看着他俩，眼睛都没眨一下，也是到这时候他才发现自己有撒谎的天赋。

初六和阿牛对望一眼，突然发出了狂野的笑声。初六边笑边说："这个海哥看着聪明其实是个笨蛋！有问题的不是王法！"

"那是谁？"

"我！"

"我！"

111

初六和阿牛收敛笑容同时应答，事已至此他们不打算再伪装了。

马朋脸上配合地露出了惊讶和恐惧的表情："原来你们才是海盗！"

"小马朋你不用怕，我们只是想去逐浪岛上挖挖宝，只要你乖乖地带我们上岛，我们就分你一份财宝。怎么样？"初六得意扬扬地说。

"要是我不答应呢？"马朋有意给他们设一点小障碍。

阿牛从裤兜里掏出了那个从不离身的威士忌酒瓶，单手在瓶身一推，半边瓶身向右滑出，露出里面卡着的一把精巧的手枪和一小截消声器。阿牛在枪头装好消声器对着墙壁打了一枪，只听得一声闷响，船身木墙壁上俨然出现了一个弹孔。阿牛轻描淡写地把枪口对准了马朋："小朋友，你最好乖乖配合，不然下一枪就打在你脑袋上了。"

这下马朋真的目瞪口呆，他长这么大还是第一次被真枪口瞄准。大家的行李都在乱流中丢失了，几乎都是光着身子上岛的，谁能想到阿牛没事就拿出来擦拭的酒瓶竟然是一件致命武器呢？

看马朋没反应，初六的暴脾气立刻要发作了："阿牛，先打断他的腿，让他知道咱的厉害！"

就在这时外面传来踏板吱呀吱呀的声响，初六和阿牛赶紧一边一个躲在船吧门后，阿牛拿枪对准马朋指了指，示意他不准乱喊。

外面两个人从昏暗的外面蹑手蹑脚走了进来，刚看到灯下的马朋发出一声惊呼，阿牛的枪已经抵到了第一个人的脑袋上，而初六的手也掐到了第二个人的脖子上，所有人都一愣。这次来的是坚强和丽丽。

初六和阿牛同时松开了他们正欲行凶的手。

"小丽，你们怎么才来！"初六埋怨地说。

"哎！我去买了几身衣服，就这么套衣服都快把我捂臭了！看到你留的记号我们马上往回赶了！"丽丽把手里的一个鼓鼓囊囊的塑料袋扔在了沙发上，一脸惬意地看着马朋，"怎么样哥，这小子答应了吗？"

坚强在船舱里来回走动观望着："这船上真的没其他人了？你们真的看着他们下船的？"

"放心吧妹夫！看着他们一个个穿得跟吊丧一样走的。"初六又把自己摔进了海哥的主位。

马朋此刻的表情绝对不是假装，他的眼睛瞪得都快掉出来了，嘴巴也足以塞进两个鸡蛋。简直不敢相信，跟仇人似的一见面就斗鸡的丽丽和初六居然是兄妹？

人生如戏，全靠演技。跟这些海盗比起来马朋发现自己智商太低了。

阿牛回身把枪口对准了马朋，"小朋友，利索点，别浪费时间了，我们还有很多正事要做。"

现在情况和海哥预计的有点不一样，马朋盘算了一下，他和笨叔两个人就算有布好的陷阱也没把握对付四个人，最好的办法是拖一拖，等到海哥来救场或者给他下一步的明确指示才行。想到这里马朋倒定下心来："我不认得进岛的路，你打死我也没办法。"

"你——！"初六怒了，抢过阿牛的枪顶到了马朋的太阳穴，"小子，我们忍了很久了！哥们儿可不是吃素的！别惹急了我！"

坚强赶紧冲过来把初六的枪抢下还给阿牛："马朋，他真不是跟你开玩笑的，手上可都是有好几个命案的人，惹急了皇帝老子他们都敢杀！你还是乖乖配合吧！"

马朋一脸委屈："来的路上你们也看到了，我可是被罩了头罩的，现在你让我认进岛的路不是为难我吗？"

"可你蒙着头都能认出不是回逐浪岛，证明你心里有数啊！是嫌哥哥们给你的条件不够好吗？这样吧，找到了财宝你拿一半，剩下的才给我们分，怎么样？这条件够好吗？"阿牛再也不惜字如金了，做起思想工作来还挺会骗人。

马朋心里明白，这不过是海盗们骗他做事的伎俩，他是应该就坡下驴还是继续拖延时间呢？此刻门外又响起了吱呀吱呀的脚步声，一个脚步声优雅从容，另一个沉着淡定。是海哥和小鱼吗？

海盗们惊惶地对视着，藏的藏躲的躲，瞬间又把马朋留在了船吧中间。

"马朋！小鱼！王法！"人还没进屋，碧荷姐亲切的声音就从外面传了进来。

他们来得太不是时候了！马朋拼死喊道："碧荷姐快跑，船上有海……"

马朋一句话没喊完，坚强从身后扑过来死死捂住了他的嘴。

晚了，晚了，碧荷姐和自健已经一前一后走进了船吧，众海盗从藏身的地方全都闪身出现，碧荷姐一见马朋在坚强手里拼命挣扎的样子便发出了一个无声的惊呼。

自健径直走来坐到马朋身边，示意坚强松开。坚强刚挪开手，自健便一只胳膊搭上了马朋的肩膀，可同时他的随身小钢镜也抵在了马朋的颈动脉上，稍一用力马朋就感到了那块镜片的锋利，只要自健用力一拉就能让他喷血，那时就是华佗再世也救不回了。马朋苦笑，谁能知道总是拿着钢镜臭美的自健其实是在摆弄他的杀人武器呢？

碧荷姐吃惊又关切地看着他们："哎呀！你们怎么能这样对待客人呢？"

马朋僵在原地不敢动弹半步，一时间没明白碧荷姐是什么意思。

自健不甚情愿地松开了马朋，但同时给了一个恶狠狠的警告："别再喊了！不然割断你脖子！"

马朋终于有点明白了，他的牙齿开始磕巴："你你你，你也是海盗？"

自健帅气地整理了下他的发型："我不喜欢海盗这个词，新时代新海盗新赚钱方式，或者你应该说湾鳄战队。"

初六正要坐回主位，却被阿牛踢了一脚。阿牛谦恭地指着主位："师父，你这边坐。"

初六不好意思地摸着后脑勺："师父，你上坐。"

师——父？

什么意思？连碧荷姐也是海盗团伙的？马朋脑子嗡嗡作响,吓得都结巴了："碧……碧荷姐，你到底是什么人？"

碧荷姐优雅地在主位坐下，依旧是她平时一脸和善的笑容："我可不就是碧荷姐吗？当然，你也可以叫我另外一个名字——湾鳄。"

马朋张大的嘴巴再也合不拢了。

海哥千算万算却没算到一起落难的九个人里头竟然有六个是海盗！

更加没想到的是，凶残的海盗头目湾鳄竟然是个手无缚鸡之力、连潜水都不会的女人！

第 五 章
谁的陷阱更高明

现在海盗湾鳄有三个人质，一堆武器，
还先行占据了"一夫当关，万夫莫开"的逐浪岛，
海哥一着棋错满盘皆输。
众海盗无情地嘲笑着海哥当时的测试是何等威风，
事实证明，
海哥只是不堪一击的纸老虎。

1

这是多么完美的一个团伙啊，一个厨子一个护士两个打手一个掩饰身份的儿子，苦肉计离间计攻心计走为上计，一切都是碧荷姐总导演的大戏！

马朋在逐浪号被真相吓得目瞪口呆的时候，海哥、王法和小鱼也在酒店房间看着手机监控瞠目结舌。

小鱼第一个急了："爸，我们快回去救马朋！他一个人对付不了六个！"

"别说六个，他半个都对付不了！赶快报警吧！我们全赶过去也不是对手！"王法着急了。

海哥立刻拨通了电话，却是通知几个船员马上准备出发回逐浪号，而他嘱咐小鱼留下，要求王法和他一起出发。王法不解："为什么不报警？那可是湾鳄！"

海哥转过身看着王法，一脸的不耐烦："闭嘴！我自己能解决！你想像个男人一样战斗就跟我走，不走你就滚去报警！"

小鱼脱下高跟鞋，把晚装裙一把撩到大腿绑了个死结："让我去！"

王法无奈地拦住小鱼："我去我去……那会是一场恶斗，你在场会让我们分心，反而让我们更危险，你远远看着行吗？"

"小鱼！听话！"

难得一次海哥和王法意见一致，小鱼不得不答应远远地在岸边安全地带等待消息。大家一起坐上了驶往码头的车，在车上海哥继续盯着手机监控看。

而在逐浪号被吓蒙的马朋被众人围攻时，自健突然发现了主位后面隐蔽的针孔摄像头："妈！我们中计了！这里面有摄像头！"

逐浪计划

碧荷姐凑过来一看，二话不说顺手抄起茶几上的一支笔，对准摄像头戳了个稀巴烂："不怕，他有张良计，我有过墙梯！孩子们，我们撤！"

"咱们不是要把逐浪号开走吗？"坚强恋恋不舍地看着他从第一眼就爱上的大游艇。

"不行，这艘船目标太大。阿牛，你去把逐浪号的线路全剪掉！自健，你看下外面还有没有摄像头，也给它毁了！逐浪，哼，我要让它浪不起来！"碧荷姐再也没有了之前的和善柔弱，一言一行透着果断独裁。

她看了一眼马朋，对初六使了个眼色，初六和阿牛一个上去把马朋架住，一个拿出准备好的一段封箱胶封住了他的嘴巴。碧荷姐略带歉意地说："马朋，真是不好意思，用这个方式请你去做个客，希望你能好好配合，一会儿我会把来龙去脉给你解释清楚的。"

马朋丝毫没有反抗，反正反抗也没用，他只是顺从地点了点头。

众海盗推着马朋下了逐浪号。此时游艇码头寂静无声，人们都进岛吃饭去了，一盏路灯孤零零地照着逐浪号这边的栈道，碧荷姐从阿牛手里拿过手枪，手一扬，路灯灭了。马朋又一次瞪大了眼睛，没想到碧荷姐竟然还是个神枪手，能镇住这帮悍匪看来真是有几把刷子，并非只靠姻亲关系管治。

坚强凑过来问："师父，我们现在去哪儿？"

碧荷姐指着大游艇阵仗里一艘不起眼的破旧小快艇："我已经叫人安排好船了，大伙都上去吧！"

"师父，我们绑了马朋，他们会不会报警？"丽丽担心地问。

碧荷姐冷笑："海哥不会报警的，就因为怕报警才让马朋把王法敲晕了。"

"不是认定王法有问题才敲的吗？"

"这种鬼话你也信！海哥怕海盗，可他更怕警察端了他的老巢！他知道马朋对我们有用，我们不会杀他，而且第一时间会把马朋带去找逐浪岛，所以他单独把马朋放在逐浪号做诱饵。这家伙好毒！"

"那咱们现在去逐浪岛挖宝贝？"初六兴奋地说。

"岛上一定设好了陷阱等着我们自投罗网。嘿，好吧，就如海哥所愿，咱们出海兜兜风。"

碧荷姐的话说得很明白，可又如此让人捉摸不透，但没有人再质疑她的决定。众人推着马朋上了船，一个头套迅速地从上面把他又给罩住了。黑暗中马朋冷汗涔涔而下，之前他以为海哥足智多谋，没想到碧荷姐看透一切，"黄雀在后"。一场本来海哥胜券在握的较量现在实在难测输赢，马朋只求自己这颗棋子能保住小命。

碧荷姐把摄像头戳烂的时候，海哥的手机也同时黑屏了，这时他才感到事情已经不在控制范围，一行人赶到逐浪号时已经人去船空，最糟糕的是逐浪号的线路已经被剪，一时半会儿启动不了了，本来以为海盗们一定会驾驶逐浪号出海，最糟糕的情况也可以请海警拦截，没想到招招失算。

关键时刻海哥稳住了阵脚，他注意到码头边的一盏路灯黑了，而那下面正好装着一个摄像头对准逐浪号所在位置，当务之急要查出那些悍匪的去向，但愿摄像头能给出答案。海哥立马去到游艇会保安处，调出了码头的监控视频，震撼地看到了碧荷姐飞枪灭灯的神技。尽管路灯被打灭了，幸运的是红外监控镜头还是录下了众人出海上船的情形。

在保安处海哥打了几个召集船员的电话，又拨出了一个卫星电话，但这个电话他没有说一个字，而是用手指不断敲击电话。海哥挂上电话这才对一旁焦急等候的王法和小鱼说："走，我借了艘船去追他们。"

"去哪儿？"小鱼快步追赶海哥。

"逐浪岛。刚才的卫星电话是打给笨叔的，用摩斯密码通知他敌人来了我们随后就到。"王法神情严肃地替海哥回答。

海哥以为碧荷姐会驾着逐浪号离开，而且立马带马朋去找逐浪岛，可惜他又算错了一招。

被蒙上头套的马朋老老实实窝在快艇一角，上船前他便认准了方向，他们把船开得很慢，慢得根本不像是急着要去探宝，而像是在悠闲地观光。马朋这时心里已经有数了，顺从地等到船停下，海盗们把他带下船塞进一辆车的后备厢，汽车先是缓慢平驶然后开始爬坡，最后把他带到一个院子。下车时他闻到了一阵浓郁的香味，这种花在逐浪岛丛林里也有，当时王法还教过他，那叫热带兰。

马朋进门时装作没站稳在墙上蹭了一下，发现是砖墙，这应该是一个有些年份的院子。一进院就踩到了厚厚的落叶，看来这些日子没人打扫，屋子里也有一些雨后的潮霉味，海盗们推着马朋下楼梯，而且一直下到了第三层，但这里空气流通良好反而没有霉味，看来他们经常在这里活动。

直到这时马朋的头罩才被取了下来。这是一个酒窖，准确地说一半是酒窖，一半是布满了顶天立地大书柜的起居室，上面摆满了军事历史经济各类书籍，有经常翻动的痕迹，让人觉得主人是个有品位的儒商，谁会想到这竟然是个海盗窝呢。

此刻碧荷姐正端坐在主位，众海盗或坐或躺，阿牛正对着一瓶红酒咕咕咕地牛饮，碧荷姐不满意地看着他："阿牛，跟你说过多少回了，红酒不是这么喝的。"

"这几天把我憋坏了，师父你让我过过瘾。"阿牛喘了口气又继续对瓶吹。

碧荷姐对坚强使了个眼色，坚强赶紧把马朋嘴上的封箱胶撕了下来。马朋忍受着一嘴火辣辣，静静地和碧荷姐对视着："其实你们哪儿都没去，又回到百花岛上了是吗？"

马朋第一句话就惊得众海盗差点蹦了起来，碧荷姐倒是欣赏地给马朋鼓了鼓掌："你是怎么知道的？"

"你剪逐浪号的线路、上快艇出海不过是给海哥布的迷魂阵，让他错以为你们去逐浪岛了。其实快艇从水路绕岛游了一圈，然后又回到了游艇码头，不过这次不是在逐浪号附近上岸的，大概距离它一百五十米，然后开车西行四公里沿山路又走了一千五百米左右，如果我没记错地图的话，这里应该是百花岛的百岁山，这里应该是你们的老巢吧？"

众海盗目瞪口呆。半晌初六慌慌张张地喊出一句："不得了了！这小子得灭口！"

碧荷姐瞪了他一眼。

马朋此刻心里很没底，但是想活命就得把话说完："我说这些不是想威胁你们，是想让你们看到我的能力，我不是个没用的人质，不要随便决定杀我。"

碧荷姐深表认可地点了点头："马朋，我真没看错你，你是唯一一个能帮我们找到逐浪岛的人。知道我们为什么要住在这个有驻军的百花岛吗？最危险的地方最安全这个道理你懂吧？这里是灯下黑，没人想到我们敢住在海警眼皮底下。"

众海盗纷纷点头。马朋不解地说："碧荷姐，一个像你这么有文化高智商的人，当个老师真的绰绰有余，为什么要选择当海盗呢？"

"湾鳄战队，亲。"自健更正道。

碧荷姐看了众海盗一眼，轻轻叹了口气："我真的当过老师，这些孩子们都是我养大的，你以为靠老师那点工资能养活得了这么多人吗？自健他爸没啥文化，净带着孩子们干些刀口舔血的勾当，又危险又赚不到大钱……"

"炸珊瑚、捕杀大鱼、海上绑架撕票……这些事都是你们干的？"马朋试探地问。

"那都是过去的事了，档次太低赚的钱也太少，去年那一战我们牺牲了一大半人，包括自健他爸……现在这个队伍正式归我管了，谁说海盗就一定没文化？谁说海盗就得靠绑票猎杀为生？新时代新海盗，一定要用新的思维方式来赚大钱。"

"所以你让自健学经济管理？"马朋啧啧称奇叹为观止，"你的思维方式还真不是一般人，我们猜过湾鳄是初六、阿牛，也认定坚强和丽丽有问题，甚至分析过你们母子俩，唯独没想到你们居然全是一个团伙的。"

"一开始我就定了计划，两个一组行动，我们要表现得关系恶劣，绝对不能让人觉得我们全是一伙的，这样即使一组出了问题还有其他组可以卧底，必要的时候我们甚至会抛出一组人转移视线，比如坚强、丽丽。"碧荷姐说着突然眉头一锁，"当时费了那么大劲把小鱼骗出来，还以为她知道进逐浪岛的路，第一天就能顺利上岛，没想到游大海这个老狐狸连自己女儿都保密，而且王法那个家伙打乱了我们的计划，岛上情况那么复杂也是出乎我的意料。"

马朋困惑地想起一事："对了，你怎么知道郑和的宝藏一定在逐浪岛？"

"郑和的宝藏这件事我们早就知道，这些年也一直在寻找，只是最近才收到线报听说让海哥找到了，他随便在这片海域称王称霸可不对了，起码得问问我们同不同意。"

马朋更加奇怪了："前段时间一直有人给小鱼发信息挑拨他们父女关系，也是你们干的吗？"

碧荷姐脸上露出一丝不屑："我们只对宝藏感兴趣，别人的家长里短没工夫管。"

"所以你一定要拿到郑和的宝藏？"

"不，是我们一起去拿郑和的宝藏，包括你。"碧荷姐又露出了她的招牌微笑，"当然我知道你有钱，不过你不是想找一个新的职业吗？湾鳄战队最适合你，能让你发挥特长，找到成就感。"

"妈，人家是想撩游小鱼才来学潜水的，他不可能联合咱们一起去攻打他女神那边。我看没戏。"自健没精打采地照镜整理发型。

"那可不一定。小鱼跟海哥的关系也就那样，你以为站在女神身边当哈巴狗她就会嫁给你吗？不！小鱼这种女孩子就崇拜个人英雄主义，如果马朋再不显山露水地干件漂亮的大事，就算当女神的宠物也只能眼睁睁看着她被王法抱走。"

自健用崇拜的眼神看着母亲。

"马朋，加入我们湾鳄战队，我让你当二当家的！我们这个队伍有能力的人说了算！所以才有我这个女当家的！"碧荷姐观察着马朋的表情，知道她的话已经戳中要害了，于是乘胜追击，"你不是想得到游小鱼吗？我会把她绑来嫁给你的！女人最难过的就是头一关，等你征服了她的人就能得到她的心，当年我就是这样嫁给自健爸的。"

马朋眉头紧蹙地低下了头，好一会儿才低声道："我需要想一想。"

"哪有工夫让你想！再想海哥就把宝藏转移了！"初六激动地嚷了起来。

"急什么，他要转移早转移了，现在我们去逐浪岛就是送死，我倒是要让他等一等，看他游大海老奸巨猾还是我湾鳄神机妙算。"

碧荷姐笑靥如花地吐出这几句话，却让马朋忍不住打了个冷战。

2

海哥驾着借来的帆船全速向逐浪岛驶去，由于这次没有给王法戴眼罩，王法目睹了海哥进岛的全过程，在这个电子导航仪器失去效力的磁场，海哥却用一个沙漏来计时，用一把角度水平尺不时目测比对下前进的角度。这些早被电子时代淘汰的沙漏和角度水平尺看来是进岛法宝，但线路东进西突显然有什么秘诀，可惜王法没有马朋的天赋异禀，再随船走一百遍也是琢磨不透其中的奥妙。

这晚月色皎洁，整个逐浪岛却陷在一片黑暗中，夜行在这段危险的水路，明知前面会有敌人伏击也不得不开了大灯，远远照亮了空无一船的码头。一看清楚船上的人全愣住了，马朋呢？湾鳄呢？敌人呢？

没有人敢大意。海哥熄了灯光和引擎悄悄泊进码头，一行人由海哥打头阵，王法、小鱼和两个船员随后，连手电也不敢开，悄悄往木屋方向跑去。木屋同样陷在一片黑暗里，刚进了客厅，突然从天而降几张渔网，王法和小鱼、两个船员一下被吊挂在横梁上，海哥则被突然闪出的一个黑影一闷棍打倒在地上。

小鱼和王法脸贴脸身贴身地被捆绑在一个渔网里，眼见着海哥被打倒，小鱼忍不住发出了一声惊呼："爸！"

也就是这一声惊呼阻止了黑影向海哥打出第二棍。木屋里灯亮了，笨叔手忙脚乱地把他们从渔网里放下来，原来是他。

小鱼心疼地扶起背部吃了一重棍的海哥，忍不住责怪笨叔："笨叔你怎么能偷袭自己人！"

笨叔像个做错事的小学生一样低头站着。

海哥试着活动身体，还好没伤到骨头，幸好刚才躲闪了一下，不然那一棍击中头部就完蛋了。海哥阻止了小鱼的埋怨："不怪阿笨，刚才是我通知他有敌人来，让他做准备，没想到那伙人根本没出现，阿笨把我们当敌人了。"

"难道马朋带错路了？他那个凭感觉辨方向靠谱吗？这夜黑浪大的可别岔了道。"王法困惑地说。

小鱼着急起来："怎么办？他会不会有危险？"

海哥脸色也变了，他搭了个凳子够到横梁，取下上面放置的一个油布包裹。

打开来竟然是几杆猎枪，他把猎枪分发给几个男人，吩咐道："小鱼和王法留在这里，其他人跟我出海，阿笨，你走东线，我走西线，寻找一切可疑船只。"

"我也去！"王法迈前一步。

"不，你留在这里照顾小鱼，我把最珍贵的宝藏交给你看管，你可不能出半点纰漏！"昏暗的灯光下海哥双目炯炯地看着王法，并把一杆猎枪塞到他手里。

王法看着猎枪迟疑了一下。

海哥立刻明白了王法的顾虑："这些枪支有执照的，不是非法持有！如果有敌人入侵，你就是正当防卫！"

不能把小鱼带去抓海盗，但把她一个人留在岛上确实同样危险。王法思忖片刻点了点头。

分配行动后众人回到了码头，笨叔驾驶快艇，海哥驾驶帆船，各率一人东西线夹击搜寻。小鱼只在海哥发动引擎前说了一句话："爸，你好好地把马朋带回来，不然我永远不会原谅你！"

王法看得出来，小鱼是说真的。他心里本来被焦虑笼罩着，此刻却莫名其妙打翻了一坛子醋，以至于一开口竟然是："你还真是在乎马朋。"

"他是我的学员，是我爸让他当诱饵才使他身处险境的，我能不在乎吗？"望着消失在海平线的船只，小鱼情绪不佳地在沙滩上坐了下来。

"真的只是把他当学员吗？"王法在她身边坐下，不放心地又加了一句。

小鱼没精打采地瞟了他一眼："你这是吃醋的意思？这个时候撩妹合适吗？"

王法想了想，老老实实地承认："好奇怪，我好像真的吃醋了，我怎么会吃一个小屁孩的醋呢？"

这人吃错药了？小鱼吃了一惊，使劲睁大眼睛瞪着王法，想从他一向没正经表情的脸上找出一点平日的戏谑，以便自己抵挡捉弄，但此刻他脸上除了认真还是认真。

月光下小鱼眼神迷茫嘴唇微张的样子真是可爱。

神使鬼差地，王法俯身在她唇上吻了一下，那一瞬间两个人都有整个世界成了模糊背景的感觉。

还是小鱼先反应过来，她推开王法扭过头屏住呼吸，关闭王法身上那股魔法气息的控制后，脑子终于清醒了一点，可是身上的力气好像全被抽走了，连声音都变得格外软弱："这算什么？连告白都没有……"

王法笑了："其实我……"

"不要说！"小鱼其实对王法的告白既期待又害怕，她还没想好要不要和这个人在一起，只能找个冠冕堂皇的理由，"人家马朋下落不明，我们现在说这些太过分了。"

王法无奈地说："好吧，我尊重你。海盗不灭，何以家为。"

小鱼扑哧笑了："你浪子一个就别糟蹋'家为'这个词了。"

"申明一下我不是浪子，只是看起来像浪子，我的职业就得到处流浪，没办法。"王法看着海平线出神，一点不再开玩笑，"像我这样整天在危险里出没的男人，如果不对生活调侃一点说不定就精神崩溃了。"

小鱼有些意外了："你不是兽医吗？有些动物是凶猛一点，不过也算不上特别危险吧？"

"可我是个海洋兽医，不仅要帮它们疗伤，还得保护它们不受伤，帮它们对付那些贪婪的人类。知道吗，人是这个世界上最可怕的动物。"

"难怪你看到天罗地网和被炸的珊瑚那么生气。"

"我看到别人伤害你也一样生气。"王法转过头定定地看着小鱼。

"你居然把我当野兽？哼！"这种热情的眼神小鱼真不习惯，只能假装生气来掩饰尴尬，把手里的一把沙扬起扔在了王法脸上。

王法大叫一声，佯装眼睛被沙眯住倒在了沙滩上。小鱼起先还原地不动："哎！别装了！"

王法一动不动。

小鱼紧张起来，凑过来察看："扔到你眼睛里了？对不起啊，来，我给你吹吹。"

小鱼认真地给王法吹着眼睛，直到王法实在憋不住笑出声来，她这才明白又被捉弄了，恼羞成怒地啪啪赏了他几巴掌，直到被王法捉住双手压在身下动弹不得。

"你看你，可不就是动物凶猛吗。"

"呸！你才动物！你还禽兽！"小鱼生气地挣扎着。

王法一脸正经地说："别动，我要问你一个非常认真的问题……你看咱俩现在的造型像什么？"

此刻两人贴身相拥，亲密无间。小鱼的注意力被成功转移："……呃，威化饼干？"

王法摇摇头。

"奥利奥？"

"不对，我看像轴承。"

"为什么？"小鱼困惑地说。

"奥利奥和威化饼干中间哪有两坨和一条啊！必须是轴承。"

"你！"小鱼又羞又急但火没能发出来，因为她的唇已经被王法封住了。

月色、大海、马朋的下落、父亲的秘密，这一刻小鱼什么都不想管了。

王法和小鱼在沙滩上打闹的时候，海哥和笨叔正在茫茫大海中搜寻。在这片怪磁乱流的海洋里，他们的船只不敢分得太开，都打着灯以便相互照应，海哥可以肯定，只要湾鳄的船没有沉没，他们一定也会亮灯前行，但是直到驶出怪磁圈也不见任何陌生船只的踪影。

也许湾鳄是打算等天亮了之后才来，毕竟要走这样一段毫无把握的水路。这样的话他们必须返回逐浪岛守株待兔。

海哥定了定心，用信号灯向东线的笨叔传出讯息：返航。

他们一无所获地回到了逐浪岛，出乎海哥意料，此时小鱼没有发火，只是不愿意搭理他，听说湾鳄团伙有可能在白天进岛时，小鱼坚持下半夜要在海滩上等候。海哥想用父亲的权威喝令她回木屋睡觉，却被王法给劝住，好不容易才约定众人先回木屋休息，天亮前的几小时由王法和小鱼在海滩上值班。

这一夜对海哥很煎熬，低估了对手造成马朋被绑架这个错误他必须弥补，一整夜他都在分析与盘算，天没亮便拿上枪直奔海滩，只可惜涛声依旧却不见任何陌生船只来往。而海滩上的小鱼已经倒在王法肩上睡着了，王法则亲密地搂着女儿的腰，俩人头靠头肩并肩地依偎在一起。陡然见到这一幕，海哥心里顿时被剐了一刀，他相中王法这小伙子的资质，可要把女儿交付给他却是一千一万个不愿意，他希望小鱼嫁给一个有安稳工作环境、对她忠心不二的男人，而王法，恰恰和他一样整天风里来浪里去。这不是做父亲的初衷。

走到俩人身后，海哥用力地清了清嗓子，他们赶紧分开了。

晨光挤破夜色宁静时，海哥已经变成大灯泡硬挤在了小鱼和王法中间，只可惜从晨光初现等到日上三竿，又从烈日当头等到日照西斜，海平线上仍然是茫茫杳杳。

海哥不得不失望地承认："湾鳄太狡猾了，她算准我们设了陷阱在等她，不会来自投罗网了。"

一直忍着怒火的小鱼终于炸毛了："都怪你！好好的凭什么牺牲马朋去当诱饵？要不是你藏着那个什么郑和的宝藏，能惹来这帮暴徒吗？"

"到现在你还觉得爸爸的秘密是因为宝藏吗？"海哥的眼神有点受伤。

"难道不是吗？不然为什么要来这个破岛？难道你缺钱吗？我真不明白那个破宝藏对你有什么意义！"小鱼的声音越来越高，这些日子累积的怀疑和怨恨一起爆发了。

王法赶紧各打五十大板："小鱼，那帮人有备而来，海哥也不想马朋出事的，不过海哥这都怪你搞得鬼鬼祟祟不合常理，那个宝藏的秘密你就不能跟我们交代清楚吗？"

海哥苦笑："行，我现在就带你们去看郑和的宝藏。"

"啊？！"

这次海哥答应得太痛快，倒把王法和小鱼惊得不知所措。

3

去看郑和的宝藏？海哥让大家返回木屋拿上了背飞，让每个人都带上了流钩、手电和线轮等工具，在潜点简报时反复嘱咐一会儿的潜点很危险，万一碰到紧急情况应该如何处理，所以一定不要游出指定范围，以免被复杂的乱流带走。

留下笨叔守在海滩放哨，所有人都上了帆船，但帆船并不出外海，而是沿岛绕行一段，然后抛了锚。海哥制止了急于穿背飞下水的小鱼，他要先放好引导绳才准小鱼和王法下去，小鱼对此有些不解，王法倒是眉头紧蹙："如果我没猜错的话，海哥要带我们去看郑和的沉船。"

"为什么？"小鱼瞪大眼。

"你想想，背飞能够更好地控制水中姿态，高氧能够在水下安全地待更长时间，碧荷姐不是说郑和的船沉没时财宝全在船上吗？海哥带我们来这里不是看沉船又是什么？"

这时先行在水面穿好背飞的海哥听到王法的结论摘下面镜说："你确实聪明，没错，郑和的沉船就在下面，来吧！"

入水前海哥反复强调这里是珊瑚礁大岩壁，往外游出一段就是几百米深的大海沟，随时可能有乱流出现，让他们一定在内侧沿绳下潜。海哥在前当潜导，两个船员殿后当护卫，护送着王法和小鱼一路沿绳下潜。海水突然变冷了，有大团的泥土悬浮物漂过来，小鱼想把它们推开，一伸手结果整个胳膊都进去了，里面满满的都是甲壳类动物遗骸。王法帮助小鱼把手抽离出来，示意她不要再触碰任何东西。

海水能见度高是这片海域共同的特点，令他们惊喜的是再一次与鱼群相遇。怪磁乱流是这片海域的天然屏障，也是鱼类和珊瑚的天然乐园，今天见到的大货虽然不多，生物种类却极其繁多，王法一见它们便兴奋起来。在看到一只珍贵的玳瑁后，王法完全被它吸引了，也就是在这时，他听到了一个奇怪的声音，仿佛从海洋深处传来的野兽的号叫，那种令人毛骨悚然的号叫声超过了王法的认知范围，它断断续续出现了两次，稍不留心就难以发现，可如果此时能录下一段音频录音，王法肯定他能从波段图里捕捉到变化。难道这片海域隐藏着什么未知的生物吗？在水中声音的传播速度是陆地的四倍，王法一时无法断定方向，不知不觉游出了指定范围。

突然间，王法发现他吐出的气泡不是往上升而是往下跑，看了卜电脑表，晕，从十五米一下降到了三十米，糟糕，这是海哥说的沉降流！每下降三米，身体要多承受三十帕压强，在十五米处能维持四十五分钟的氧气在三十米处只能维持十五分钟。强烈的沉降流还在不断把王法往下带，身边纷飞的鱼类却迎着沉降流往上飞，它们一直生活在这种环境里，早已进化出强壮的肌肉对抗乱流，王法清楚他不可能和鱼儿相比，可如果不有所行动，这股突如其来的沉降流会把他带向死亡的深渊。千钧一发之际，下水前海哥的嘱咐在耳边响了起来。王法奋力以四十五度角往上游，两分钟后，他虽然游向了大蓝海，却离开了沉降流。这时海哥也已游来接应，把王法带回安全地带与小鱼会合。

重新握住小鱼的手时，王法发现她在发抖，面镜后她的眼睛里全是泪水。她是如此害怕失去他吗？王法心里一暖。

此刻号叫声也完全消失了，难道刚才是幻觉？

惊魂稍定，再也不敢大意了。他们老老实实地沿绳下潜，终于到达了引导绳的终点。这是珊瑚礁大岩壁中段的大平台，三面被岩壁环抱，一艘庞然大船静静侧卧在平台上，虽然不幸在乱流区里沉船，但因为三面环抱的特殊地形，几百年后它的大体结构仍然完好。桅杆和一些船板已经腐朽散落，它们和海洋已经融为一体，被包裹上了厚厚的藻类，成为海洋生物的栖息地。海哥带着他们绕到船舱上侧部，那里有一个破损的大洞，看起来像被凿穿或撞击过，海哥示意小鱼和王法跟过去，迎着入口纷飞的鱼雨，他们潜进了船舱。想到这是个海中坟墓，不禁一股子凉意顺着背脊升起。

在强光手电的照射下，他们看见到处都是张着大嘴的贝壳和旺盛强壮的珊瑚，这里的珊瑚有着千奇百怪的形状和鲜艳缤纷的色彩，"珍贵"二字已经不足以形容它们的价值。潜行者们呼出的气泡在珊瑚丛中调皮地冒出来，感觉好像在龙宫漫游一样，不知道什么地方就会冒出一个龙头人身的怪兽。

除了海洋生物，偶尔会看到几个令小鱼心惊胆战的骷髅头，还有一些散落在舱内的瓷器，可惜没有一个是完整的，海哥把几个残缺的瓷器装进了网眼收纳袋。小鱼好奇地到处照着，希望能找到一些装着财宝的箱状物，遗憾的是一无所获。王法则对瓷器和藏宝箱毫无兴趣，倒是照着那些珊瑚研究了很久，海哥一直观察着王法的举动，最后折返了两次催促他出去。这里的洋流的确非常强，只要游出平台外侧，就能感觉到强劲的洋流压力，幸运的是大家都没有再出任何意外。

龙宫般的船舱游览完毕，海哥指挥他们又从破洞游出，在船头的位置海哥停留了一阵，他在清理一块船板上的海藻和贝壳，小鱼和王法凑过去一照，被清理干净的船板上俨然露出三个字——"安济号"！

这是个最有力的证据，它就是沉睡在海底六百多年的郑和的沉船！小鱼惊喜地跟王法十指紧扣，相互提醒对方。

这天他们带上水面的除了安济号船板，还有一些残缺的瓷器。夜色再次降临时，他们已经把这些宝贝摆在了木屋客厅的地板上。小鱼看着那些瓷器兴奋地给它们估价，王法的注意力却在一旁抱臂沉思的海哥身上："海哥，你找到了郑和的沉船为什么不上报呢？"

海哥冷笑："为什么要上报？上报了好让成群结队的人过来破坏这里的生态环境吗？让他们打着考古的名义来盗墓吗？不，这艘船没有宝藏，它已经找到了归宿，就让它和历史一起埋葬好了。"

"今天你可是捞了一些瓷器出来……以前你是不是还打捞过别的东西？"王法质疑。

海哥又是一声冷笑："这是我第一次打捞安济号的东西，今天之前船上所有的东西我都没动过，信不信由你。如果不是为了救马朋，今天我也不会捞它们上来。"

"啊？怎么救？"小鱼惊讶地说，"你有办法了？"

海哥对小鱼永远是另一个态度，刚才还一脸冷漠，此刻情不自禁转成微笑点头："别着急，到时候你就知道了，现在大吃一顿睡个好觉，明天一早我们回百花岛准备战斗。"

"不在这里等湾鳄了？"小鱼不放心地问。

"她不会来，除非我们引蛇出洞。"

"你怎么知道他们会在百花岛？那里有海警和部队，他们怎么可能还敢待在那儿？"

"我想了想，昨天上百花岛他们就是大摇大摆的，证明他们在岛上没犯过案子，身份还很隐蔽，所以百花岛对他们反而是安全的。" 这个话题显然海哥不打算深聊，"对了王法，你刚才为什么游出指定范围了？"

"我听到了一种很奇怪的声音，像是野兽的号叫，正想问你呢，难道这片海域有什么我没听说过的怪兽吗？"

"你真的听到野兽号叫了吗？"海哥的脸色变了。

王法点点头，狐疑地看着反应有点奇怪的海哥："不过我只听到一两声，还奇怪是不是幻觉。"

小鱼也好奇地凑过来："我怎么没听到？爸，你听见没？"

海哥这时已经恢复正常，他摇摇头："没有……好了，我们开饭吧！"

晚饭后海哥把王法叫去海滩，和他进行了一次父亲与女儿准男友之间的对话。

"老实说吧，你不是什么兽医，是个海洋生物学家对吗？"

第一句话就让王法大吃一惊："我没有说啊，你怎么知道的？"

"这还用说吗？你对海洋生物那个痴迷劲，对它们的熟悉程度，不是一个普通兽医能达到的高度。学历至少是硕士，不，应该是个博士。而且你这么喜欢多管闲事，但每次一到关键点就认屁要报警，应该是某个不争气组织的成员吧……海洋生物保护协会？"

从王法张口结舌的表情里海哥知道他已经全部猜中了，他摇头叹息："本来某些方面我们的理念是相同的，你的能力也很强，我们完全可以结成联盟做点事。可惜你在那个破协会里，可惜！可惜！"

王法有点生气了："你凭什么看不起我们的组织？"

"就你们那几个靠拨款苦撑的穷屌丝，既没有人马又没有执法权，做事不会变通，迂腐至极，等你们来保护海洋生物？哼，海洋生物早死绝了！"

王法哭笑不得地说："好，我们穷，我们笨，可是我们一直在努力！以后你走你的阳关道，我过我的独木桥吧。"

王法转身欲走，却被海哥喝住："站住，我话还没说完。你接近小鱼从头到尾都是为了调查我，对吗？"

王法愣了愣，老老实实点头："最开始我以为你是湾鳄……"

"那现在呢？"

"现在当然不是，不过你肯定也有不可告人的秘密……当然，郑和宝藏什

逐

浪

计

划

么的不在我的调查范围，我只奉劝你一句，有事还是找警方处理，不要自作主张搞到不可收拾。"

"小子，居然教训起我来了！"海哥黑着脸走到王法面前，"那你跟小鱼是怎么回事？别以为我看不出来，你已经把她拉下水了！"

王法装听不懂："我可没有，她潜教干得好好的，不可能跟我们一样浪迹天涯。"

"你还知道你是浪迹天涯？你干的这个工作迟早要出意外的，不适合家庭！"

这句话有点戳中王法的心病，他沉默了几秒钟："确实，和我在一起的女人要心理素质足够强大，我一直在等那个人……你明白什么叫理想吗？说我为理想选择这个职业有点假大空，但我已经干了这行，没得反悔。"

海哥乘胜追击："你也不小了，我给你一个机会，转行吧！到我的地产公司好好学习，将来把生意交给你。"

王法琢磨着海哥这话的意思："听起来我好像被挑中中六合彩了，可惜，可惜我这个人穷惯了，浪荡惯了，受不起这么好的机会。"

"这个机会我只给一次，你可不要后悔！"海哥的脸变黑了。

"你自己都不要的人生为什么强迫别人要？如果那是个特别好的选择，你为什么要开潜水俱乐部，躲到这个岛上来？"王法不解地说。

海哥有点卡壳了，恼怒地说："那你就离小鱼远一点！我不会让她跟你这种脑袋拎在手里过日子的人在一起的！"

"对不起，她爱和谁在一起由她说了算，你和我都做不了主。没别的事我先走了。"

王法甩下最后一句话快步跑进了丛林，他觉得自己从来没像现在这么帅，虽然他说完一直在后悔，那可是足以改变他家三代人命运的机会啊！

4

这是马朋被关在湾鳄老巢的第三天了，虽然这里生活用品一应俱全，吃喝都有人伺候，但关在这终日不见阳光的地下室特别是被他们逼着画逐浪岛地图，真是个酷刑。别看这帮人自己不会画图，但逐浪岛毕竟是他们深度踩过点的地方，只要马朋画得稍有不对就能被指出来，于是马朋只能老老实实把逐浪岛的全貌图画了出来，至于进岛的水路是打死也不能画的，拿捏不准让众人置身危险事小，画出来也意味着他这个人质失去了保命价值。

马朋才没那么傻。

每天碧荷姐都会来给马朋上课，她倒不劝马朋入伙，只是天文地理政治经济古董鉴赏生理卫生，无论说什么都可以口若悬河地聊半天，虽然有些观点很偏激，但在这天涯海角，突然出现一个永不停止思考的女海盗还是挺了不起的。特别是碧荷姐给毫无恋爱经验的马朋分析女性生理结构和恋爱心理，着实让马朋大开眼界。每次最后免不了会回到小鱼身上来，碧荷姐是这样总结的："小鱼这种出身豪门个性却很叛逆的女孩子，什么大场面她都习以为常了，一定不会喜欢一个循规蹈矩的小白领，所以一定要先打垮她的自信！王法就是这样抢先一步的。"

王法现在是马朋的心病，他底气不足地垂下了眼睛。

善于察言观色的碧荷姐一下看了出来："王法有王法的魅力，你也有你的办法啊！你想想，海哥是不是很反对小鱼冒险？所以他不会同意她跟王法在一起的，王法那边没有一个人支持，而你，起码有海哥看重，你还有我们这么多人一起想办法。"

马朋在心里说：谁要你们这群海盗帮我想办法啊！你们那些杀人绑票的办法能叫办法吗？

碧荷姐好像听到了马朋的心声一样，笑眯眯地说："谁说我们不能想出好办法？比如给你制造一个英雄救美的机会，比如把你和小鱼关在同一个屋子，你要喜欢还可以给她下点阴阳和合散……"

"No！不不不！你们千万别乱来！"马朋吓得出了一脑门汗，"我再喜欢小鱼也不会勉强她的，那个手段太 Low 了！"

众海盗哄堂大笑。

等马朋画出了逐浪岛的概貌图之后，碧荷姐研究了很久，又仔细询问了他们那天攀岩到山顶的过程，当得知只剩最后一个大岩壁自健和马朋没有登上去时，碧荷姐扼腕叹息："功亏一篑啊！这个岛的钥匙说不定就在山顶。"

"妈，这不可能啊！我们年轻力壮爬到山顶都要脱一层皮，海哥不可能把宝藏到一个他出入这么不方便的地方。"自健困惑地说。

"我们不是也在逐浪岛外围侦查过吗？你记得逐浪岛有峰尖吗？"

自健回想一阵，摇了摇头。

"这证明你们没有登上去的山顶很可能有块平地。"碧荷姐肯定地说。

"那又能怎么样？"

"有平地就可以停靠直升机，难道海哥用直升机出入？他可是买了两架水上飞机，说是跑南海旅游航线，鬼知道是不是挂羊头卖狗肉呢？"碧荷姐思考着。

"直升机不怕乱流当然好，可是那片海域磁场这么乱，飞机的导航系统一定也不能正常运转的，它又怎么能准确找到逐浪岛的位置呢？"

碧荷姐皱着眉："这也是我没想明白的。"

娘俩的对话让马朋的背脊一直冒冷汗，听到这里他才稍松一口气。如果有谁能破译逐浪岛的秘密，碧荷姐一定是第一人选。

这两天碧荷姐很淡定，众海盗可是抓心挠肝地着急，正如海哥他们分析湾鳄的下一步行动一样，他们在一起便讨论海哥会如何反击，最最让他们担心的，还是海哥会把郑和的宝藏转移，到那时可就白费工夫了。

就在众人的忍耐到了极限时，外出打探消息的坚强大惊失色地带回了一个消息：海哥回百花岛了，说是晚上会在百花岛游艇办一个沉船探宝的展览，要展出几件他收藏的安济号沉船上的宝贝，而且会在展览会上把宝贝捐给百花岛博物馆。

安济号！

这消息简直让海盗窝炸锅了。

初六第一个跳了出来："晚上我们就带上枪和他拼了，他妈的这就是打师父的脸——你们不是想要郑和的宝藏吗？我捐了也不会给你们！"

"对！跟他拼了！""让他知道我们的厉害！"

众海盗七嘴八舌地说。

"你们没看出来这是专门给我们下的套吗？这招叫引蛇出洞，我们要是沉不住气去抢宝贝，那可就正好中了游大海的圈套！"碧荷姐显然也有些生气，她心烦地用力扇着一把写着"宁静致远"四个毛笔字的折扇。

"那我们眼睁睁看着他这么糟蹋宝贝？"阿牛困惑地问。

"我猜测，游大海不可能把真正值钱的宝贝捐出来，顶多是些吃剩的骨头，甚至很可能是赝品……"碧荷姐把扇子一合，眉头紧蹙。

"可万一他要是哪根筋搭错了呢？他做的那些事，哪一次让你们猜中结果了？"马朋逮着机会赶紧插了句话。

"对！""确实没错！"

碧荷姐看着丽丽："丽丽，到了你大展身手的时候了，给我化个装吧，这次我倒要单刀赴会，看看他游大海到底要玩什么把戏！"

"不行师父，就算化装也太危险了，游大海太厉害了，万一他认出你呢？"阿牛不放心地说。

"丽丽的手艺你们还信不过吗？再说他游大海根本不敢报警，他敢在大庭广众之下抓我吗？哼，借他一百个胆子也不敢！"

一刻钟后碧荷姐从里间出来，马朋目瞪口呆，原来丽丽将早准备好的硅胶体套把苗条年轻又白净的碧荷姐变成了一个一百八十斤的肥婆，用深色粉底把她露在外面的皮肤全部抹成浅棕色，再给她套上一套从头到脚的穆斯林长袍，尽管捂得碧荷姐直喊热，但她立刻变身为另一个人。那副从不离身的近视眼镜被碧荷姐随意扔在了一旁，见马朋注意到，她笑眯眯地说了句："平光的，专门戴给你们看的。"

这真让马朋沮丧，他觉得自己现在智商余额严重不足。

碧荷姐在乔装打扮的当口，海哥、王法和小鱼正在游艇会宴会厅改成的临时展厅布置。这个展厅原本有三个出口，海哥让人封掉了一道门留了两个进出口，前门守卫的都是曾经和湾鳄团伙照过面的船员，后门因为连通洗手间没有守卫，但想从后院出去并不容易，通往水陆两路的卡口设了保安，还请了一些保安扮成便衣在展厅里转悠，每个人都配了小电棍和笔式麻醉剂。不管湾鳄来多少人，海哥都有信心能瓮中捉鳖。

倒是小鱼不免担心："爸，你就那么肯定碧荷姐他们能收到消息吗？"

"岛内电视台一天都在放我们这个展览会的预告，他们不可能不知道。"

"可是防守这么严密，碧荷姐他们只怕不敢来吧？"

王法倒是信心十足地接话："你知道湾鳄是种什么动物吗？它们攻击一切生物，而且领土意识最强，如果你敢跑到它的地盘上撒野，它会不顾后果扑上来的。"

"那如果现实生活中真的碰到鳄鱼攻击，我们应该像驯鳄师一样绕到它后面捉住它的尾巴吗？"小鱼好奇地问。

"后面的确是鳄鱼的视角盲区，可是一旦你没有绝对力量捉得住，它就会把身体弯成C形，一口咬断你的脖子。"

小鱼打了个冷战："听说眼睛是鳄鱼最脆弱的部分，我能用棍子戳瞎它的眼睛吗？"

"没错，鳄鱼全身长满壳状甲，只有眼睛最脆弱，可它的嘴很长，可能你戳不中它的眼睛反而会把你的手臂送到它嘴边。"

"那面对鳄鱼攻击就只能坐以待毙了吗？"小鱼急了。

"真要是那个情况，你就争取绕到它身后直线逃跑吧！虽然鳄鱼的时速能达到十六公里，可是它跑不远。人类奔跑的最高时速能达到六十四公里，跑远一点你就能摆脱鳄鱼威胁。"

"难道我们就不能制伏它了？"小鱼有点绝望了。

王法想了想："我没有试过，真的没有把握。"

海哥一直沉默地旁观，这时才接了句茬："今晚就是最好的机会，你试试身手吧！"

5

此时正值白花岛的旅游旺季，岛上来了很多游客，其中不乏一些外宾。海哥要捐赠安济号文物的事情在岛内电视台循环播放了一天，几乎是家喻户晓，在这个平静的外岛算是爆炸性新闻，这晚来展览馆的人简直爆棚了。虽然在海哥意料当中却也没办法，想抓住湾鳄就必须在泥沙俱下时练就鹰的眼神。

这次的几件展品都是明代永乐器海捞青花瓷，包括三国人物志长颈瓶、牡丹梅瓶、缠枝莲纹高足碗等共计十件，遗憾的是没有一件是完整无缺的，而且由于在海底沉睡时间太长，每一件器身都粘满了贝类，一副刚从海底打捞上来的样子，原始沧桑的气息扑面而来。展品们都放在临时借来的首饰展示柜里，被坚硬的钢化玻璃罩住，每一个展示柜前都挤满了好奇的人们，而给这些展示品证明身份的是同时展出的一块残旧的船板，虽然久经岁月和海水的侵蚀，仍能清晰地分辨出上面刻着的"安济号"三个大字。

捐赠仪式之前海哥接受了岛台记者的采访，当问到这些藏品的来历时，海哥打起了圆滑的哈哈："这些东西是我在国外花高价买来的。"

"可有人说是您找到了安济号沉船，这些都是您亲自打捞的。"

海哥大笑："我和你一样想知道沉船在哪里！能找到这些宝贝是我的运气，可惜我们不会脱盐淡化处理，也不敢乱动手给它们去除寄生物，当时就想着要请博物馆帮我处理、收藏，也算是物归原主，聊表一点点赤子之心……"

王法和小鱼站在人群外围，听到这里王法不禁压低声音跟小鱼说："你爸还真会装，把自己非法打捞文物的责任推了个干净，还卖了个大人情。"

其实父亲的表现也让小鱼不舒服，但在王法面前无论如何也要维护："我爸自己出费用打捞，捞上来的东西全捐赠出来，算什么非法捞售？在有些国家，只要找到确定沉船身份的物件，船上所有东西都归打捞者所有，要是这条公约搁我们这儿，凭那块船板我爸就能说这些东西都是他的。"

"谁知道他之前黑了多少东西没拿出来呢？"王法如鲠在喉不吐不快。

"你？！"小鱼怒目圆睁。

完了，这个时候可不能惹她，王法赶紧凑过去握住她的手："我是开玩笑的，别生气了，我们还有任务呢。"

小鱼甩了一下没甩开王法，也便气鼓鼓地任由他握着了。

两人不知道，离他们不远处的人群里站着一个穆斯林打扮的女人，把他们的一举一动都看在了眼里。这个人当然是碧荷姐，丽丽的乔装手艺还真是过硬，刚才碧荷姐就这么大摇大摆地走进了展厅，和几个熟悉的船员擦肩而过也没人注意到她。

采访过后是简单的捐赠仪式，海哥得到了博物馆馆长颁发的捐赠证书。

看热闹的人们又开始聚集在展示柜旁，看得最仔细的当然还是碧荷姐。有几个游客七嘴八舌地围着那只高足碗讨论："这只破碗能值多少钱啊？"

碧荷姐看看周围的人全是生面孔，忍不住接话："这个是明代永乐年间的官窑品，在陶瓷史上地位很高，它用的青料是郑和下西洋带回的苏麻离青，是古波斯雷伊城产的青金蓝钴料。去年苏富比拍卖会上，一只这个同款的高足碗你们知道卖了多少钱吗？二百万港币！可惜这只碗品相不完整，可惜！可惜！"

一观众狐疑地问："可凭什么断定这只碗就是真的？我听说现在有些人把仿品放到海里去养个几年，捞出来也当古董卖。"

明知独处险境，可问到自己最得意的学问上，碧荷姐还是忍不住嘚瑟一下："赝品海捞瓷我也见了不少，你们看看这个碗，它身上粘的贝壳是不是有大有小？而且有好几个品种的贝类，那是因为它在海里待了几百年。赝品身上也会做寄生物，可是品种大小都一样。哎呀我不该说出来，以后他们造假会更逼真了。"

"大姐你知道得真多！"观众中有人发出了由衷的赞叹。

碧荷姐高兴起来话便多了："你们再看，真品海捞瓷的胎土是人工的，不会太精细，你们瞅瞅是不是它的表面有颗粒？而且还有竹刀修胎的纹路，如果用放大镜看，还能看到它被海水长期腐蚀后留下的小坑……"

围观听碧荷姐讲解的人越来越多了，连海哥也走到外围张望，碧荷姐突然意识到危险，赶紧挤出人群走往另一个展示柜。

海哥看着碧荷姐问王法："那是个什么人？"

王法在更外围，没有听清碧荷姐的声音，随口答道："不知道，好像是个懂古董的华侨。"

海哥狐疑地打量着碧荷姐的装扮，王法也把眼神跟过去看了一阵，笑道："你不会以为她是海盗的人吧？"

"不，我只是有些奇怪，天气这么热，她穿着袍子蒙着头怎么不出汗呢？"

王法哭笑不得："人家是穆斯林穿这个很正常，再说这里头空调温度这么低，我都没出汗。"

这句话提醒了海哥，他低声吩咐手下把室内空调全部关闭。明显海哥已经对那个穆斯林打扮的女人起了疑心，却只是远远地看着她，而且让众人都不要靠近。

此时已入夜，失却了空调降温的室内一下子变成了一个闷热的大笼屉，有人开始嚷嚷为什么不开空调，海哥抱歉地回答空调主机坏了正在抢修。渐渐地观众们顶不住了，纷纷往外撤退，穆斯林女人却还痴迷地看着那一个个展示品。海哥依旧原地不动，但远远地冷冷地观察着她。

这时王法也终于看出了不对劲："海哥，你看大家都热得汗流浃背了，那个女人为什么衣服一点儿都没湿？她不热吗？"

小鱼倒是发现了一点奥妙："她鼻尖在出汗。"

的确，穆斯林女人不停地用纸巾在擦拭鼻尖。

王法突然问小鱼："你们女人热的时候都哪里出汗？"

"别人我不知道，我一热就……"小鱼有些害羞，"胸口和腋下出汗最多。"

王法喃喃道："人的体质千差万别，但基本构造是相同的，她不出汗，除非是天生没有汗腺的人，否则就只有一种可能——她穿了伪装自己的体套……"

海哥双手往前一挥："是湾鳄！控制她！"

几个便衣迅速从四面八方围住了穆斯林女人，海哥不想惊动别人便使了个眼色，手卜把惊慌失措的女人带向了后门。

关上后门隔绝乱入的观众，在通往洗手间的通道上，海哥对穆斯林女人进行了简单的盘问。

"碧荷，大热天的你穿着这么厚的皮套，就不怕捂出病吗？"

近距离看碧荷姐，她体型肤色全变了，不开口说话还真认不出来，不过一个人身上不出汗只有脸上汗如雨下确实是破绽，也亏得海哥胆大心细手准。刚被抓到时碧荷姐显得很慌乱，这时却镇定了下来："海哥，你果然是个厉害人物，引蛇出洞，明察秋毫。"

"明明知道是我设的陷阱你为什么敢来？来了也没人认出你，为什么还要引人注意呢？"

碧荷姐叹了口气："你知道独孤求败的滋味吗？我空有一身本领这些年也没机会亮亮招，我就是想来验证一下，学的那些古董知识到底对不对。"

海哥竖起了一个大拇指："如果你不是湾鳄，我们一定能成为朋友。"

碧荷姐笑吟吟地看着海哥："如果你不这么敌视我，我们可以比朋友更进一步。"

王法没有与碧荷姐对视，便是旁观也突然心里一浪，这姐姐媚功真是了得。王法看到海哥赶紧扭头挪开了视线，声音也变得温和起来："你一个女人好好的当什么海盗呢？"

碧荷姐幽幽地叹了口气："那些孩子都是我带大的，虽然都是些笨孩子，可都跟我亲生的孩子一样，不当海盗拿什么养活他们呢？"

"跟着我改邪归正吧！"海哥脱口而出。说完他就发现这句话很蠢，一旁的王法和小鱼都吃惊地看着他。

碧荷姐苦笑："可惜相逢恨晚，背着那么多案子，你觉得我们还有机会吗？"

海哥也叹息了一声："……既然人各有志，那我们走吧！"

"去哪儿？"小鱼追问。

"让她带我们去接马朋。"

碧荷姐原地没动："没问题，可以请你们去我家做客，不过你得让我先脱了这身皮套，否则我半路就要中暑了。"

碧荷姐现在满脸通红，脸上像被淋了一盆水一样全部湿透了，她已经有些站立不稳，看来真是中暑了。

海哥看了一眼众人身后的洗手间，对小鱼说："你进去帮碧荷脱皮套吧，我估计她自己脱不下来。"

"你真体贴，要是我们不是对手该多好……"进洗手间之前，碧荷姐留下了一个幽怨的眼神和一句意味深长的话。

在等待碧荷姐卸装出来时，海哥抽了一支半烟，这还是王法第一次看到海哥抽烟。他面无表情地盯着一堵墙在看，王法却觉得他的眼神落到了四维空间的远方，他在想什么呢？

虽然知道女人卸装很麻烦，但她们在里头的时间也太长了，王法无聊地走来走去，听到里头一直有水响，最后终于忍不住喊了起来："小鱼！好了没有？"

回答王法的是女洗手间哗哗的水声。

海哥突然扔下烟头站了起来，王法同时反应过来："糟糕！"

两人同时高喊着小鱼的名字冲进女洗手间。里面静静的空无一人，只有洗手台空放的自来水的声音。王法和海哥一扇一扇打开厕门，在开到最后一扇时大家傻眼了，只见马桶旁的地板凿开了一个大洞，下面连通的是蓝幽幽的海水，不光碧荷姐，连带小鱼一起从这里消失了！

原来这个游艇会打桩建在码头边的海面，地板下面直接就是大海。海哥千防万防，没想到碧荷姐这边故意现身吸引他们注意，那边派陌生面孔扮清洁工以厕所维修的名义挡住游客，初六等人从水下在厕所开洞准备逃跑路线。碧荷姐拿准惯有绅士风度的海哥会让她进洗手间换装，而且会派小鱼跟进来监视，等一进洗手间碧荷姐就用早准备好的乙醚麻醉了小鱼。

海哥冒着暴露自己的危险设套，不仅没抓到湾鳄反而赔了女儿！

"还愣着干什么！赶紧报警！报警！"海哥气急败坏地喊了起来。

王法差点给他吼蒙了，他第一次看到海哥如此失控。

6

现在湾鳄手里有两个人质：马朋和小鱼。

按王法的考虑不能着急报警，湾鳄撕票的案子不是一起两起了，他怕把湾鳄逼急了小鱼和马朋有生命危险，再说海哥打算如何向警方交代这件事的来龙去脉？海哥用一句大吼终结了王法的疑问："必须报警！他们逃不远，把这个岛翻过来也得找出小鱼！"

王法总算明白了，一个男人在没有失去最重要的人时才有理智。

海哥有多宝贝小鱼这次大家彻底明白了，报案时他几乎全程都在吼，而且基本不回答警察的询问，光逼着马上调监控视频查看那些人的去向。游艇会周边所有路口的视频都被调出来了，穆斯林打扮的碧荷姐是从一辆的士上下来的，能追溯的士是从一家酒店载的客，但酒店根本没有碧荷姐的入住登记，再看这天酒店的监控只找到了碧荷姐出门的身影，酒店还有后门可以进出，但那里的监控头早就坏了，碧荷姐的行迹调查断了。虽然还可以再继续排查其他街道，但这是一个庞大费时的工程。

确定了这个消息后海哥二话不说拔腿就跑，王法赶紧追了出去："海哥你干什么？警察还没问完话！"

"等问完就晚了！碧荷带着小鱼从水路跑了！"

海哥猜得没错，初六等人接应了昏迷的小鱼之后，借着夜色潜到不远处等候的魔兽世界号，而此时坚强和丽丽也已把贴着封口胶的马朋带上了游艇。

小鱼从麻醉剂的药劲里醒过来时船已经驶到了外海，一睁眼便发现她躺在马朋怀里，而马朋一脸惊喜地看着她："小鱼你终于醒了！"

小鱼挣脱了马朋的怀抱，看清船舱里坐的碧荷姐等人后，终于明白了前因后果。

碧荷姐依旧笑眯眯地说："小鱼，委屈你了。马朋，我把你的心上人带来了，你开心吗？"

小鱼狐疑地看着马朋，马朋涨红了脸："我是想见她，可不是要你们绑架她！"

碧荷姐满不在乎地挥挥手："哎，年轻人，不要拘泥什么形式嘛，结果最重要是不是？好了马朋，也该到了你回报我的时候了，拿出你的真本事，咱们出发吧！"

"去哪儿？"小鱼和马朋异口同声。

"逐——浪——岛。"碧荷姐一字一顿，"我来猜猜看，海哥现在一定在看监控查我们去哪儿了，逐浪岛上也一定给我们布好了陷阱，只是他没想到我会突然决定上岛。"

"明知有陷阱你还去？"马朋脱口而出。

"富贵险中求嘛。就算岛上没陷阱，这大晚上的走逐浪岛外围水路你以为没危险吗？"

　　"师父，咱们还是等天亮再出发吧，现在走太危险了。"阿牛算是众海盗中最谨慎的。

　　"不，我要抢在海哥之前占领逐浪岛。"碧荷姐突然收敛了笑容，"马朋，现在我们的命、你女神的命都交在你手里，你去驾驶舱指路吧！"

　　马朋咬咬牙站了起来，小鱼六神无主地拉住了他："马朋，我们怎么办？你真的要带他们上岛吗？"

　　马朋用力握了握小鱼的手，示意她冷静下来，低声私语："我没有把握能上岛，外围的乱磁圈还好，近岛的乱流太可怕，能否留下小命还是未知数，可是你看看这帮人，不带路也是死路一条，还不如先努力上岛再找机会逃。"

　　碧荷也不失时机地劝说："小鱼妹子，那个王法有什么好，不如马朋会挣钱，不如马朋迁就你，就是你们说的什么颜值好一指甲嘛！至于恋爱经验不足，让初六带他去多喝几场花酒就解风情了，哈哈哈哈……能让女人过好日子才是好男人，其他什么全狗屁。"

　　小鱼低头想了一阵，慢慢地从马朋的手里抽身，咬咬牙给了个建议："小时候我爸老让我背一首诗，昨天突然说那就是上岛的口诀，但我完全不理解什么意思……"

　　碧荷姐喜出望外："我就说小鱼是个识时务的好姑娘！快告诉我口诀吧！"

　　　　"暴而不客，是以为贼；中虚成目，离为网罟。

　　　　海有重门，维以击柝；岛无定方，循迹不着。

　　　　八卦相重，吉人自活；两爻推移，万象其触。

　　　　乾坤震巽，离坎相逐；兑艮循环，以取近物。

　　　　舟横大水，济之以木；唯道以安，涣奔其机。"

　　小鱼吃力地把那段拗口的口诀背完，碧荷姐陷入了沉思中。她一会儿冷笑："游大海骂我是贼，劝我向善呢！"一会儿又皱眉不解，"涣奔其机……怎么最后一个字和前面的韵律不搭呢？难道口诀的天眼和命机在最后一句？"

马朋挠着头："'涣'应该是易经六十四卦中的涣卦。卦辞说：涣奔其机，悔亡。这的确可能是玄机所在。"

碧荷姐竖起大拇指："马朋你真厉害，卦辞记得好清楚。这'机'指的应该是树吧？"

初六着急地插话："师父！别跟这小子白话学问了，赶紧想办法上岛吧！"

碧荷姐淡笑："别急，这卦辞好像是说岛上有什么树跟进岛路线有关。"

马朋恍然大悟："我明白了！是岛上那两株木麻黄！难怪我觉得他们进岛路线像奔着树去的，只有这样定位才能避开乱流！"

"对！涣奔其机的意思就是朝涣卦方向的大树走才有生机！有了马朋和口诀，我们真的能上岛了！"碧荷姐两眼发亮。

这时还没有进入乱磁区，马朋用罗盘定位好此地的经纬度，计算了到逐浪岛的距离方向之后，他提出了一个要求："找一个头套来罩住我。"

"为什么？"

"来的时候是罩着头套的，没有视野干扰我感觉认路更准确。"

头套很快罩下来了，灯光和夜色一起跌入了无边的黑暗中。马朋屏息凝神，眼前却一片光明地展开了另一幅画面，他低声吩咐船长："往前偏左十五度，开四十五分钟……现在偏右三十度，开五分钟……"

碧荷姐和小鱼一个拿沙漏一个拿手动角度水平仪，协助紧张得一头汗的船长计时掌舵。本来众海盗都不相信小鱼会在指路这事上说真话，碧荷姐却力排众议，有小鱼在，等于是马朋的定心丸。她参透人性，相信对死亡的恐惧能压倒对亲情的背叛，她要豪赌这一把。至于小鱼自己，她确实还不想死，一想到再也看不到这个美丽的世界她就觉得莫名害怕，把海盗赶去逐浪岛瓮中捉鳖本来就是海哥的计划，虽然现在情况有些出入，但她能出力决不偷懒。

在拐过最后一个暗流后，魔兽世界号终于安全停靠在逐浪岛码头。熄灭引擎的那一刹那所有海盗都欢呼了起来，马朋却扯下头套大汗淋漓地瘫倒在驾驶舱，小鱼一言不发跪在马朋身边给他擦汗，眼里全是佩服和怜惜。这时初六叼着一根牙签，手里晃动着一把匕首走近他们，碧荷姐看到顿时大喝："初六你干什么？"

初六吐掉牙签咬牙切齿地说："师父，这小子知道得太多了，我得斩草除根，免得他将来窝里横！还有这个一身贱骨头的妹子，我送她去见阎王！"

碧荷姐一把拦在马朋和小鱼面前，怒喝："你长没长脑子？杀了马朋你找得到出岛的路吗？杀了小鱼你拿什么跟海哥谈判？"

丽丽闻声过来把初六拉走，一边埋怨："哥，你怎么又惹师父生气了？"

"师父对那小子太偏心了，我就瞧他不顺眼……"

兄妹俩絮絮叨叨地说话的声音由近至远地离开了，精神极度紧张的马朋和小鱼这才松弛下来，两人忧心忡忡地对视一眼——现在的处境真是糟透了。

"你们不用怕，去年自健爸牺牲的时候我就发过誓，能不杀人决不杀人，杀人迟早会有报应的。"碧荷姐蹲在他们面前，声音温柔又亲切，"这次我们的目标是求财，拿到宝藏我们就远走高飞，也不怕你们日后算账，所以杀你们那叫损人不利己。只要你们乖乖配合，我保证你们毫发无损地回家，行吗？"

马朋和小鱼被迫点了点头。

海盗们下船前开了个小会，初六把藏在船吧沙发下的武器全发给了大家。小鱼看得直抽凉气，海哥在岛上不过几杆老式猎枪，湾鳄团伙除了人手一把QSG92式手枪还有两杆步枪 M16A4 步枪，如果发生枪战海哥一定会全军覆没，难怪碧荷姐扬言要抢占逐浪岛。果然，枪一到手初六就把枪口对准了马朋和小鱼，一阵狂笑："现在逐浪岛正式更名为湾鳄岛！"

众海盗一起发出了狂笑，碧荷姐不满地把初六的枪口推开，正色道："我说过多少次了，要低调，要低调！这个岛姓甚名谁无关紧要，关键以后这里是我们的老巢！"

"妈，郑和的宝藏以后得跟湾鳄姓！"自健补充道。

"对！湾鳄的宝藏！"众海盗一起喊道。

这次说到了碧荷心坎上，她满意地点点头："好吧，让我们的客人带路吧，我们先去会会笨叔。"

"师父，真的不怕笨叔下套？"坚强对被网在海水中泡了一晚仍心有余悸。

碧荷姐淡淡一笑："知道我为什么一定要带小鱼来吗？她是很多人的死穴啊！拿住她就拿住了海哥，拿住了马朋，拿住了王法，也拿住了笨……"

"笨叔一个下人有什么要紧？"

"你可别小看笨叔这个下人，海哥让他留守在这里，秘密肯定是他知道得最全。"

"可是他又怎么会在乎小鱼的死活呢？"

"你没看出来笨叔是海哥父女的死忠？咱们这些人里头他也就给小鱼面子了吧？"

众海盗纷纷点头。

众人推搡着反绑手臂的马朋和小鱼走在最前边，说话间已经到了丛林边，这时丛林里闪出一个黑影，正是端着猎枪的笨叔，他正把枪口对准押着小鱼的坚强，喉咙里呼呼地发出奇怪的声响，表情十分激动，却无视面前七八杆对准他的长短武器。大家明白笨叔的意思，他这是要坚强放开小鱼。

碧荷姐对自健使了个眼色，自健飞身上前用他的小钢镜抵在了小鱼胳膊上，稍一用力便带出一道血迹。小鱼吃疼轻呼了一声，马朋挣扎着在阿牛手下大喊："放开她！"

自健把小钢镜抵在了小鱼光滑的脸颊上，冷冷地道："放下武器，不然下一道就在她脸上了！"

笨叔犹豫着慢慢放下了猎枪，初六抢过来把子弹卸了，轻蔑地把枪斜扔在一块大石上，上去"咔"地踩了一脚，枪托应声而断。初六大笑："哈哈哈哈，这种玩具枪也好意思拿出来丢人！"

笨叔也被五花大绑地推在马朋和小鱼一起，到木屋的路便畅通无阻，并不像碧荷姐提防的那样有陷阱。当碧荷姐在熟悉的木屋客厅坐下，不由得幽幽地发出了一声叹息："唉，看来我高估游大海了，还以为能跟他好好过过招，太让我失望了。"

现在湾鳄有三个人质，一堆武器，还先行占据了"一夫当关，万夫莫开"的逐浪岛，海哥一着棋错满盘皆输。众海盗无情地嘲笑着海哥当时的测试是何等威风，是如何把坚强和丽丽吓得屁滚尿流，事实证明海哥只是不堪一击的纸老虎。

"我们下一步行动是什么？"

碧荷姐锐利的眼神在三个人质身上一扫，不假思索地说："留两个人两把长枪在码头，有船进岛立刻开火，不留活口。至于我们，带上工具去爬大悬壁！"

　　小鱼绝望地喊起来："你说过不杀人的！"

　　碧荷姐笑靥如花："对啊！我发了誓不杀人，可是没说不杀敌人啊。"

第 六 章
神秘的幕后黑手

巫马朋慢慢地举起枪口，对准了小鱼。

游小鱼惊呆了：

"马朋，我是小鱼！你是不是吓傻了？你在干什么？"

巫马朋看着小鱼，眼神有些悲愤：

"在你眼里我是一个只会玩游戏的废物是吗？

不管我做什么你都不会放在心上，

你只看到一个王法是吧？"

1

从派出所一路狂奔到码头，海哥已经想通了来龙去脉，因为小鱼乱了分寸的脑子也冷静下来。他吩咐几个船员发动逐浪号前往逐浪岛，但让他们只开到岛外几公里便就近下锚等候消息，却让王法跟随他直奔机场。

王法纳闷："你确定湾鳄把小鱼和马朋带去逐浪岛了？"

"对！现在是占据逐浪岛的最有利时机，她一定不会错过的！"海哥边跑边回答，从出事到现在他已经在心里抽了自己无数耳光，为在跟碧荷姐对话时有过某一瞬间的心软和心动。

"那我们为什么不直接坐逐浪号进岛？"王法困惑地停下了脚步，大口喘着气。

"你要直接往湾鳄的枪口上送吗？"海哥瞪了王法一眼。

"不能坐船进岛，难道飞机信号能穿越乱磁圈吗？"

海哥没有再理会十万个为什么的王法，只是加快了脚下的奔跑。八车道的填海大道既是车道也是飞机跑道更是停机坪，灯火通明的停机坪上，王法远远便看到了印着逐浪标志的水上飞机，此时它已收起了浮筒起落架，放下了陆地起落架。在王法心里存疑已久的问题找到了答案，逐浪岛山顶的平地果然是给直升机准备的。

现在只剩下一个问题，在那片所有电子磁力仪器都会失灵的海域，特别是这样一个深夜，飞机如何能准确找到逐浪岛？

在逐浪号飞机起航后王法找到了答案。在下方的茫茫大海，逐浪号游艇正在一闪一闪地为飞机导航。船只靠沙漏掐时间、靠手动角度水平仪导航，飞机靠船只导航，原来这就是逐浪岛的秘密。电子设备也有停摆的时候，有人在就能找到逐浪岛的方向。

一路上王法都心潮澎湃，当知道小鱼会在岛上的时候，这条艰险的天路便像回家一样迫切。只要救出小鱼和马朋，去他娘的海盗和宝藏，王法第一次谁的闲事也不想管了。

海哥的队伍分水空两路来袭时，逐浪岛码头留守的海盗慌了，明明看到远方有船只的信号灯在闪烁，可它们就是不往岛内进，不走进射程海盗们根本无法开火，更气人的是居然有一架直升机从头顶呼啸而来，海盗们噼里啪啦对着它追射了一阵，皮毛都没伤着一根它便一掠而过。

不过枪声和飞机轰鸣声惊动了在悬壁前攀岩的众人。

第一次来攀岩时小鱼还以为只有她、王法和自健能凭一己之力登顶，其实这些都是浪尖刀口上打滚的人，白净文雅的碧荷姐、娇气弱智的丽丽那都是伪装给他们看的假象，这晚他们都展示了高超的攀岩能力，直令小鱼和马朋咂舌，反倒是不甚情愿的三个人质拖累攀岩速度。

冒失的初六第一个掏出了枪："师父，咱们把黑鬼崩了吧？另外两个干脆打瘸腿关到下面那个山洞，不然带着他们天亮也登不了顶。"

初六和阿牛的枪口咔咔对准了笨叔。

小鱼急得大喊起来："别乱来！我仨一定会乖乖爬上山的，你们千万别伤了笨叔！"

马朋也急得喊了起来："笨叔跟了海哥那么久，只有他最了解这个地方，留着他最有用！不就是嫌我太慢吗？我快一点行吗？"

碧荷姐想了想，示意初六和阿牛收起枪："那你们努点力别拖后腿，不然真的要打瘸脚留下来了！"

有上次王法放的攀岩绳，这次登山容易多了，众海盗把三个人质安排在中段攀岩。所有海盗身上都有佩枪，人质们不敢动半点手脚，三对六，更何况赤手空拳对荷枪实弹，赢面太小。趁着在转下一段悬壁的当口，小鱼悄悄跟马朋和笨叔打了招呼：实在不行就等登顶后把海盗们推下蓝洞，尽管那样也没把握，却是唯一保住小命的机会。

笨叔给小鱼的回应是喉咙里急促的呼呼声，他一脸着急地比画着小鱼看不懂的几个手势，直到丽丽发现了他俩在交谈，高声斥止。

枪声和飞机声大作时，攀岩队已经到了木麻黄树下。眼见沙滩上海盗开枪没有拦截成功，飞机直奔山顶，攀岩的所有海盗都掏出了手枪，当然，重枪都没能打中，手枪更是鞭长莫及。零零落落几声枪响被碧荷姐着急地制止下来："别浪费子弹了！你们这样反而暴露了我们的位置！"

飞机的轰鸣声在山顶平息了下来。碧荷姐观察了下地形，这两株木麻黄树枝粗叶茂，树下还有块内凹的大石，日可遮阳夜可挡雨，最重要的是可以遮挡上方飞来的子弹，这是最佳避难所。碧荷姐指挥大家躲了进去，现在她的脸上没有一丝笑容了。

坚强小心翼翼地问："师父，那直升机难道是海哥开来的？"

碧荷姐苦笑："除了他还有谁会这么狡猾？是我轻敌了，没想到他是用船只给直升机导航，早想到这一点的话，我们应该把他的直升机也抢了。"

"现在怎么办？如果我们往上爬，他居高临下我们会全军覆没。"自健担心地说。

"坏消息，我们现在攻上山很难。好消息，可以肯定逐浪岛的秘密就在山顶……小鱼你说说看，上次你和王法在山顶到底看到了什么。"碧荷姐一脸严肃。

小鱼冷笑了一下没有作答。碧荷姐使了个眼色，自健再次飞身移到小鱼身边，这次用他的小钢镜直接抵在了她的脸蛋上。笨叔动了一下欲来解救，却被阿牛配合默契地压了下去，手枪咔地顶住了笨叔脑门。

马朋惊呼起来："别伤害他们！"

"那马朋你来说，你到底对山顶知道多少。"碧荷姐淡淡地道，"事情到这份上了，不是鱼死就是网破，小鱼和笨叔的命对我可有可无，所以他们的命由你说了算。"

小鱼一脸情急地对着马朋摇头，马朋却咬咬牙："我也是听说的，那天王法和小鱼上去，发现山顶有一个很大的蓝洞，垂直通到海底。"

众海盗惊呆了，自健懊恼地捶了一下脑袋，恨那天自己没能坚持到底。

"这么说那个蓝洞是关键？游大海还真是有意思，用树给船导航，用船给直升机导航，用直升机到达蓝洞，难怪这个岛滴水不漏，一个人也能看守，好对手！好对手！哈哈哈！"碧荷姐仰天大笑起来。

"可现在海哥已经占了有利地形，我们怎么可能攻得上去？"自健烦躁地问。

反正现在大家的位置是个理想的营地，此时碧荷不着急了，悠闲地掏出背囊里的食物，招呼众人休息："放心吧，现在海哥和王法比我们着急，来来来，大家吃点东西，守株待兔吧！"

碧荷姐猜得没有错，此时直升机已经降落在山顶，刚才山腰传来的几声枪响确实已经向海哥提供了海盗们的位置，下了飞机王法便立刻准备下山，结果被海哥喝住："你去哪儿？"

"我去救小鱼。"王法利索地准备着绳索。

"我比你更想救小鱼！可你这样下去会被他们一枪崩掉！"海哥生气了。

"不会的，我一会儿就大喊，不是攻击是去换人质的，我把小鱼换回来……"

海哥气笑了："你太天真了！碧荷拿住小鱼目的是为了要挟我，她要你这个人质有什么用？"

"我相信你会像救小鱼一样救我，我也会说服她相信。"王法是认真而坚定的。

海哥无奈地招手叫王法到蓝洞旁："我不需要你换人质，但是请你去跟碧荷谈判，把人质都放了。你叫她上来，我带她下蓝洞拿她要的东西。"

王法苦笑："你也知道碧荷姐有多狡猾，她不可能上当的，在没有得到财宝之前她绝对不会放人质，去谈换人质还有一线希望。"

"其实我只是要你把碧荷和小崽子们分开，只要她上来我就有办法吸引她下蓝洞。那帮人其实只有碧荷一个高智商，只要群龙无首，我相信你能对付得了那些小崽子。"

"别以为她是女人你就能打得过她，这个人深谋远虑，和你算是棋逢对手，谁输谁赢还很难说。"王法毫不掩饰他的担心。

海哥叹息："所以说万一我输了，我也会和她一起留在下面……真到那个时候，小鱼就拜托给你了，虽然我对你有点刻薄，不过我信得过你……"

王法打断了他："不会发生这种事的！我们配合好，一定会让所有人都安全回家。"

海哥掏出了一个可视电话递给王法："如果她信不过你，就让她跟我通话。"

2

王法趁黑从山顶的大悬壁滑了下来，没等海盗们发现他便开始高声喊："碧荷姐！我代表海哥跟你谈判！我没有带武器！你们不要开枪，有话好好说！"

初六手痒了一晚上，不等大家回应，便瞄准声音的方向飞速崩了一枪。子弹贴着王法的头皮掠过，把王法吓得躲在一块巨石后大喊："碧荷姐！你这么不讲江湖规矩吗？！"

碧荷姐这次真对初六发火了："把他的枪卸了！"

阿牛低着头把初六的枪拿了过来。

"两军交战不斩来使懂吗？盗亦有道懂吗？我们是求财！既然海哥要谈判，起码得先听听他要玩什么花样！你们这帮乌合之众怎么可能成为大盗！"碧荷姐怒了，众海盗们全都低头沉默了。她的声音很大，大到足够上方的王法听见。教训完小崽子们她才朝上方喊话："王法，你下来吧！我保证他们不会乱开枪了！"

王法悄无声息地出现在众人面前："我在这儿了。"

负责放哨的坚强吓得·哆嗦，赶紧把王法上上下下搜了个遍，没有发现任何武器。王法的眼神一扫，发现小鱼和马朋完好，一喜，发现多了人质笨叔，一忧。夜色下看不清小鱼的表情，只能感觉到她熠熠发光的眼睛，只是几小时的分离，好像分了几辈子那么长，但她应该知道他一定会来救她的。

王法走到碧荷姐对面坐下，开门见山："我希望能跟你换个人质，放走小鱼，让我留下来。"

碧荷姐一脸吃惊到笑的表情："王法，你这孩子还真像我们海盗，脸皮够厚，可惜就是太天真了，想交换？给我一个理由。"

"你拿住小鱼不就是想要挟海哥吗？因为小鱼对海哥很重要对不？可我对小鱼很重要，所以我是更重要的人，小鱼会想办法让海哥交出宝藏的。"

"等等，你是说……"碧荷姐皱着眉品味着这话的意思。

"是的，现在小鱼是我女朋友，我是海哥的准女婿，海哥还打算把他房地产的生意交给我……不信你问问小鱼，我和她是不是在一起了？"

众人唰地把目光集中到了小鱼身上，马朋更是脸色苍白地问："小鱼，这不是真的吧？"

只是一个眼神小鱼便明白了王法想解救她的急切，可是以交换心上人的代价换来的自由她不要。小鱼着急地回应："胡说八道，我什么时候跟你有关系了？我跟你一向都不和，大家有目共睹！"

马朋松了一口气。碧荷姐却大笑起来："妹子，这可是此地无银三百两啊！你把王法的命看得比自己重要！我明白了，你们是趁着马朋不在搞上的吧？还真对得住朋友啊！"

小鱼和王法的脸都火辣辣地烧了起来，马朋却全身冰冷面色惨白，三个人都尴尬地沉默了。碧荷姐继续补刀："马朋，我要是你就把这个背信弃义的好兄弟杀了，把这姑娘绑了当老婆，每天抽她一百鞭，看她服不服！"

"对！杀了他！"

阿牛把一把潜水刀塞在马朋手里，马朋真有那么个瞬间握紧了刀柄，但仅仅过了一秒钟，他便浑身冰冷血液凝固，无力地张开了手，潜水刀哐当掉在了地上。

事已至此交换人质看来是不可能了，得启动 B 计划——引开湾鳄。王法抱歉地说："马朋，你不要听他们挑拨，回头我再跟你解释……碧荷姐，你的目的不就是想进蓝洞吗？海哥邀请你上去。"

王法把手里的可视电话递给了碧荷姐。按下电话，海哥的面容在屏幕上跳了出来："你好，碧荷。"

刚才还一脸杀气怂恿马朋杀人的碧荷姐此刻完全松懈下来，满面春风："海哥，就这么接待你的客人好像有点不地道哦！"

"作为客人，你绑了我那么多人也没心慈手软啊！"

"彼此彼此。你女儿可是好好的毫发无损……怎么说，王法说你邀请我去蓝洞？"

"是的。条件是把我的人都放了，我让逐浪号来接他们。"

碧荷姐冷笑起来："这对我有什么好处？底牌先给了你，我还能拿到你的筹码吗？"

"碧荷，你不就是想要宝藏吗？就在我脚下……"屏幕那头的海哥把镜头转开环扫着他处身之地。凑在碧荷姐身边的众海盗惊讶地看着山顶的别样风光，只见璀璨的星光下山顶平台一人一机显得格外空旷，而蓝洞幽深，深不见底，众海盗惊呼起来。"你看看，逐浪岛所有秘密都藏在这个蓝洞里。碧荷你上来，我只给你一个人看……"

"师父你不能上去，他想害你！"初六激动地说。

海哥显然听到了，镜头转向他平静中略带伤感的表情："碧荷，我从来不害女人，特别是你……"

碧荷姐笑了起来："听起来这是用美男计？你这个年纪实在有点不恰当。"

"如果不是对你有一点动心，小鱼也不会落到你手里了，这个你应该心里有数。"镜头里的海哥看起来非常真诚。

"花言巧语，这男人不能信！师父，要去我们一起去！"丽丽一脸愤愤地插嘴。

碧荷姐沉默片刻道："你看到了，我的人不可能让我一个人行动。"

海哥仍然是非常真诚的眼神："说实话吧，下去不是那么容易的，容不下那么多人。你要是不放心，可以带上武器，比枪法我肯定输给你。"

"……现在黑麻麻的天就算下去也看不到，还是等天亮再做打算吧。"

碧荷姐按掉电话，走到崖边看着大海。她一动不动地伫立在那里，海风将她的短发吹得像一面飞扬的旗帜，此刻她穿着黑色紧身背心和军色马裤，右腿绑着一条手枪带，优雅的侧面曲线如同一幅剪影，如此美丽干练却又如此杀气腾腾。没有人敢打扰沉思的碧荷姐，海盗们窃语分析海哥是何用意，一致认为碧荷姐不能去冒险。

王法坐到了人质堆里，现在的人马是四比六，不过马朋和小鱼都不能打，只有他和笨叔有些战斗力，但面对荷枪实弹的海盗队伍，硬拼只有死路一条。王法终于明白了为什么海哥要把碧荷姐引诱开，这支队伍只有失去智慧担当的碧荷姐，他才有机会救出人质。

现在必须帮助碧荷姐下决心。

王法看了一眼小鱼和马朋，马朋双手抱头伏在膝盖上，看不到他的表情，不过此刻他内心一定不平静。小鱼也正怔怔地看着他，王法却不能把自己的决定解释给她听，小鱼太单纯，不会演戏，他还需要她的配合。

拿定主意，王法朝碧荷姐喊道："碧荷姐，我想有件事情你必须知道。"

碧荷姐转过身，淡淡地："哦？"

"海哥前天带我和小鱼去看过郑和的沉船，那块安济号的船板和捐出的瓷器就是我们一起打捞出来的……"

"你疯了吗？"小鱼瞪着王法，一时没明白他的意思。

这对众海盗又是个重磅炸弹，碧荷姐也饶有兴趣地走了过来："王法你接着说，丽丽你堵上小鱼的嘴。"

坚强架住小鱼的胳膊，丽丽利索地给她贴上了一块封箱胶。

王法黑着脸："我可以说，甚至可以带你们去看沉船，可是得先放了小鱼。"

碧荷姐一个眼神，丽丽不情愿地撕下了封口胶。刚撕下小鱼就叫了起来："王法你不能说！我爸信任你不是为了让你出卖的！"

王法露出一个情急的表情："小鱼，我只关心你的安危，现在顾不得那么多了！"

"我师父说了让你闭嘴！"丽丽啪地甩了小鱼一个耳光，坚强的枪口也立刻顶到了小鱼的后脑勺。

小鱼的嘴角沁出了血丝，她终于住嘴了。马朋一言不发挪到小鱼旁边，把脑袋歪向坚强，示意坚强把枪口转移到他脑袋上，坚强不知所措地蒙在原地。碧荷姐突然大笑起来："小鱼妹子，他们一个个为了你还真是赴汤蹈火啊！我都有点嫉妒你了，怎么办？"

小鱼狠狠地挖了碧荷姐一眼。感受到这股敌意，碧荷姐突然使了个眼色，坚强的枪口转向笨叔的肩膀"嘣"的一枪。笨叔应声而倒，小鱼尖叫起来："笨叔！笨叔！"

碧荷姐冷冷地道："丽丽，给他包扎一下，不要让他太快死。孩子们，没见到宝藏谁都别想走，我可没有耐心跟你们玩游戏，爱说就说，不说下一枪就轮到你了！"

3

这真是个糟糕透了的夜晚。

中枪的笨叔虽然被丽丽精心包扎了，却仍倒在地上无声而痛苦地蜷成一团——子弹还在他体内，必须尽快送去就医。这意味着王法不仅失去了一个战斗力最强的队友，还背负了连累笨叔受伤的责任。这不，小鱼对他真生气了，她和马朋左右护法，死活不让王法接近笨叔。

枪响过后海哥立刻打来了电话，碧荷姐让他视频观察了小鱼等人并有意遮挡了笨叔，那声枪响她的解释是枪支走火，至于下蓝洞一事，碧荷姐再次表示要海哥耐心等她消息。

王法老老实实交代了沉船的细节，小鱼翻了他几百个白眼。尽管沉船细节听起来如此真实，碧荷姐也只是将信将疑，王法干脆提议："姐，我带你去看看沉船吧，你是大行家，去了就会知道宝藏到底存不存在。"

马朋反对地接了句："碧荷姐不会潜水。"

碧荷姐大笑了起来："这你也信。"

小鱼的脸色更加难看了，看来沉船的秘密已经保不住了。王法躲避着小鱼怒火中烧的眼神，他已经拿定主意不把碧荷姐留给海哥解决，海哥那个无法无天的性子不知道会干出什么事来，而且他也已看出海哥对碧荷有那么点意思，难免担心海哥关键时刻掉链子输给碧荷姐。在陆地上，碧荷姐人多势众，但在水下，失去了枪炮的威力，也许他能擒住湾鳄。只要把湾鳄队伍分散，人质们就多了一分逃跑的机会。

此时是清晨四点，星星渐隐，黎明将至，正是逐浪岛一天当中最黑暗的时刻。碧荷姐站了起来："小鱼，马朋，委屈你们了……自健、坚强、丽丽留守营地，初六、阿牛跟我下山！"

自健立刻提出了不同意见："妈，我也要跟你去看沉船。"

碧荷姐犹豫了："可是坚强和丽丽能看得住他们吗？"

自健斜眼瞧着小鱼和马朋："放心吧，这两个人论打架不可能是坚强和丽丽的对手，把他们捆起来也就动不了坏脑筋了。"

碧荷姐想了想，点了点头。

海盗们蜂拥而上，把小鱼和马朋背对背绑了起来，嘴上自然又贴上了封箱胶。倒地受伤的笨叔也不例外被捆住手脚，他无声地挣扎着，无奈难敌初六的神力，被结结实实捆成了一个大粽子。

临行前王法的眼神一直没离开过小鱼，他情绪低落地对碧荷姐说："我能跟我的女人吻别一下吗？"

碧荷姐笑眯眯地点了点头。坚强和丽丽立刻高度戒备地拿着枪站到了人质旁边。

王法走到小鱼面前单膝跪下，可惜小鱼倔强地把脸偏向一边。王法把她的头扳了过来，轻轻地揭开她的封口胶，刚揭开小鱼就骂了出来："王法你个屄蛋，我看错你了……"

小鱼剩下的话没能说出来，王法已经用唇堵住了她的嘴。他身上那股令人着迷的气息此刻一点也没有让愤怒的小鱼迷乱，她正准备咬他一口时，却感觉到他的牙齿咬着什么东西小心翼翼地抵进她的牙齿，那是一块片状硬物。小鱼用舌尖轻轻探索了一下，那似乎是一块刀片！小鱼不敢乱动了，王法在她唇上亲吻了一下，然后又帮她贴好了封口胶，不过他贴得很松。小鱼这时心里才有一点明白了，也许王法做了一个很艰难的决定。

可惜她明白得有点晚，王法头也不回地跟着碧荷姐他们下山了。

不知道小鱼该如何不动声色地把刀片拿出来，让人质团重获自由呢？在下山的时间里，王法满脑子都在替小鱼想主意，只可惜他现在还得解决自己的难题，如何在水中打败初六和阿牛两位大力士，智斗自健这头小猎豹，然后生擒碧荷姐？王法没有信心，但一定会奋力一搏。

因为要赶在天亮前返回营地，于是拿装备上快艇开往沉船区都在初六的催促中完成。当王法穿好装备，初六和阿牛一边一个迅速地给他两只手铐上了手铐，而且手铐另一边分别铐在了他们自己手上。王法嚷了起来："铐住我怎么做耳压平衡？这里水况很复杂，你们想大家一起死吗？"

碧荷姐此刻也在自健的帮助下吃力地穿着背飞，她不容反驳地说："他们会配合你的动作……真要死在这里，那你肯定要给我们陪葬。少废话了，赶紧带路吧！"

黎明前的黑暗中，在几个潜水头灯和手电的照射下，王法沮丧地被他们推在第一排带路。这几个海盗虽然彪悍，却也是深知夜潜乐趣的人，他们用手电筒把周围照了一遍，然后关掉了手电筒，海水里开始像星空一样放射出星星点点的光芒，海里的浮游生物自身并不发光，但吸收了手电光之后就能呈现一片梦幻世界。看到一左一右两个杀人如麻的海盗像孩子一样陶醉在深海星空里，王法竟然有一点感动。直到碧荷姐不满意地在他们身后敲起了叮叮棒，几个男人才想起这次下水的任务，重新打开手电。

这个潜点王法只来过一次，因为印象深刻把路线铭记在了心里，但到了晚上这个熟悉的海底世界仍然变得无比陌生，那些彩色小鱼大概都藏到石头或珊瑚里睡觉去了，而白日里艳丽的珊瑚丛林只要不在手电照程内便呈现出灰色调，世界一片萧条沉寂，像个巨大的废弃的坟场。

不过还是有些夜猫子的，瞧，一大群小梭子蟹排着队飞快地在一块礁石旁爬过，而一只小乌贼跳着柔软舒缓的舞蹈迎面飞来。初六和阿牛同时举起强光手电去照它，它呆萌呆萌地一头撞上了手电筒，顿时七荤八素喝醉酒般失去了方向。突然间，几条大梭鱼向他们蹿来，初六拿着叮叮棒，阿牛拿着尖头潜水刀，同时戳向了它们，只见阿牛的尖刀在一条梭鱼背上划过，在水中拖出一条血迹带，梭鱼们受惊四散逃跑了。王法无法说话，甚至不方便打手势阻止，但他的心那一刻是疼痛的，他真后悔带了这些野蛮入侵者来打扰这片宁静。

王法手上每一个细微的动作都连通着初六和阿牛，稍有动静就会引起他们的注意。王法放弃了动手的念头，至少眼下一点机会都没有。

碧荷姐和自健谨慎地跟在三人的后面，直到沉船的残骸出现在眼前，他们才游到前面仔细观察。找到破洞入口后她停下来四处照着，只见沉船里面一片死黑，如果三个人并排进入，很可能会不小心损伤并不牢固的船体结构，出现塌方。要知道这里哪一块大船板压下来都足以把他们留下变成珊瑚寄居所。碧荷比着手势示意自健跟她进船舱，而阿牛、初六则与王法留在原地捆绑等待。

阿牛似乎有些不放心，拉住碧荷姐做手势要求把手铐钥匙留下，碧荷姐愣了一下把钥匙交给了他。

自健陪着碧荷姐进了船舱，现在只剩下阿牛和初六两个敌人了，而且他们有手铐钥匙，这是个摆脱捆绑的好机会。阿牛此刻正在东张西望照来照去，初六有些不耐烦地在手铐里转动着手腕，让这两个多动症海盗跟他锁在一起对彼此都是种酷刑。王法捅了捅初六又捅捅阿牛，用手指着自己的肚子，做出一脸痛苦的表情，示意他现在闹肚子，必须马上解决。

潜水员三急时确实有在水下方便的，但前提是得解放双手才能解下装备，否则就只能在湿衣里解决了。阿牛黑着脸比画手势让王法在湿衣里自行解决，王法抓耳挠腮没有一刻消停，做出各种痛不欲生的模样，初六被弄得有点不耐烦了，也着实被束缚自由的手铐弄得很疲惫，便示意阿牛解铐。阿牛自信王法不是两人的对手，一脸嫌弃地解开了手铐。

王法终于自由了，他指着一旁示意要去附近的礁石旁单独解决，初六却比画着要求王法只能待在他身边。王法单膝跪地做出了要解BCD的姿势，阿牛把脸转向了另一边，而初六则攀在船舱入口往里张望着。

最好的机会就是现在！王法急蹬几步向大蓝海游去——一定要摆脱初六和阿牛！

初六很快发现了王法的异动，大手扫过来一把抓住了王法的一只脚蹼，王法把心一横，甩掉脚蹼快速游走，而此时阿牛也回过神追在他们身后。因为有过上次沉降流的考验，这次王法牢记以四十五度角向斜上方游去。水下搏斗？他没有把握打赢健壮的初六和阿牛，但他要抢先一步回到快艇开走它，把四个海盗留在海里好好泡澡！

前有乱流后有追兵，只剩下一只脚蹼的王法心无旁骛使出了全身力气逃跑，只听到自己的呼吸声在吱吱作响。不知道为什么初六竟然没追上来，他回头一看，初六那盏亮着的头灯竟然在离他很远的位置。王法明白了，初六肯定是追出来的时候被沉降流带下去了，不知道他能不能像王法上次那样死里逃生。虽然这是个双手沾满鲜血的海盗，王法也在心里默默念了声：祝你好运。

不过王法高兴得有点太早，这时他的小腿突然感到一阵刺痛，原来阿牛已经追上来抓到他了。愤怒的阿牛一出手就用上了潜水刀，而且已经划破了王法的湿衣，立刻拖出了一条血迹带。王法忍着疼痛与阿牛厮打了起来。阿牛虽然比他强悍而且有刀，但水中失重状态下没有王法灵活，反被王法把呼吸管拉起来在潜水刀上一拉，阿牛的呼吸器立刻进水吸不到空气了，他不得不停下来去摸备用呼吸器。

就在这时王法看到阿牛身后一个巨大的阴影笼罩了过来。它张着血盆大口，露出锯齿般锋利的尖牙，是鲨鱼！天哪，是刚才王法受伤散开的血腥味把这只海中巨兽招过来了！

王法惊恐地给阿牛做了个危险的手势，可惜阿牛根本没有理会，而是再次向他举起了尖刀。王法只得转身快速游走，他熄灭了头灯和手电，心里只剩下了一个念头：逃命！

王法这辈子都没游这么快过，直到确定后面没有追兵他才停下来，阿牛和鲨鱼都不见了。在遇到鲨鱼时你不需要游得比它快，只要游过你的队友就行了，这真是个残酷的真理。人兽搏斗的结果无法知晓，王法也只能是祝阿牛好运了。

刚才的慌乱耗气太快，现在只剩下五十帕气了，在准备上升前王法又听到了一声巨响，那是一个熟悉的海底野兽的吼叫声，上次就是这个声音吸引他游向了大蓝海，这才遭到了沉降流的袭击。原来上次不是幻觉。

王法侧耳倾听，那个声音却再也没有响起。如果他没猜错的话，这里有比沉船宝藏更珍贵的秘密。

可惜当务之急是要去解救人质，王法不再犹豫，向头顶的海面游去。

4

王法回到海面时天已经蒙蒙亮了。没时间想碧荷姐他们发现他已逃走会怎样气急败坏，王法发动了快艇却往来时的反方向开走。他把快艇泊在了离海滩还有一个大拐弯的隐蔽处，把钥匙远远地抛向了大海，然后自己跳入水里游回海滩。

就让湾鳄在水里好好待着吧，失去了快艇的他们游回海滩最快也要一小时，也就是说王法争取到了一小时的黄金时间。不过眼下他还有个难题，海滩上还有湾鳄团伙的两个马仔在把守，他们手中持有重武器，如何不惊动他们绕回到后山？

此时天色微明，正是车马劳顿的海盗们最困乏的时候，马仔们虽然坐在海滩值守，却都抱着枪在打瞌睡，正是拔掉这两颗钉子的最佳时机。王法在一侧沙滩上岸，经由丛林绕到海盗们身后，用两块大石头无声无息地击倒了沉睡的马仔，他注意了下手的力度不至于致命。现在碧荷姐遗留在快艇上的四把手枪和马仔的两杆重武器都已经成为他的猎物，不过王法拿它们没辙，他压根儿不会用枪也不想用它伤人，眼下收缴了敌人的武器是最好结局。王法把所有武器都埋在了沙滩上，将敲昏的两个家伙拖到丛林隐蔽处捆了起来，当然，没有忘记给他们的嘴巴贴上湾鳄最爱的封箱胶，嘿，就让他们在这里好好喂蚊子吧。

忙完这些已经过去了三十六分钟，天色已经大亮了，回头看看泊在码头的魔兽世界号，王法咬咬牙奔了过去——必须断了湾鳄逃出逐浪岛的后路。发动了魔兽世界号的引擎后，王法跳进海水游回岸边，站在沙滩上看着魔兽世界号东倒西歪地驶向茫茫大海。王法心里明白，这下他跟湾鳄的梁子算是彻底结下了。

下一次跟碧荷姐见面，不是你死就是我活，不会再有任何虚伪的客气。

时间已经过去了五十四分钟，没有时间再容他考虑周全，王法拔腿向后山奔去。

现在的形势是制高点被我方的海哥占据，他居高临下，镇守本岛最大的秘密，也把守着湾鳄团伙最想抵达的关口。山腰位置则是人质营地，受伤的笨叔和被捆绑的小鱼、马朋被持枪的坚强、丽丽看守，而唯一能与海哥通讯的可视电话还在水下的敌方首领湾鳄手中。

上山的绳索还在，湖水清幽山间鸟鸣，美丽的一天已经开启，世界平静得就像什么都没发生过一样。王法试了试绳索却犹豫着没动，如果他没算错的话，碧荷姐很快就会追到这里来，前有伏击后有追兵，把自己暴露在崖壁上等于送死。不知道营地的局势有没有变化，战友们，你们还好吗？

就在这时，山腰处响起了一声枪响。老天爷！王法的汗毛都竖起来了。

王法不知道，这一晚对马朋来说是水深火热。

和小鱼如此身贴身捆绑在一起，马朋却像在地狱里煎熬。本来还抱着最后一丝希望，但面对王法的吻，小鱼那个从反抗到顺从的姿势已经说明了一切。本来小鱼就没有承诺过什么，她选择能力更强的王法也在情理之中，可马朋就是觉得透骨的心寒和无端的愤怒。

怎么可以在他牺牲自己当诱饵被俘的时候谈恋爱？原来在他们眼里自己这个朋友，根本是个不值一提的炮灰！碧荷姐说得对。

小鱼那时候可没工夫理会垂头丧气的马朋，她高度紧张地在跟嘴里的刀片搏斗，不伤着自己咬住刀片划开封口胶已经不容易做到，低头去划破困住他们的绳索就更难。夜色掩盖了小鱼的小动作，但坚强和丽丽一直精神抖擞地在规划他们发财后要如何花钱，坚强不时还会过来察看下人质们，虽然坚强主要的注意力是在看笨叔有没有死掉，但几次都把小鱼吓得够呛。

终于，小鱼身上的绳索从肩膀处断掉了，小鱼吐出了刀片，活动着已经酸掉的腮帮子。坚强和丽丽就在离她三步之遥处兴高采烈地聊着天，可小鱼不敢挣脱身上还呈捆绑状的绳索，毕竟他们有枪。这时她突然感受到了马朋滚烫的体温，她差点忘了还有帮手！

小鱼捅了捅马朋，但是他那边没有反应。

小鱼有些奇怪，悄悄伸手过去抓马朋的手，马朋竟然推开了她。

小鱼恼了，用力一把抓住马朋的手把他按在绳子上，马朋竟然像一具僵尸一样一动不动。小鱼提着马朋的手指带着他拉了拉绳子，这时马朋才反应过来——束缚他们的绳子已经松了。马朋有些奇怪，小鱼究竟是怎么做到的呢？小鱼再次把他的手掌摊平，写了一个字：打！

小鱼已经想好了，二对二，敌人有枪但他们胜在猝不及防，未必会输。

马朋在电竞世界里打过无数敌人，令对手闻风丧胆，但那只是在虚拟世界里。赤手空拳跟有枪的海盗打？他没想过要做这个尝试，何况此时正对小鱼心有抵触，他一个大男人为什么要听一个完全不爱他的小女子调遣？

你想要自由不就是为了跟王法好去吗？马朋偏不配合。

马朋闭上了眼睛，将手掌握拳收好，对小鱼来了个置之不理。小鱼摸了一阵再也没摸到马朋的手，急得用手肘捅马朋，他竟然把身子欠了欠，离开她保持十厘米的距离。

小鱼实在没弄懂马朋是什么意思，可眼见着束缚两人的绳子越来越松了，马朋再动一下绳子就会散架。坚强此时再次过来察看笨叔的状况，手电筒往伤口一照便惊呼起来："快来看！黑鬼的伤口又裂了，他不会挂吧？"

丽丽也凑了上去："啧啧，让他流点血吧，反正人穷命贱，死了怪不得我。"

现在那两个家伙都背对着自己。机会就是现在！

小鱼无声无息地挣脱绳索朝丽丽扑过去，从背后一把勒住了她的脖子，把刀片顶在了她的颈动脉。丽丽吓了一大跳，手枪咣地掉在了地上。坚强跳了起来，立刻用手枪对准了小鱼："哎哟，你还会金蝉脱壳啊！老老实实蹲在地上！不然我开枪了！"

小鱼咬着牙："你看清楚！我手上有刀片，你要是开枪她也别想活！"

坚强定睛一看，果然看到丽丽脖子上小刀片反射的一道寒光。

没有过制敌经验的小鱼显得很紧张，她把丽丽给勒得喘不过气来，丽丽一边咳嗽一边告饶："咳咳，松一点……别，别开枪！郑坚强，要是伤了我你别想好过！"

坚强软了下来："有话好好说，别伤着我老婆……这样吧，我放了你们，你也放了我老婆，行吗？"

小鱼挑挑眉："我不信，除非你先放下枪。"

坚强摇摇头："不，你先放了她。"

这时小鱼看到马朋悄悄地捡起了地上那把枪,他的位置在对垒双方的中间，小鱼心里一喜："马朋快来帮我！"

坚强慌得一会儿把枪口对准马朋，一会儿对准小鱼，但始终没敢开枪。失去丽丽和碧荷姐的指挥，他有点乱了手脚。

马朋站起来走到小鱼面前，把枪口顶到了丽丽的腰上，他眼皮也不抬地冲着坚强："这下你可以放下枪了吗？"

坚强赶紧把枪扔在了脚下。在马朋的枪口监视下，小鱼用刚才捆他们的绳子把坚强、丽丽捆成了粽子，这时才腾出工夫帮笨叔松绑，把他扶到一块大石前坐好。笨叔越来越虚弱了，额头有些发烫，眼睛都睁不开了。小鱼担心地说："马朋，我们必须马上把笨叔送上去，让我爸送他去动手术。"

马朋没有回答，只是翻来覆去地摆弄着手里的两把手枪。这还是他第一次摸到真枪，不过这和他玩过的仿真枪没有两样，刚才两个笨贼已经拉上了保险栓，只要他扣动扳机就能主宰生死。见马朋没回应，小鱼困惑地看着他："别玩了……你不是不会用枪吧？"

旁观的丽丽扭头向坚强怒吼："你是头猪！"

坚强讪笑："我哪知道他不会用枪，还不是因为关心你……"

马朋嘴边露出一丝冷笑，冲着他们身旁的山地崩了一枪，后坐力震得他后退了半步。枪声划破了这个宁静的早晨，也吓了山上山下几拨人一跳。

小鱼有点生气了："马朋！现在不是你玩游戏的时候！赶快帮我一起把笨叔背到山顶去！"

马朋慢慢地举起枪口，对准了小鱼。

这下小鱼和旁观的坚强、丽丽一样蒙圈了："马朋，我是小鱼！你是不是吓傻了？你在干什么？"

马朋看着小鱼，眼神有些悲愤，"在你眼里我还是一个只会玩游戏的废物是吗？不管我做什么你都不会放在心上，你只看到一个王法是吧？"

小鱼怒了："你脑子进水了吗？现在笨叔危在旦夕，你来跟我算这个账！"

丽丽瞅准机会赶紧插嘴："女人最了解女人，从第一眼我就知道她跟王法有一腿，说不定早背着你好上了……"

"你闭嘴！""你闭嘴！"

马朋和小鱼同时吼道。丽丽撇着嘴翻了个白眼，但再也不敢搭话。

"马朋，从认识你到现在，我对你好不好？"小鱼有些激动。

马朋沉默了。表面看来，小鱼对他的好甚至超过对王法，这也是他无法接受小鱼爱王法的原因。

"你被俘这事全怪我爸没错，可如果不是为了救你，我们会上湾鳄的当吗？我至于跟你一起当人质吗？"

马朋的枪口渐渐地在往下掉，突然间他想到了什么又重新举了起来："说到底你和王法还是跟你爸一条心的，你们只想保住宝藏！"

"呸！"小鱼恨恨地啐了一口，"什么狗屁宝藏也不如命重要！可是如果我们之间只能活一个，我会选择让你活！因为，因为我把你当亲弟看！"

弟，哪怕是亲的，也不是马朋想要的结果。可对着一个二选一也要让他活的人，马朋握枪的手颤抖了起来，半响，他无力地垂下了手臂，沮丧地扔掉了手里的两把枪。他对小鱼真的没办法恨起来。

就在这时，头顶响起了飞机的巨响，海哥驾来的直升机轰鸣着在他们头顶飞过，此时那架水上飞机已经收起了陆地起落架放出了浮筒起落架，看样子准备泊在海上。海哥这是要去哪儿？

"爸！爸！"小鱼扯着嗓子大喊，努力挥动手臂。

可惜她的声音淹没在引擎轰鸣声里，这时天边刚有一丝光亮，高空视物模糊，估计海哥也看不到黑灯瞎火的营地，飞机头也不回地往大海飞去。

和小鱼一样着急的还有王法，听到那声枪响后他便顾不得自己安危，开始攀爬崖壁。飞机掠过时他正挂在第一段崖壁中段，眼睁睁看着一个可以带他们马上回家的工具离开，他心里真是叫苦不迭。

海哥那边发生了什么事？能让他弃下女儿不管呢？

5

在王法到达山脚，营地开始乱阵的时候，碧荷姐和自健筋疲力尽地从海里爬上了沙滩。他们从沉船出来时就再没看到王法、初六和阿牛，水下情况复杂他们不敢逗留，升到水面发现快艇竟然也不知所终，这才知道是王法捣的鬼。为了找阿牛和初六两人又耽误了一阵，最后实在没办法了才决定丢弃沉重的潜水装备游回海滩。

初六和阿牛生死未卜，王法和快艇失踪，跟着又发现海滩盯梢的马仔和魔兽世界号一起没了踪影，自健到底是个刚成年的孩子，连续的打击让一向冷静自制的他崩溃了，他上天入地地诅咒着王法，绝望地认为他们已经输了。已经有心理准备的碧荷姐倒是冷静了下来，王法捣了这么多鬼，应该还没时间跟海哥联系上，碧荷现在觉得人质营地能守住的希望也不大。她制止了自健的失控，拿出了贴身防水袋里的可视电话。

这个电话唯一能连接上的是海哥，碧荷姐庆幸她还有最后的机会扳本。

整理了下仪容，碧荷姐按下电话，换上一个春风满面的表情："嗨，海哥。"

镜头那边的海哥一脸疲倦："你终于来电话了……怎么你一身湿漉漉的？"

"很关心我啊！你看起来也不太好，昨晚想着我没睡好吗？"

海哥苦笑："从来没有一个女人像你这样让我想得咬牙切齿。"

"多谢夸奖。昨晚我也没睡好，王法带我去你的沉船参观了一下……"

海哥显然有些意外："这个小兔崽子……怎么样，你现在知道我是真找到郑和沉船了吧？"

"嗯，可惜里面什么都没有，从痕迹学角度看，那里头的一切至少有十年以上没有大动过，我真怀疑那里头是不是有过大批的宝藏……"

海哥的眼神充满欣赏："碧荷，你是我见过最聪明的女人。没错，我的确是二十二年前找到这艘沉船的，那个时候我就已经把值钱的财宝全都搬出去了，所以你找不到刚破坏的痕迹。"

碧荷姐想了想道："你到底找到了多少财宝？"

"不算那些完整的瓷器，金银珠宝大概是九吨半，打捞了八个多月……"

碧荷姐的眼里不禁闪过一道亮光："我怎么知道是不是真的？那么大批宝藏你一个人怎么能弄上岸？"

海哥叹了口气，脸色黯淡了下来："当时我们是三个人，为要不要破拆整个沉船方便拿宝藏吵得很厉害，后来把船身那个破洞凿大了……如果不是找

逐
浪
计
划

到了这批宝藏，我现在的地产帝国是怎么来的？你以为我一个穷三代拿什么发家？"

碧荷抓到了一个破绽："所以……那些宝藏你们三个瓜分了？那你还能剩下多少？值不值得我冒这么大的险？"

海哥的脸色更难看了："没有分，我全黑下来了，这件事我不想再提……我现在没法给你证明，你如果愿意赌一把，我带你下蓝洞拿财宝。当年我只动用了很小一部分就有了今天，可它们给我带来的祸远远多于福，说实话这些年我看透了也想通了，财宝再多能花的也有限，你想要就全拿走吧！"

碧荷姐脸上露出了一个妖媚又狡猾的笑容："行，我相信你。我在海滩，你来接我吧。"

海哥摇摇头："不行，我不能离开山顶，你攀绳上来吧。"

"男人和女人约会，你来接我这是起码的绅士风度。"

海哥有些哭笑不得。如果这是约会，那真可以算得上生死之约。

"另外，我还有个条件，我得带着我儿子，你这么高大威猛一个大男人，我一个小女人实在有点害怕，这点小小要求应该满足我吧。"

海哥收敛了笑容："不，我说过只带你一个人看宝藏，我也没法来接你。"

就在这时山腰处枪响了。

海哥脸色一变，着急地问："怎么回事？这是第二枪了。"

碧荷姐面不改色地眨了下眼睛，云淡风轻地说："其实昨晚第一枪是我的徒弟们不耐烦给了阿笨一枪，这第二枪嘛，大概是催我快点解决这件事，不过我不知道这一次打在谁身上，希望不是小鱼。"

"你！你没有资格动我的人一根毫毛！"海哥气得脸都红了，"阿笨要不要紧？"

"放心，他死不了，只要你尽快做决定，所有人都会平安无事。"

海哥咬了咬牙："好吧，我现在来接你，你最好不要伏击我，蓝洞的秘密只有我知道，灭了我你就永远也找不到了。"

碧荷姐郑重地点了点头。

海哥就是这样被碧荷姐骗去了海滩，这也正是山腰的小鱼和崖壁上的王法所看到的一幕。听到小鱼高声呼喊海哥的声音，正在攀岩的王法大喜，这意味着小鱼已经重获自由，而他也可以安全抵达山腰营地。

飞机的轰鸣声在小鱼焦灼的呼喊中远去了，小鱼沮丧得差点站不住，此时却听到了王法的声音："小鱼！小鱼！"

小鱼向山下张望，大喜过望地看到了她的心上人："啊！你怎么脱身的？那些海盗呢？"

王法一边奋力上攀一边气喘吁吁地回答："初六被沉降流带走了，阿牛可能被鲨鱼吃了，我把他们的枪全缴了，放逐了魔兽世界号，他们逃不出这个岛了……不过碧荷姐和自健现在应该上岸了，你这边怎么样？"

王法每说一个事实，小鱼都发出惊讶的高呼："天哪！天哪！天哪！你是怎么做到的……多亏了你那块刀片，两个笨贼已经被我们控制住了，就是笨叔情况不太好……可是我爸为什么把飞机开走了呢？"

小鱼想了想，没有说马朋刚才发疯的事。

王法眉头紧锁，显然也没想通，最后登上大崖壁那一步小鱼拉了他一把。一触到那只温软的小手王法就舍不得放开，看到小鱼毫发无损可真是开心。死里逃生的狂喜和并肩作战的自豪，大概就是他现在的感受。不过很快小鱼挣脱开了他，紧张地看向马朋。马朋正和笨叔并排坐着，笨叔无力地靠在大石上，马朋却扭头对王法视而不见，表情疲惫而痛苦。

不明就里的王法首先奔向笨叔查看了他的伤势，伤口没再渗血，体温这会儿也不高，但他的意识陷入了昏迷边缘，不管是王法喂水还是小鱼呼唤笨叔，笨叔只是偶尔睁开眼睛，眼神空洞茫然。王法皱起了眉："暂时没有生命危险，但拖下去就不好说了。"

"我爸到底是怎么了？如果他没走，现在是送笨叔离开的最好时机。"小鱼烦躁地看向天空。

"我怀疑碧荷姐把你爸骗走了……"王法留意到一动不动的马朋，"兄弟，你这是怎么了？没有受伤吧？"

马朋猛地转过头来，没好气地顶了一句："心伤了算受伤吗？"

王法乐了："这是怎么了？哎呀，不会是被这群笨贼挑拨成功了吧？"

丽丽讨好地接话："我们什么也没干，是他自己想不开……"

"还乱接话！你想贴封口胶吗？"小鱼尴尬地打断了丽丽，赶紧替马朋解释，"马朋昨晚特别勇敢，没有他帮忙根本抢不下枪。"

"哇，这么厉害！那海盗的武器我们全都缴获啦！太棒了！枪呢？"

马朋这才留意到自己空无一物的双手，摸了摸全身上下，赶紧站起来看看他坐的周围，奇怪，枪不见了。刚才心情太激荡，他记得拿枪指完小鱼后自己随手一扔……

马朋和小鱼对望一眼，同时冲到被绑着的笨贼面前，给他们搜起了身。

丽丽挣扎着大喊："我没有拿！放开我！要是拿到了枪我早开火了！"

枪果然没有在他们身上，被冤枉的丽丽像被马蜂蜇了般大呼小叫，小鱼忍无可忍地给她贴上了封口胶。王法开始在营地周围仔细搜寻枪支，小鱼却不时狐疑地看一眼马朋，难道是马朋把枪藏起来了？他还想什么时候再把枪口转向自己人吗？马朋找枪的焦虑表情是如此自然，如果这是装的那也太可怕了，比刚才他突然把枪口对准自己还可怕。

想到这里小鱼打了个冷战，对王法说："别找了，咱们先把笨叔送走吧。没有船能不能扎个筏子？就算到不了百花岛，至少要把笨叔送到中途的渔民岛，到了那里就能打电话救援了。"

王法这才发现把快艇钥匙扔了同时也断了自己人的路，好在还有海哥这个靠山："我们还是把笨叔转移到山顶吧，我相信海哥很快就会回来，湾鳄处心积虑不就是要去蓝洞吗。现在那边只剩了两个人，我们肯定可以制伏他们。"

就在他们商量何去何从的时候，头顶又响起了飞机轰鸣声。逐浪号飞机又呼啸着回来了，这次它的浮筒起落架又换回了陆地起落架。马朋第一个冲了出去，小鱼和王法也追出来站到山腰边的一小块空地上，兴奋地向空中挥动双臂。小鱼开心地喊了起来："王法，你说得对，我们现在就上山吧！跟我爸会合！"

此时天色已明，只要留意营地就能一览无遗，不过飞机只是在空中有迟疑的状态，并没有往山腰降高度，而是盘旋一会儿后直奔山顶。小鱼追着飞机的去向大喊："爸爸！我们马上就上来！"

"举，举起手！都别动！不然，开枪了！"

身后一个声音冷冷地传来。

王法、小鱼和马朋同时脑子一嗡。坏了！

6

海哥把飞机开出来时特地观察了下山腰位置，不过人质营地驻扎在一块凸石下，光线欠佳没能观察清楚，等小鱼他们跑出来大喊时，海哥刚好调整方向向海滩飞走，机器轰鸣声完全掩盖了下面的叫喊。

飞机直奔海滩，却在海滩上空盘旋着没有下来。海哥惊讶地看到码头没有停靠任何船只，而沙滩上只有碧荷姐和自健两人大喇喇站着，这不正常。昨晚逐浪号飞机经过这里时那猛烈的炮火攻势让海哥还心有余悸，可现在海盗的队伍呢？枪炮呢？海哥又飞进丛林上空盘旋了一圈，整个逐浪岛都安静地沉睡在晨曦里，太不正常了。

其实不光海哥在空中犯嘀咕，沙滩上站着的自健也在头皮发麻："妈，咱们站在这里会不会被他直接扫射了？"

碧荷姐向空中的海哥张开了双臂，示意她没有任何武器，嘴上却安抚着自健："儿子你放心，他还不知道营地的情况，不会在这个时候对我们下手。"

自健也学着碧荷姐向空中举起了双臂。

海哥犹豫了一阵，最终还是在水中降落了，不管碧荷是不是以身诱敌，他都必须冒这个险。

这一次见面，碧荷主动伸手来握海哥："我们分开已经有十二个小时了，很高兴再见到你。"

海哥却苦笑着做了个投降的姿势："不，我现在要尽量减少和你接触，昨晚就是你一个微笑迷惑了我，让我失去了小鱼——漂亮女人的善意是有毒的。"

不管什么身份的女人总归都是喜欢听恭维话的，碧荷姐心情不错地笑了起来："真看不出来你这么会说话，我就想不通，为什么小鱼说你身边没有女人呢？"

海哥没心情跟她闲扯，眼神锐利地在自健身上一扫，自健赶紧上上下下拍打，甚至把裤兜也翻了出来。碧荷姐也上前一步挺起胸膛张开双臂，示意海哥可以随意搜身。海哥却不敢往她雪白的锁骨和胳膊上多看，眼神最后落在了碧荷姐空着的手枪袋上。他狐疑地发问："你们真的没带武器？"

碧荷姐笑吟吟地说："是啊！我多听你的话！你让我不要伏击，我就把武器全扔了。我们现在是合伙人了，不要武器是表达我的一点诚意。"

海哥当然不会相信这套说辞："你们其他人呢？"

"哦，我让几个马仔回去换艘货轮来，不然怎么拖得动那么多财宝。"碧荷姐轻描淡写地说。

"难怪船不见了……"海哥还是抓住了其中的破绽，不动声色地追问，"马朋也一起出去了吗？"

碧荷姐心里一惊，立刻补上漏洞："是啊，不然他们怎么找得到路。我让另外几个孩子陪王法、小鱼和阿笨在营地，我知道你不喜欢太多人下蓝洞。"

这话倒说到了海哥心坎上。和碧荷姐的生死较量已经展开，尽管目的是为了救小鱼，他也不愿意女儿目睹那些残酷的情境。

碧荷姐一看他的脸色就知道挠中要害了，赶紧见好就收："可以开始我们的约会了吗？"

海哥举起右手："请吧。"

四个座位的水上飞机，海哥请碧荷姐坐了副驾位置，安排自健坐在了他的后方，这是一个把袭击他的最佳位置交给敌人的安排。既然湾鳄没有武器，那他也表示一下合作态度，到山顶不过几分钟路程，海哥相信见到宝藏前他们不会动手。

海哥的判断没有错，不过碧荷姐一上飞机就开始发问："我一直有个问题没明白，那个惠帝老和尚的雕像和岩洞的壁画是你搞的吗？"

海哥摇摇头："雕像和壁画在我第一次到这个岛上时就有了，估计是服侍惠帝的人留下的，不过今年我对壁画做了色彩修复，所以壁画看起来像新的。"

碧荷姐暗自点头。这符合她的判断，证明海哥没有说假话，不过她要测试一下关键问题："我听说有一颗释迦牟尼的舍利，不知道在不在那批沉船宝藏里？"

"你是说佛牙吗？那是郑和第三次下西洋的时候请回京师的，当时还有太子少师姚广孝随行，郑和没机会截留，这个当然没有。"海哥一边调整高度一边大声回答着。

"那暹罗进贡的金叶表呢？听说那块手表很值钱。"

海哥一怔，碧荷姐的问题还真是刁钻，她问这些的目的无非是侧面打听宝藏，这时候不能让她起半点疑心，必须打起精神回答。海哥努力搜寻着脑海中关于金叶表的资料，脸上却一点也没显山露水："金叶表这种普通物件当然有，不过你有点用词不当，金叶表不是一块手表，而是用金箔拉丝织成的帛，是藩国用来给明朝皇帝写文书用的，沉船宝藏里的确找到了一份，可惜在海水里泡得太久，没什么文献价值……"

飞机前下方正是人质营地的所在位置，海哥不禁停下话头张望起来。他打算在合适位置悬停观察下小鱼他们的情况，碧荷姐却深谙他心地欠着身子转过来问："那你告诉我，什么是沉船宝藏里最值钱的宝贝？"

碧荷姐欠过来的身子刚好挡住了看向营地的视野，海哥有些着急地张望着："等会再说……"

海哥的手正要伸向悬停键，碧荷姐却用手盖过来抓住了他："别看了，你还没回答我的问题，难道是你不想回答，还是根本没有宝藏？"

海哥心里一惊，突然明白了碧荷姐故意问些错误问题而且不依不饶，其实目的就是为了不让他看营地。他收回了手定了定心，声音和表情都恢复了之前的平静："三吨黄金和四吨白银值不值钱？两吨半珠宝首饰值不值钱？不过我还是最喜欢那些海捞瓷，虽然它们不能跟传世的明代官窑瓷器比价值，但是它们在海底沉睡了几百年，大自然让它变成了另一种模样，我能在它们身上看到文明看到沧桑……"

一说到海捞瓷正中碧荷姐下怀："是啊！我也最喜欢海捞瓷，可惜你前几天捐的那些都是残品，你是不是把好的都留起来了？"

"当然，不是为了引你出来，连残品我都不会捐，我有什么必要把那些宝贝捐给一些不识货的笨蛋？当时我的心都在滴血啊……"

飞机上的三个人同时大笑起来。

这时刚好小鱼他们几个站在山崖边向海哥高喊，声音是不可能听到的，不过海哥还是在某个角度瞥到了最先跑出来的马朋，他身上那件红色 T 恤很打眼。海哥心里顿时一惊，看来碧荷姐的确在说谎，既然马朋没有给海盗带路出岛去换货轮，那海盗们的船去哪儿了？王法那小子到底干了些什么？

不过无论如何昨晚还被绑着的马朋已经能活动了，这是个非常好的信号，意味着人质营地我方已占主动，海哥可以放下后顾之忧执行自己的计划了。

不再犹豫，飞机直奔山顶。

此时已是艳阳高照，飞机攀上最高峰在上空盘旋了一圈，隐藏着逐浪岛最大秘密的蓝洞映入了众人眼帘。这是一处天然形成的圆形洞穴，垂直向下深不可测，整个山顶平台寸草不生，灰青色的洞壁突兀嶙峋，幽蓝的波光在水深之处层层荡漾。眼前的景色神秘、幽远，美不胜收，也许只有这些词可以形容此时的感受，碧荷姐再也不用刁难的问题干扰海哥的注意力，目不转睛地盯着蓝洞。

"我们要降落了！"海哥发出了一个提示。

如果要和海盗同归于尽，这是个最好的机会。过两天各大媒体就会登出地产大亨游大海驾机失踪在南海海域的消息，至于附带消失的湾鳄，算是悄悄为民除害了。这样他就可以避免一直以来最害怕的一件事——向小鱼交代前因后果。可是，这能阻止小鱼知道逐浪岛的真相吗？知道了真相之后的小鱼，还能原谅他这个父亲吗？

海哥握住操纵杆的手有些颤抖起来。

7

逐浪号飞机飞过人质营地时，三个年轻人都跑到空地试图拦截，可惜飞机义无反顾地奔向山顶去了。就在他们准备攀岩上山时，身后传来了一个陌生的声音："不准动！"

马朋刚丢失了两把枪，大家把整个山腰都找遍了，唯独没有往受了伤奄奄一息的笨叔身上找，万万没想到最后是笨叔拿着那两把枪对准了他们。

当小鱼转身看到是笨叔站在身后时，不相信自己眼睛似的喊了起来："笨——叔——？你会说话？"

这对小鱼真的是毁灭性的一幕，这是昨晚以来她经受的第二个打击了，先是被马朋用枪指过，再是哑叔说话和自己被他用枪指着，这世界怎么了？

笨叔不哑，而且他的伤也没那么严重。他手握双枪站在三个年轻人身后，黑黝黝的脸上看不出任何表情，一字一顿："回，去！靠里，坐好！"

笨叔说话很涩，很像是多年没练习说话突然铁树开花了一样，语言跟不上大脑的指令。

小鱼不甘心地说道："笨叔，你是不是烧糊涂了？是我呀……"

笨叔一言不发地抬起了枪口指向小鱼，王法赶紧挡在她前面："我们都回去，笨叔你别急。"

晕菜的三个家伙灰头土脸地回到了凸石下，并排坐好等候笨叔发落，刚才还垂头丧气的两个笨贼此刻来了精神，观察着他们。笨叔捂着伤口坐到了他们对面，他的枪口始终没有垂下，却是良久再没下文。

王法小心翼翼地问："笨叔，我们不反抗你，可以问问你到底是什么人吗？"

笨叔冷冷地看了他一眼，没有回答。

小鱼忍不住接话："他是渔民，很久之前遇到了海难被海盗卖到邻国当苦力，前年才逃到荒岛上，被我爸救了……"

"这些话是你爸说的吧？"马朋突然插了一句。

小鱼噎住了，的确，笨叔的身世全是海哥说的，笨叔从未证实过。就这样小鱼还是不甘心："笨叔，这些都是真的吗？"

笨叔不答，只从鼻子里冷哼了一声。

这下一直在旁观的坚强来劲了："笨叔肯定是我师父安排的卧底！笨叔是我们海盗的人！我就知道师父英明神武神机妙算，笨叔，快来给我们松绑吧！"

笨叔站起来走到坚强身边，蹲下了身子。

王法等人心里叫苦不迭，海哥千算万算，怎么能算到身边早有湾鳄的奸细呢？

笨叔目不转睛地看着一脸得意的坚强，冷不防出手把枪顶在他的脚趾上，轻轻扣动了扳机；"嘣！"

"啊！啊！"坚强杀猪般的叫声响彻整个山谷。

顾不得笨叔的枪口，王法第一时间挪过来解下坚强的臭鞋，还好，笨叔这枪打在了坚强的脚趾缝之间，然后子弹打穿鞋底钻进了土里。王法松了口气同时皱起眉："闭嘴！你一枪打在笨叔肩膀上，现在子弹还在他身上，他还你一点皮外伤，你号什么号！"

坚强立刻噤了声，只敢偷偷地龇牙咧嘴。

笨叔和王法都回到了自己的座位，刚才稍用了点力笨叔的脸色更难看了，他疲倦地半眯着眼睛，倚靠在石头上。小鱼凑到王法耳边低语："笨叔给坚强这一枪，是表示他跟海盗没有关系吗？"

王法紧张地做了个噤声的动作，明明在闭目养神的笨叔突然睁开眼扫过来，目如寒冰。小鱼心里发毛起来，结结巴巴地解释："笨叔，我跟王法说我饿了……"

笨叔沉默地把海盗们的一个背囊扔了过来。王法打开一看，里面全是瓶装水和压缩食物。忙碌了一整夜，这时还真是感觉到饿了，他把食物分发给众人，也分了一些给丽丽和坚强，但只解开了丽丽一只手的绳索，以免节外生枝。送去给笨叔他却只喝了几口水，依旧沉默地一手拿枪一手按压在他的伤口处。虽然坐在阴凉处，又有潮湿的海风吹拂，豆大的汗珠还是从笨叔额头不断冒出来。

王法心里有数，笨叔的伤口一定很疼。他究竟是怎样的一个人？能忍受如此大的痛楚却不吭声呢？

众人食不知味地咀嚼着这特殊的早餐，直到突然间笨叔倒了下去。

笨叔是一声不吭毫无征兆地晕倒在地的。王法第一个冲到笨叔身边，在人中穴掐了下去，笨叔几乎立刻就醒来了，可睁眼第一件事便把枪顶住了给他掀开衣领查看伤势的王法，低声吼道："走开！"

王法哭笑不得："笨叔，我没想害你，不然刚才救你干吗？你晕过去了……"

笨叔的枪口迟疑了一下，但还是顽强地又端了起来。

王法无奈地举手投降："你又发烧了，必须马上把子弹取出来……"

笨叔的手已经抖得快握不住枪了，半晌终于无力地垂了下来，王法、小鱼和马朋同时上去给他检查伤口。马朋第一件事是想把笨叔手里的枪卸下来，但是王法喝止了他："别动！小心走火！"

的确，笨叔一直在全身绷紧的状态，如果这时候卸他的枪，他会用尽全身力气扣动扳机的。

见马朋不高兴的表情，王法又解释："笨叔不会伤害我们的，他拿枪一定是有其他原因，我们尊重他，先帮他把子弹取出来行吗？"

小鱼和马朋都不太能理解，但还是配合地点了点头。笨叔的身体松弛了下来，但他的手仍然一刻不放地抓着手枪。

现在需要一个给笨叔取子弹的人，三个人都同时把目光看向了丽丽，丽丽也急于邀功地推荐自己。不过动手术需要麻醉药，王法安排马朋返回木屋去拿药，笨叔却挣扎着说："不用！直接，取！"

丽丽被解开了绳索，可是为了防止她使坏，王法把坚强吊挂在悬壁外，让马朋负责看管，只要丽丽的操作不对，王法便会让马朋割断绳索，那时坚强将享受自由落体头脸着地的贵宾待遇。王法安排这些时并没有留意到马朋沉默的脸色，他以为还像往常一样马朋对他的正确决定无条件服从。只有小鱼欲语又止，眼下也只有先救笨叔再打开马朋的心结了。

笨叔咬着一根树枝，接受了没有麻醉药的手术。当丽丽的手术镊在笨叔的肩膀上血肉模糊地探找子弹时，笨叔痛苦不堪的表情让王法不忍直视，小鱼更是气急地呵斥丽丽："你不能轻点吗？你知道笨叔有多痛吗？"

其实丽丽并不轻松，早也急得鼻尖冒汗，听到呵斥终于控制不住坏脾气了："轻点我怎么找子弹？You can you do，No can no BB！"

王法及时阻止了两个女人的战争。

子弹被取出来了，笨叔痛昏了过去，但没有超过三秒钟，他立刻又清醒了过来，第一件事便是再次握紧了手里的枪。

王法似乎有些明白了，笨叔不用麻醉药就是怕自己昏迷失去对营地的控制，他到底要做什么，这么坚强的意志力，究竟是有怎样一个刻骨铭心的目标在支撑呢？

第 七 章
阿里巴巴的藏宝洞

游小鱼已经情绪失控了，
冲着笨叔大声嚷道："
笨叔，你必须给我讲清楚前因后果！
你为什么联合海盗来跟我爸作对？
凭什么又对我手下留情？
最重要的是，你认识我妈妈？"

1

一个猎人，被迫带着一只老狐狸和一头小猎豹回自己的老巢，你会因为害怕失败而在家门口与敌人同归于尽吗？海哥最终做出了平安落地的决定，至少现在来看他的赢面并不低，一个男人，总不能还没打过就认输。尽管，他面对的是湾鳄队伍中最狡诈的两个对手。

飞机平稳地降落在蓝洞旁。

自健第一个跳下飞机，第一件事便是绕洞一周查探蓝洞。当看清地形并找到洞口用来固定攀岩绳的锚钉时，自健狠狠地开骂了："王法这个王八蛋太狡猾了！如果那天他露了一点点破绽，别说我只是崴了脚，就是脚断了我也要爬上来看看怎么回事！"

海哥想要给他们介绍下蓝洞，碧荷姐却阻止了他："先让孩子自己试试，不然怎么长大……自健，以前你爸怎么教你的？"

自健把手表取下来递给了碧荷姐，然后点燃了一根燃烧棒往蓝洞扔下，两人一个盯着手表一个盯着坠落的燃烧棒，稍后碧荷姐淡淡地报数："六秒。"

自健心算一阵，惊呼起来："我的天，这个洞有一百二十米深！"

碧荷姐在蓝洞边趴了下去，伸手向洞壁抓挠敲打起来。母子俩配合很默契，一个靠近洞口另一个一定会面向海哥，以防他从背后偷袭。海哥苦笑着，离他们几米远站着。看来他们只相信经验累积而非听他瞎编，这也意味着对垒难度在加大。

碧荷爬了起来，看着她搓了一手的灰泥："这个蓝洞下面连通着海水，这是件好事，证明下面有出口，要搬运东西可以从海路进出……海哥，当年沉船上的宝贝是这么转运过来的吗？如果我没猜错，蓝洞里应该还有横向的山洞。"

"没错，我现在就是要带你们去下面的藏宝洞，东西都在那儿。"海哥不动声色地附和着。

但很快碧荷姐又找到了破绽："可是横向山洞离水面肯定有距离，不然洞口就会被淹没……十多吨的宝藏，难道当年你们用起重机吊进去的？"

海哥警觉地道："不不，二十多年前我们哪有人力弄起重机进来。别忘了还有潮汐。每个月农历十六涨潮水位最高，刚好能到藏宝洞口，要把沉船上的宝藏转移不像想象中那么难。"

碧荷姐眼睛一亮，表情有些兴奋了，不过看看蓝洞很快又锁起了眉头："蓝洞连通海水也很让人头疼，海水太潮腐蚀性太强，洞壁越往下会越容易打滑，我们现在的装备恐怕很难靠绳索下去。"

海哥一言不发地折返往飞机走。

自健大声喊："游大海，你去哪儿？"

海哥掀起飞机第二排座位下的收纳箱，拿了一个鼓鼓囊囊的包裹出来。碧荷姐狐疑地问："这个是……"

"飞行器，平时我就用这个下洞，不过每次我最多只能带一个人。"海哥不慌不忙地解开装备穿戴好。

自健和碧荷姐对望一眼，这也就是说，如果要用飞行器下去，他们俩就会分开，海哥可以很轻易在空中飞行时发动攻击，逐个击破。碧荷姐使了个眼色，自健立刻奔回飞机翻找，确认了的确没有再藏着飞行装备。跳下飞机时自健手里多了一大捆绳索，碧荷姐立刻明白了自健的意思，他这是要放绳下洞。

碧荷姐摇摇头："不行，下面会很滑。"

"妈！相信我！"自健有点着急了。

海哥当然知道母子俩在顾忌什么，平静地接了一句："不用怕，下面已经凿好了落脚点，在四分之三的位置就到洞口了，不用带行李的时候我也这么下洞。"

已经想好下洞策略的碧荷姐心情不错地大笑了起来："这么说我们马上要见到阿里巴巴的藏宝洞了？好家伙，这可真是山穷水尽，柳暗花明啊！"

为了将分开行动时遭到袭击的可能降到最低，碧荷姐让自健先从绳索下去察看究竟，然后自健在藏宝洞口等待飞行器下来。

　　就在这时他们听到了从山腰营地传来的又一声枪响，以及坚强响彻山间的号叫声。这些声音几乎是营地情况的汇报演出，海哥听得心花怒放，我方的人占领了营地，这下真的没有后顾之忧了。但这对碧荷姐和自健来说可大事不妙，这意味着营地的失守，碧荷姐对自健又使了个眼色。自健迅速从鞋里摸出了他的随身小钢镜，他把刚才在飞机上喝的大半瓶水摆在远处，两指夹着小钢镜飞去，硬塑瓶活脱脱齐腰削断了。

　　这是一个小小的示威。海哥吃惊地看着自健捡回他的宝贝镜子，这个小青年还真是出人意料，难怪他要先下去再让他们乘飞行器，如果海哥想在飞行时对碧荷姐不利，没有武器的自健却可以做到远程攻击他。

　　自健下洞前还把大悬壁通往山下的锚绳给收了，这样就算王法他们占领了营地，一时半会也爬不上来。海哥对此并没有异议，他同样不想小鱼来到这里。看着做事缜密无懈的自健，想到这母子俩还真是血脉相承，如果给时间让自健成长，他会变成一个更凶残智慧的湾鳄首领。

　　自健下洞的时间里，碧荷一直守护在锚桩旁，不顾烈日的炙烤。海哥却解下装备坐在飞机下的阴凉处，摆出了水和食物，悠闲地吃着。其实这是个攻击的很好机会，碧荷姐现在没有武器，近身搏斗肯定不是他的对手，他应该可以把她推下蓝洞或者当场擒住，可不知为什么，海哥有些享受和她在一起的感觉，甚至暗自希望最后的厮杀迟点到来。

　　"碧荷，过来吃点东西吧。"

　　碧荷姐没有动。

　　"放心吧，君子有所为有所不为，我不会在对手没有准备的情况下伤人性命的。"

　　碧荷姐犹豫了一下走了过来，屈膝盘腿坐到了海哥的对面。海哥把食物递给她，碧荷姐似有意似无意地在海哥手背上轻拂了一下，海哥赶紧缩回手，很长时间手背上她抚过的位置还有一条长长的余温带。两个人都眯起眼看着远方的碧海蓝天，猜度着对方此刻的心思。

刚咬了一口干粮碧荷姐便笑了："哎，我很久没有跟一个男人在一起享受海风了……不明情况的人一定觉得我们在进行一个特别浪漫的约会。"

海哥叹了口气："嫁给一个海盗你后悔吗？"

碧荷姐反问："单身这么多年你后悔吗？"

"后悔……"海哥喃喃道，"如果时间可以重来一次，我一定不会让她离开我……"

碧荷姐也有些黯然了："你这种老婆走了几十年的人还想不开，让我这刚当寡妇一年的人怎么活呢？"

海哥回过神来："所以你继承遗志，带着湾鳄队伍一条道走到黑？"

碧荷姐有些不高兴了："这一年来你听过湾鳄犯什么案子吗？没有吧？我也在努力把孩子们往正道上带，可是哪条道能接受我们这些有污点的人？走来走去到处碰壁……做完最后这单，我想带着他们躲到没人认识的地方种田去……"

"如果真想种田，做不做最后一单都可以种。"海哥无情地戳破了碧荷姐的肥皂泡。

碧荷姐此时倒是心情不错地笑问："那么你又做了些什么纪念你老婆？在这个岛上拓荒辟土？给她建一所世外桃源？"

海哥沉默了。

"其实我知道她是个什么样的女人，她很美，很优秀，很善良……"

"你怎么知道的？"海哥有些惊讶。

"每个人身上都有爱人的影子。有些人不懂温柔，那是他的爱人很粗糙，有些人温暖又闪耀，因为他的伴侣是太阳。"

碧荷姐的眼睛像荡漾着波光的蓝洞，海哥不敢再与她对视地转过头："难怪这么多人服你，你从来不吝啬对别人的赞美。"

"服有什么用，养不起队伍一样会散……如果不是昨晚看到沉船，我真的会怀疑这里到底有没有宝藏。"碧荷姐突然把话题转回到宝藏。

海哥怔了怔，叹了口气："现在你知道了，为什么我不把大部分财宝搬走，因为，因为她就长眠在这里……"

"哦？"碧荷姐惊讶地挑了挑眉。

"二十二年前，我们一起来到这里找沉船，船找到了，但是她……"海哥的眼神黯淡了下去。

"原来她就是三个人当中的一个，那还有另一个呢？"

海哥站了起来："你问得太多了，我说过，这件事我不想再提。"

2

笨叔的子弹被取出来了。王法在附近找到了一株有止痛效果的洋金花，让笨叔嚼碎服下，把疼痛勉强压了下去，笨叔的脸上终于开始回复人色。在王法处置伤口的过程中，笨叔偶尔会回敬一个感激的眼神，但自始至终都不曾松开手里的枪。

见笨叔有所好转，牵挂父亲的小鱼再也忍不了地站了起来："笨叔，我要去救我爸了！就算你崩了我也得去！"

"不准去！"笨叔把枪口对准了小鱼的后背。

"小鱼快回来！他真的会开枪！"马朋惊呼起来。

王法却一把按住了正欲冲出的马朋。他观察到笨叔举枪的手在颤抖，此时他举起的是没有受伤的左臂，那他的颤抖是什么原因？

小鱼压根没理会身后抓心挠肺的众人，她已经跑出营地，发现上山的锚绳已经被收了。心中暗叫不妙，没有锚绳虽然还可以继续攀爬，但会减缓上山的速度。

笨叔瞄准着小鱼，手却剧烈地颤抖着，半晌，却把枪口移向了王法："帮我拦住她，否则，否则，她会没命的。"

这句话，可以理解成小鱼再不听指挥笨叔就会开枪，王法却听出了还有话外之音，赶紧冲过去拉住小鱼："你爸对付湾鳄母子应该问题不大，咱们先把笨叔这头搞清楚吧。"

小鱼却恼怒地把王法一甩："那不是你爸，你当然不着急！"

王法一脸无奈："你们所有人的命都比我重要，我都着急！否则我用不着送到枪口上来！"

王法说的是实话，从莫名其妙上了魔兽世界岛开始，他就不遗余力地在为所有人保命，哪怕是心怀叵测的海盗，为此海哥送了他一个"迂腐"的评价。

小鱼感到了一丝歉疚，要救父亲的狂热念头开始冷静下来，但声音里还是透着委屈："你是说，我的命、我爸的命、海盗的命，和海里那些小鱼小虾一样没有区别，你都想保护吗？"

王法尝试着跟小鱼说："你看到了，锚绳已经被碧荷母子收了。我们上山的速度会大大减缓。"王法顿了顿，看着小鱼的眼睛："如果说一样善待你可能会不高兴，但我们没有权力去裁决其他生物的生死，所以我只是尽我所能。"

小鱼叹了口气，感到了小小的失落。

王法低声道："小鱼，我喜欢你的率真和勇敢，从你跳进乱流里去救丽丽开始就喜欢你了，你有很多人没有的胆识和善良，可是有时候，没有智慧的勇敢比胆小还要可怕。"

小鱼的声音压低了："你，是不是怕我上去会给我爸增加负担？"

"是的，几次都是别人拿住了马朋和你才拿住了你爸，为什么你不能相信他自己会处理好呢？"

小鱼低下了头，小声地说："对不起，我又没过脑子。"

王法握了握她的手表示理解和安慰。比起刚认识时那个时时事事都要跟他作对的小鱼，她现在已经很讲道理了。他好像找到了和小鱼之间最舒服的相处方式。虽然从来没想要改变她，但征服爱情的滋味还是很美妙。王法心里感到了一丝甜蜜。

王法牵着小鱼走回营地，发现马朋正在问笨叔："笨叔，给小鱼发匿名信息的人是你吗？"

别看马朋闷头不吭气，笨叔的种种可疑之处他也看在了眼里。

小鱼心头一震，立刻蹲在笨叔面前："是你吗，笨叔？"

笨叔有些慌乱地把眼神转开，不敢与小鱼对视，他的沉默其实是最好的回答。

王法眉头紧蹙地问马朋："你觉得笨叔为什么要发信息给小鱼？"

马朋思考着说："应该是笨叔想要对付海哥，但又怕连累到小鱼，所以先破坏他们父女关系，最好把小鱼从海哥身边气走，这样笨叔就能从容对付海哥。"

小鱼吃惊的眼神一直没离开过笨叔，他干脆闭上了眼睛。

"如果这是个卧底游戏，没钱没势又不够打的笨叔要怎么才能赢大 BOSS 海哥？"王法提出了一个假设。

马朋这时却转身看着又恢复了捆绑状态的坚强和丽丽，当然，因为手术成功他们获得了不贴封口胶的待遇："坚强，我记得你师父说过，知道郑和的宝藏在逐浪岛是因为收到了线报？"

坚强点点头："是啊，我师父好多年都在找郑和的宝藏，上个月突然有人通过中介说要卖一条特别值钱的情报给她，当时我师父根本没搭理，可是中介又捎了条信息来，说是跟郑和有关……"

王法、马朋和小鱼都被坚强的解释给吸引了，只有笨叔像一尊泥塑一样攥着枪靠坐在大石上。

"说实话，道上不少人知道我师父在找郑和的东西，假消息我们也收到过不少，我师父还是没搭理他们，可是那个人居然花钱要了我师父的邮箱，发邮件来说宝藏早被游大海这家伙给独吞了，而且就藏在这个岛上。"

"你们怎么判断消息真假？要有这种消息的人早就自己来挖宝了，还用得着等你们吗？"马朋不解地问。

"那线人说了，他本来想自己来取宝藏，可是地形复杂进不了岛，建议我们绑了游大海上岛，这件事他不会出面，事成之后会通过中介找师父拿一份分成。道上这种事也是有的，自己没能力搞也不想担责任，就拖个大买家下水……"

"所以你们就把我给骗来了？"小鱼不高兴地说。

"是啊，我师父说了，不管消息真假这是我们眼下唯一能发大财的机会，富贵险中求嘛！再说这个岛我们一直没能进来，早就觉得这里头有古怪，进来探个底也好，能发财就发财，没宝藏我们就占岛。"

王法苦笑："你们要是有了这个别人进不来的岛，湾鳄的名头马上就能红透东南亚了。"

丽丽白了王法一眼："你别瞧不起我们，我师父聪明绝顶，对付游大海那个老咸菜跟玩儿一样，她一定会拿到宝藏的……”

“先想想你自己吧！”马朋打断了丽丽，接着问坚强，“那个线人是笨叔吗？”

坚强小心翼翼地看了笨叔一眼，正想说点什么，丽丽故意使劲地清嗓子，吓得坚强又把话咽下去了。

小鱼急了，上去一脚踩住了丽丽的鞋面，用力蹍了几下，丽丽立刻发出了惊人的哭号。坚强慌慌张张大喊：“哎！我师父都没提过笨叔！他是不是那个线人我真不知道！你咋不问他自己呢，欺负我老婆算什么英雄好汉。”

小鱼乐了：“呸！老子就不是好汉，他们两个男的要当英雄不好意思下手，卑鄙下流的事我来干！”

王法被他们逗得大笑起来。

马朋脸上却没有一丝笑容，喃喃自语道：“如果我是笨叔，如果我要对付海哥，借力打力是最好的选择。”

听到这话小鱼再也笑不出来了：“这么说笨叔不仅是给我发匿名信息的人，也是把湾鳄引到这里来的人？”

“笨叔私下就没跟你说过什么吗？”王法问。

小鱼想了一阵：“我爸来之前，笨叔有天晚上非要送我单独走，还默认是我爸的安排，后来才知道他根本没联系过我爸……”

王法和马朋对视了一眼，从眼神里都明白对方想到了什么。马朋忍不住脱口而出：“小说里这种情节，通常真相就是你是笨叔失散多年的女儿，不然他这么费劲对付海哥，为什么还想要保护你……”

笨叔突然睁开了眼，茫然地看着众人。

“胡说八道！胡说八道！”小鱼气得脸都红了，可她看到王法那个有些困惑更多是同情的眼神时，她心里也打起了鼓，一把抓住笨叔，急切地说：“快帮我告诉他们，我是我爸的女儿，我不可能是你的女儿！”

笨叔沉默地看了小鱼一会儿，眼神疲惫而伤感：“他，说过，你妈妈，是谁吗？”

小鱼一怔：“我爸从来不提，家里没有一张照片半件遗物，我小时候也问，可逼急了他就发火。我只知道她叫兰蕙心，对我来说妈妈就是个填家庭资料时才会冒出来的陌生名字。"

马朋有些不忍心地提示："问题就出在这儿。"

小鱼却嘴硬地辩解："可能是我爸太爱我妈了，一直接受不了我妈去世这件事，难道这不是很正常吗？"

丽丽嘟囔了一句："不正常，谁家不能问妈妈呢？哪怕是死了的。除非老婆给他戴过一百顶绿帽子。"

"啪——"小鱼扬手给了丽丽一耳光。

3

飞机下的这顿简餐，是暴风雨来临前的宁静，是男人与女人最后的温情。

尽管如此，海哥在决定掐灭这份不恰当的情愫时还是说了句："不管你信不信，起码有十年以上没有女人给过我这样的感觉。"

碧荷姐笑意盈盈地看着他："信，你说什么我都信。"

她又来了。海哥赶紧把眼神转向蓝洞。此时太阳已在头顶，给大地做烧烤的同时也将整个蓝洞照得毫发毕现。蓝洞下方碧水漾漾，从边缘到中心颜色也由浅至深，仿佛是一个蓝色色谱表，从蒂芙尼蓝到宝石蓝再到夜空蓝，集齐了这个世界所有美丽的蓝色，深深浅浅的蓝隔空送来一股透心清凉，像磁石一般吸引着岸上汗流浃背的人们。

自健此时已经下到横向的藏宝洞，大声朝蓝洞上方喊道："妈！我到洞口了，里面很黑，要不要我先进去看看？"

海哥正在低头穿戴飞行器，淡淡地对碧荷姐道："最好不要单独行动，为防贼我设计了一些机关，碰到的话别怪我。"

碧荷姐略一思忖，向自健喊话："儿子，千万别动，我现在就跟海哥下来！"

海哥已经穿戴完毕，向碧荷姐张开了双臂："来吧。"

碧荷姐略显受惊："你要干吗？"

"这本来就是单人飞行器的设计，你想跟我一起下去就得抱紧我。当然，还有一个选择，你用绳索下洞。"

碧荷姐的眼神犹疑地落在了攀岩绳上。开什么玩笑，这时候她选绳索下洞就意味着把生死权交给洞口的海哥，想要她死直接割绳子就行。

海哥看透了碧荷的心思："还有一个选择，我用绳索下洞，你用飞行器。"

碧荷姐苦笑："我可不会用飞行器。"

海哥开始解装备带："要么我教你，要么我和你一起用绳索下洞，当然，我先下，这样你就不用怕我割绳子了。"

话说到这份上倒不如选一个最便捷的方案，把飞行器带下去也方便快速上来。稍一盘算，碧荷姐配合地走到海哥面前，把手环扣在他的脖子上，身体自然地正面靠了过去。海哥对她如此落落大方有些意外，低声道："把脚踩在我的脚背上。"

碧荷姐顺从地踩了上去，现在他俩身体之间的距离只有两拳了，碧荷突然心跳加速起来。

海哥却像岩石一样岿然不动，双手紧握飞行器："抓紧了，我们要起飞了！"

飞行器喷着长长的气尾腾空而起，然后疾速向下冲去。虽然早有心理准备，失重的感觉还是让碧荷姐惊呼了起来，一把钩紧海哥，把脸也贴了上去。

生平第一次，怀抱一个异性飞翔。疾风在耳边呼呼掠过，碧荷起初根本不敢看，直到海哥轻语了一句："你看多美。"她这才睁开眼来。发现海哥减缓了飞行速度，在蓝洞里轻轻旋转下降。

蓝天白云，碧海清波，画卷一般徐徐展开的岩石峭壁，像电影画面一样不真实，最最不真实的是怀里这个令人咬牙切齿却又牵肠挂肚的对手。海哥正目不斜视地专注飞行，他的侧面像刻刀刻过一般棱角分明，几天的不眠不休让他长出了半脸络腮胡子茬，看着有点让人心疼。

如果往事可以格式化就好了，放下那些沉重的包袱，像一片轻盈的羽毛那样自由自在，那他们一定会相爱的，因为，这个世上没有人能像他们之间那样齿轮吻合。

情不自禁地，碧荷姐伸手想摸一下海哥的脸，却忘了自己还在飞行器上，突然一松手去摸海哥。海哥吃了一惊，飞行器没控制好变得倾向一边，碧荷姐一下从他身上滑了下去，幸好海哥抬了抬腿有个勾连的动作。碧荷姐在下滑过程中抱住了海哥的腿，大半个身子悬空在外，慌乱地挣扎着。

海哥的两只手都必须握住飞行器，否则就会一头栽下去，他没办法伸手帮碧荷姐回到原位，只能是尽力控制着在空中东摇西晃的飞行器。其实这又是一个好机会，他只要在空中多转几圈，抖一抖腿就能把碧荷姐踢下海去，摆脱这个让他心乱又心烦的对手。

目睹全过程却没发现暧昧细节的自健此时大吼了起来："游大海，你个不守信用的浑蛋！要是我妈有什么事，我让你碎尸万段——！"

碧荷姐使出了全身力气抱紧海哥，却没能往上攀动半毫，她就像海哥身下一截多余的尾巴，在空中甩来荡去。她心里一阵发凉：难道这就输了？

自健举起了他的小钢镜，瞄准着海哥的位置，一旦碧荷姐失手，那游大海也得陪葬。

海哥看了看飞行器的电量，没有把握返回上方洞口平稳放下碧荷姐。横向洞口的位置虽然站着自健，但那个洞口上方有一段是凸石，如果想飞过去放下碧荷，超过洞口高度的飞行器势必会撞上凸石。还有一个方式是将飞行器加速横向冲进山洞，这样一来可以在加速时碾倒自健，二来碧荷姐会在他进洞时狠狠撞上下方的山石，将两个海盗一举歼灭。

海哥先飞到了横向洞口对面最远的位置，对碧荷姐大喊了一句："我把你甩到洞里去，我喊一二三你就放手，尽量把身体上弯去抓自健！"

碧荷一点也没磕巴地回答："好！"

生死关头，她对他的信任竟然是百分之百，连自己都感到惊讶。

海哥加速前冲自健喊了句："你接住她！"

自健看到海哥以光速飞来时，真的拿不准他应该听话在洞口接住母亲还是马上卧倒以免被碾压，只是一瞬间工夫，就听得一声巨响，飞行器撞在了洞口上方的凸石上，而碧荷脚朝下地被扔进了洞口。自健扑上去牢牢抓住了碧荷，连拖带拽地把她拉了进来。

而飞行器撞上凸石那一瞬，海哥下意识地推手过去想避免头胸撞山石，但

逐
浪
计
划

身体还是惯性地猛撞过去。一阵剧痛在胸前炸开，他似乎听到身体里传来骨头断裂的声音。他伸手试图抠住岩石，但熄火的飞行器带着巨大的地心引力把他往下拖拽，海哥连人带机像个失去意识的布娃娃掉进了下方海水，砸出了巨大的水响。

刚爬上洞口惊魂未定的碧荷立刻探出大半个身子去抓海哥，当然什么也没抓到。见海哥落水，她第一反应便是除下身上多余的装备，准备跳下水。

自健一把拽住了碧荷姐："妈！你要去救他吗？"

碧荷头也不回地想甩掉束缚："当然，他拖着那个飞行器上不来的。"

"他死了不是正好！我们已经到了藏宝洞！"自健着急地喊了起来。

碧荷回头看着自健，表情复杂地说道："儿子，你还不明白吗？他舍命救了我，我不能不管他，就像那些孩子没了，我一定会为他们报仇一样。"

"反正要报仇，那还救他干吗……"自健嘟囔着。他确实没明白，但他知道碧荷下了决心要做的事别人不可以改变，就像父亲死了之后她决定要撑起这支烂队伍一样。

自健松开了手，碧荷像条飞鱼一样轻盈入水。

蓝洞的水很清澈。没有戴面镜的碧荷姐忍着海水的刺痛，努力睁开眼在水中寻找，水中视物虽然模糊，却能看到海哥在她前方快速向海底沉去。碧荷姐努力蹬了几把才追上了海哥，他已经完全昏厥了。电影里常有在水下过气人工呼吸的浪漫镜头，可惜那是没有实际意义的救治。碧荷姐第一反应就是奋力去解开还在不断拖着他们下坠的沉重飞行器，可惜扣带太多，本来就水性欠佳的碧荷姐刚解了一半就已经感到自己气不足了。

是放开海哥还是为救他一起死？刚想到放手心口就一阵剧痛，好像要放掉自己的三魂六魄一样痛苦。

碧荷舍不得放手。

就在这时水下游来一个人，麻利地解开了海哥的束缚。原来自健也下水了。

碧荷心里一松，娘俩合力抛掉了沉重的飞行器，然后一边一个拖着海哥游向水面。在水面冒出头来，碧荷这才一边踩水一边帮漂在水面的海哥做人工呼吸。

海哥咳出几口水，猛吸了一大口气，终于回到人间。当看到一左一右湿漉漉的娘俩，这才回过神来。

竟然是时时刻刻恨不得食其肉拆其骨的碧荷母子救了他。

4

小鱼已经情绪失控了，她不仅教训了多嘴诽谤母亲的丽丽，还冲着笨叔大声嚷嚷："笨叔，你必须给我讲清楚前因后果！你为什么联合海盗来跟我爸作对？凭什么又对我手下留情？最重要的是，你认识我妈妈？"

笨叔仍然攥着他的手枪，但现在大家都清楚，笨叔应该不会用这东西伤害小鱼。面对小鱼连珠炮般的发问，笨叔只是看了看天，吃力地回答："再，等等，我会，全告诉你。"

"我不！现在就得说！我一分钟也等不了！"小鱼脸涨得通红，她是真急了。

笨叔长长叹了口气："蕙心，是个好人。最美，最好，没人能比。"

小鱼一怔，迟疑地问："你是在说我妈妈吗？"

笨叔点了点头。

妈妈对小鱼来说一直是个虚幻的名词，这还是有生以来第一次有人正面和她聊这个。小鱼惊喜地推了推王法和马朋，就像个得到老师奖励忍不住要和小伙伴分享的小孩。他们却都用担心的眼神看着她，很想提醒她笨叔的话并不可信，但谁也没敢说出来。

"快跟我说说，我妈妈怎么个好法？怎么个美法？我长得像她吗？"

笨叔凝视了小鱼一阵，眼神显得有些复杂，良久才悲伤地垂下眼睛："她，很善良，救助了很多人……"

"那我妈妈她还活着吗？"

笨叔怔了怔，表情痛苦地摇了摇头。

小鱼心里刚燃起的一点幻想熄灭了，不过她又找到了新的关注点："你给我说说，我妈妈是做什么的？"

笨叔眯起眼看着远方，眼神变得柔软起来："她，研究，海洋生物……"

这次轮到王法吃惊了，小鱼的妈妈竟然和他是同行？他突然想到什么："小鱼，你再说说你妈妈叫——？"

"兰蕙心。"

"老天！我们是校友！我在以前的校友录里看到过她的名字！当时还跟别人说这名字很好听来着，所以记住了。"

小鱼一脸惊喜："真的吗？我妈妈是不是很了不起？她都做了些什么？有她的照片吗？她真的很美吗？"

"时间太久了，我得回学校再翻翻才行，应该是没有特殊事迹，不然会大篇幅记载的……"当看到小鱼失望的表情，王法赶紧又做了补充，"搞海洋生物研究又辛苦又危险，那个年代女生学这个专业本身就很了不起了……"

小鱼和笨叔都听得入了迷，表情既骄傲又自豪。

熟识这种优秀女性的笨叔一定不是个简单的渔民。念头一闪，王法眼也不看笨叔地突然发问："那笨叔你是学什么的？"

"海洋，考古。"

众人都吃惊地看着笨叔。

王法转过来问小鱼："海哥年轻时候学的什么专业你知道吗？"

"好像也是海洋考古，不过他从来不提，是有次我翻东西翻到了他的毕业证。"

王法和马朋顿时恍然大悟，同时喊了出来："笨叔和海哥是同学！"

天哪！所有人都开始重新审视这个跟渔民没有什么两样的黑炭头，这肤色可得是经年累月在海水中浸泡才能有的，还有那脚板上比甲壳还厚的老茧，什么荆棘坎坷踏上去他都如履平地，就是拿显微镜也看不出他曾经是个知识分子啊！

王法狐疑地问："笨叔，你真的是海哥同学吗？他怎么会认不出你呢？"

马朋解释："让你当二十年渔民试试，可能连你妈妈都认不出，大概笨叔也是怕海哥认得他的声音才装哑的。是吧笨叔？"

笨叔咬牙切齿："游大海！"

长年装哑给笨叔造成了语言障碍，他说话总有些口齿不清，但游大海这三个字他却讲得异常清楚，可见这个名字在他生命里烙下了怎样深刻的烙印，换言之是何等的深仇大恨。

马朋思考着："笨叔，我来替你解释好吗？说得不对你就摇摇头，好吗？"

笨叔想了想，点点头。

"我来分析一下，笨叔以前遭遇海难、被海盗救起卖到邻国去当渔猎劳工是真的，海哥跟笨叔是大学同学也是真的。因为他们都学海洋考古，所以对郑和的沉船特别感兴趣，不知道什么途径得到了进逐浪岛的口诀，他们上了岛……"

马朋分析时一直看着笨叔，笨叔像尊泥塑一样不动，重要的是他没有摇头，这就证明马朋的分析是靠谱的。这对马朋是种鼓励。

"他们把这个岛勘探清楚之后找到了郑和的沉船，这期间可能海哥和笨叔发生了冲突，有可能是海哥想独吞宝藏，把笨叔扔进了大海，这就是笨叔年轻时遭遇的那次海难……"

笨叔听到这里冷笑了一下，但未置可否。

小鱼激动起来："胡说八道！我和王法去看过那条沉船，那上面没有任何值钱的东西！再说我爸不可能干这种昧良心的事！"

"你们现在当然看不到，说不定几十年前就转移了……"马朋尴尬地笑着，"当然，这只是一种分析。"

小鱼有点语塞，但还是态度强硬："那我妈跟这个沉船肯定扯不上关系。"

"那可不一定，她既然是学海洋生物的，搞不好会跟他们一起来探险，很可能就因为这次探险出了什么事故牺牲了。而海哥和笨叔都是爱她的，她却选择嫁给了海哥。对笨叔来说，夺妻之恨，抢宝之仇，这些理由够他回来策划一个复仇计划了……"

这些话的后半部分笨叔一直在摇头，而且是使劲地摇头。

这让小鱼燃起了一丝希望，恳求说："笨叔，你告诉他们，我爸不是这种人，对吗？"

笨叔却冷冷地从牙缝里挤出几个字："他不是，你爸爸！"

"什么！"小鱼惊得一屁股坐在了地上，半天说不出话来。

王法赶紧伸手握住了小鱼冰冷的手，皱着眉头问笨叔："那谁是她爸爸？

你吗？"

笨叔又从鼻子里冷哼了一声，再次闭上眼睛往后一靠，看这架势，他是不准备回答这个问题了。

"不可能不可能，我爸就是我爸！不可能是别人！"小鱼崩溃地摇着头哭喊了起来。虽然从小和海哥不亲不和，可内心深处他们是血脉相连彼此深爱的，这种消息小鱼无论如何也不愿意相信。

但从第一眼见到笨叔，她就有种说不出的亲切感，而笨叔对小鱼的宠爱是谁都看在眼里的，要说他就是小鱼的父亲，完全是有可能的。不然海哥为什么从不让她提妈妈？为什么海哥要在找到沉船二十二年后重返逐浪岛？他是在缅怀过去还是为往事忏悔？

小鱼心乱如麻，越哭越凶，马朋怎么安慰都不管用。王法无奈，凑过去在她耳边说了一句话，小鱼满脸是泪地抬起头："真的？"

王法点了点头："真的。"

小鱼破涕为笑，站起来走到悬崖边去擦脸了，她为自己的失控感到不好意思。

马朋真不想理王法，可这个人对小鱼实在太有办法了，他忍不住低声问了句："你说了些什么让她不哭了？"

王法偷笑："我说：说不定笨叔是故意挑拨你和海哥的关系，你不要上当。"

马朋恍然大悟，也更沮丧了，难怪小鱼会选择王法，对男人来说，恋爱经验不够真的是硬伤啊！

再恨王法现在也得和他站在同一战线。马朋问："现在我们怎么办？"

"你能帮我把小鱼稳住吗？我觉得海哥可能有危险，我想去帮他。"

这又是一个把自己置身危险也要维护爱人友人的决定，马朋没有从王法的眼神里看到半丝戏谑或虚伪的成分。虽然不肯承认，但马朋心里难受了，他一直在暗暗跟王法较着劲比能力，其实这种挺身而出的担当才是他真正不如王法的地方。

王法还没来得及动身，这时山间突然传来一声巨响："嘣——！"

除了被捆绑的，其他人都惊得站了起来，小鱼更是花容失色地跑过来："什么声音？从哪儿传来的？"

傻子也听得出来，那是炸药爆破的声音，只是小鱼不愿意相信罢了。

马朋有些迟疑地指了指山那边，他听得很清楚明白，那是来自山体内部的爆炸声："只怕是蓝洞那边出事了……"

"哈哈哈哈——！"笨叔突然大笑起来，笑得肆无忌惮，笑得舒心欢畅，笑得夙愿已偿，他甚至张开了双臂，双手一松，一直紧攥着的那两把枪在笑声中落地。

小鱼冲了过来："不准笑！到底是怎么回事？"

笨叔一边笑一边答："游大海，完蛋了！哈哈哈哈！"

"你，你干了些什么！"小鱼气得浑身发抖，一把捡起了地上的枪，不过她只是捡起，接下来却不知所措地站在原地。几个小时内已经有两个亲近的人把枪口对准了她，她只是恨这两把该死的枪。

笨叔的笑声终于停下来了，可他毫不畏惧地看着小鱼，见小鱼没下文，他干脆自己动手把枪口挪向了他的心脏部位，低声说："往这开，你打死我，我乐意。"

小鱼哪里是能杀人的料子，吓得立刻松开枪柄，倒退几步，结结巴巴地说："你你你不要乱动……"

王法大喝一声："小鱼！我们现在就上山找你爸爸！没时间跟笨叔较劲！"

小鱼抹了一把已经喷涌而出的眼泪，是的，救父亲，刻不容缓！

5

海哥能捡回一条命还真得感谢自健。不仅是自健在紧要关头赶到，而且他跳下蓝洞之前在藏宝洞口朝水面放下了最后一段攀岩绳，能让他们从蓝洞水面回到藏宝洞。在返回前自健试了一次自由潜入水，他想看看蓝洞水底那条运沉船财宝的海运通道出口，遗憾的是他的气不够长，在潜到二十多米时还没探到新的出口，不得不折返水面。

这也意味着，他们不可能赤手空拳从水路走出蓝洞。唯一能回到山顶的，只有倚靠攀上山顶的那条主绳。

得知这个情况，碧荷姐也紧张起来："我们得赶紧进洞，如果……"

如果王法他们控制了营地，上山顶割绳子断后路只是迟早的问题。这个没有说出的事实自健立刻意会了。

从蓝洞水面攀岩到藏宝洞比想象中困难，因为下面那段洞壁非常湿滑又没有着力点。这次海哥主动提出来让碧荷姐先上，他其次，自健殿后，这个安排能方便他托举借力给碧荷姐上攀，同时让母子俩安心，他没有一上岸就割绳子的打算。

碧荷几乎是踩着海哥的肩膀上去的，天知道他怎么能像壁虎一样牢牢贴在布满青苔的岩石上，每被他托举一把，碧荷对海哥的感觉便多一分奇妙的变化，是那种共过生死患难之后的倚重。而一登上藏宝洞碧荷立刻反身来拉海哥，两人之间的默契让自健看得直皱眉。之前还觉得碧荷可能是在用美人计，可刚才她不顾一切要救海哥的劲儿，莫非假戏真做了？

自健踏上藏宝洞的最后一步，甩开了来拉他的海哥，走到碧荷面前恨恨地甩了一句："妈！我不想要个后爸！"

自健的声音很大，大到足以让海哥和碧荷的老脸挂不住了。

碧荷有几秒钟的尴尬，很快自己圆了场："这孩子就是喜欢开玩笑……我们抓紧时间参观藏宝洞吧。"

海哥的装备已经跟着飞行器全沉水了，自健拿起唯一的手电晃了起来。光线照程内只能看到处处奇石突兀的洞壁，连地面也是坑洼不平的石路。这是一个天然形成的岩洞，干燥阴凉、深不见底，没有人工修整过的痕迹，地壳运动中造就神秘洞穴并不稀奇，但这个岩洞在此的等待却有了某种特殊使命一般。更令人惊奇的是在手电照射下，洞壁到处都有亮晶晶的像玻璃一般的光反射，原来这里布满了黑色的晶石棱柱体。碧荷姐拿过手电在洞壁上仔细照着、摸着，靠上去用舌尖舔了舔，又用打火机烧了一阵，突然惊讶地喊了出来："这些全是黑曜岩！哎呀！黑曜石经常有共生矿藏，像钻石、红蓝宝石什么的！海哥你有发现吗？"

自健眼睛一亮，虽然他不懂宝石，但钻石、红宝石、蓝宝石这些响当当的名字是了解的，如果这里的山体全都是宝石矿藏，那本身就价值不可估量。

海哥不易察觉地冷笑了一下："我不懂这些的，一直以为就是普通石头，要靠你这个珠宝古董专家好好发掘了。"

黑暗中母子俩的眼睛都在熠熠发光，内心的狂喜已经按捺不住了。

海哥一言不发地领头向黑暗中走去。

碧荷姐一把拽住他："等等，我记得岛上有波力发电设备的，你为什么不开灯？"

海哥平静地说："本来有个遥控器，但刚才和装备一起掉在水里了，只能走到藏宝室才能开灯。"

"说到波力发电，其实我还没明白，这里头如果只有一个藏宝室，根本不需要那么大机组的发电设备对吧？"

"可是你别忘了，我们有那么多海捞瓷，它们需要一个恒温的环境。而且，我在这里还有个实验室……"

保护海捞瓷的确是个不容碧荷姐反驳的理由，但她马上抓到了另一个问题："什么实验室？"

海哥脸上露出一丝诡异的笑容："急什么，等会就知道了，那个才是我真正的宝藏。"

用一个处处是宝石的岩洞来保存价值不菲的沉船财宝古董，而这些对海哥竟然还不算宝藏？他还会有什么惊喜给她吗？

这时碧荷姐却嗅到了一点危险的气息，她悄悄对自健耳语了一句："咱们还是 前一后围着他往前走，如果他玩什么花招，你立刻在后面袭击他。"

现在除了自健还有一块小钢镜，其他人都没有武器，不过这里到处是黑曜石，说不定在哪个黑暗的角落就有散落的石块，它那锋利的棱角和轻松划玻璃的硬度，随便抄起一块都可以变成致命武器。娘俩单个武斗绝对不是海哥对手，二对一的话却未必会输。

自健仿佛看透了碧荷的心思，回应了一句耳语："妈，只要你别手软就不会输，想想初六哥、阿牛哥他们吧。"

自健的话像一盆冷水当头淋下，把碧荷姐刚起的那一点绮念和幻想浇了个透心凉，在大海里没了踪影的初六和阿牛多半尸骨无存了，虽然不是海哥干的，可王法是他女儿的男朋友，账还得往这一家人头上算。

想到这里碧荷姐喊了起来："等等，还是让我打头阵吧！"

为了更好地控制海哥，碧荷还让三个人用同一根绳索圈套在自己身上，像一串烤串一样脚挨脚前进。对这些安排，海哥都一言不发地顺从了。

甬道又黑又长，手电只能照清几米之内的地形。踩着凹凸不平的石地，不时还要提防岩壁凸起的石柱，打头阵的碧荷姐深一脚浅一脚，一步一踉跄，她有些急了："这种鬼路究竟还要走多久？"

"别着急，马上就结束了……"海哥在她身后倒是走得轻车熟路。

甬道果然马上结束了，因为前面就是一堵大岩石，除了中间有一个小小的洞口，到处都是实心石壁。除了钻洞，似乎已经无路可走。碧荷姐狐疑地用手电照着，这里仍然是大面积的黑曜岩，只是色彩更丰富，有的闪烁着金沙的光芒，有的则是银沙，甚至有些石块在手电直射下闪烁着彩虹圈的光芒。碧荷姐兴奋了："瞧瞧，这些能达到半宝石级别了，可以直接加工成饰品，我敢肯定这里头有共生的真正宝石！等把沉船宝藏运出来，我就要好好开采这里！"

黑暗中海哥叹了口气："真是仁者见仁，智者见智。"

"那你看到了些什么？"

海哥伸手抚摸着那些黑黝黝的石头，有些伤感地说："我只看到它们安静地沉睡在这里，它们是这片海洋的守护者。"

碧荷姐心情不错："没想到海哥还是个老文青啊！你直接说我是财迷吧，所以满眼全是值钱的宝贝。"

海哥苦笑："你倒是有自知之明。"

"对啊，认罪态度良好，可就是死不悔改啊！"碧荷豪爽地笑了起来。

自健有些急躁了："少说废话了，这路到底怎么走？"

海哥淡淡地道："钻过这个山洞就能到达藏宝室了，这里大概一百米长吧。"

自健凑到山洞前看了一阵，这是一个向上倾斜的窄小山洞，仅够一人爬行，里面显然被精心修整过，特别突出的石块都已被磨平，通行洞壁显得很光滑应该经常有人进出。自健突然想到一个疑点，转身向海哥发问："这是通往藏宝室的唯一通道吗？"

"是的。"

"你撒谎！"自健突然怒了，"一条这么窄的路！你怎么保证那些财宝能运得进去？"

碧荷姐脸色也严肃起来："是的，那些瓷器在山洞里稍微磕碰一下就完了，既然你把这个山洞修整了，为什么没有炸大一点？你得给一个解释。"

海哥的额头淌着汗，表情却没有一丝惊慌："炸不炸是我的自由，我们花了八个月才把宝藏从沉船里运上来，我就不能花二十二年把宝藏转移到里面的藏宝室吗？这个通道是小，我运进去难，可别人要是想偷我的宝贝，一时半会也运不走吧？我为什么要给别人方便？"

防贼黑吃黑倒也符合海盗们的心理逻辑，碧荷姐母子的脸色缓和下来了。不过这次自健要求打头阵，他怕海哥在前面设了什么机关。于是碧荷姐殿后，仍然把海哥夹在了中间，依旧用同一根绳套牵连着他们。海哥打头或尾随都有逃跑发动攻击的可能，因为怕海哥中途发难，三人之间还谨慎地拉开了距离。

手电掌握在第一个爬行的自健手里，爬了一段他发现山洞竟然转弯了，原来这里并非直路，往后照照，海哥悄无声息地跟在他后面大概十米处，碧荷姐的声音也在不远处的黑暗中传来，自健安心地继续前行。再爬一段，奇怪，手电竟然照见了封闭的石墙，自健顿时感到了呼吸不畅，回头想问问海哥怎么回事，竟然不见他的踪影。

这不是真的，在一个只能爬行的幽闭空间待久了可能会出现幻觉。自健揉了揉眼睛用手电照过去，最糟糕的事情发生了，海哥真的不见了。拉了拉绑在身上的绳套，已经从海哥的位置断了。

自健慌乱地大喊起来："妈！妈！"

碧荷姐的声音吃力地从黑暗中传来："怎么了，自健？"

"游……游大海不见了！前面也没有路！"

自健的手电往后照，终于照见了刚从拐弯处探出一个头的碧荷姐，突然间不见了前面的海哥，她一脸吃惊，满头大汗。母子俩同时伸手摸向洞壁，这条爬行洞道处处封闭别无歧途，好端端被夹在他们中间的海哥是如何大变活人的呢？

回过神来第一时间，碧荷姐和自健开始原路退回。既然海哥失踪已经成了定局，前面又没有出路，也只有先退出这条该死的甬道才行。好不容易退到了洞口位置，碧荷姐的脚却抵住了一块钢板，她使出全身力气踹了几脚，钢板纹丝不动。

在她上方看不到洞口情况的自健惊慌地问："妈，怎么了？"

"洞口被封住了，狗日的游大海，一定是他干的！"碧荷姐咬牙切齿地说。

"那我们怎么办？上面是岩石，根本没有出口！"自健急得快哭了。

就在这时他们听到了一声巨响："嘣——！"

炸药爆炸的巨响在狭窄的爬行洞道听来更加震耳欲聋，头顶身下的黑曜岩都开始晃动，一阵细微的嘎吱声后，一道道裂缝在洞壁各处爬开。

母子俩不由自主地发出了惊呼声，抱头伏在了地面。

6

山中的炸药爆破声终结了营地的纠缠。

从笨叔那如释重负的大笑可以肯定炸药与他有关，不过他显然不打算说出真相让海哥得救。王法现在没工夫审问笨叔，他心急火燎地要上到山顶再下蓝洞，去搜寻一切能救人的机会。他们收走了笨叔的枪，把笨叔和坚强、丽丽留在了营地，笨叔有伤，笨贼被绑，出岛的船只被王法藏了起来，至于这些各怀鬼胎的人，由得他们自生自灭吧。

这次攀岩仍然是王法、小鱼和马朋，不过时过境迁，短短几日，三人的关系和心态都大不相同了。

在通往山顶的最后一个大悬壁下三个人傻眼了，登顶的锚绳已被割断。这是王法意料之中的情况，现在也只能咬咬牙再从头来过。在王法再次徒手攀岩的过程中，马朋却拿了根棍子在地上写写画画，小鱼则一脸紧张在悬壁下祈祷，一来为生死未卜的海哥着急，二来也祈祷王法不要失手。

马朋画了半响，突然说道："小鱼，爆炸声是海拔三十米的位置传来的，蓝洞里应该有一个横向的山洞，如果我没猜错，爆炸就是在那个山洞发生的。"

小鱼惊讶地走了过来，地上已经画好了蓝洞的横切面图，马朋指着横向山洞道："那个爆破声说不定是海哥在收拾湾鳄呢。"

"可笨叔说是他干的。"希望在小鱼脸上一闪即逝，她忧心忡忡地说。

"海哥哪那么容易被害，山洞肯定是海哥很熟悉经常去的地方，我相信他把湾鳄引到山洞就是为了利用地形困住他们，自己一定会安全脱身。"马朋没提笨叔可能更熟悉地形这事，他至少向王法学会了一点，隐瞒最坏情况的分析，至于最糟糕的结果，等到来的时候再面对吧。

"你说得对。"小鱼其实比马朋想的更糟糕，但此刻她愿意心领这份安慰，她双手合十满脸虔诚，"老天保佑好人，我爸一定会平平安安的。"

四十分钟后，三个人都上到了山顶，这已经是超越马朋体能的极限速度了。

山顶上烈焰骄阳，静静地停着逐浪号直升机，不出所料，飞机上空无一人，蓝洞里只有层层荡漾的碧波，着实让人心焦。王法找到了下蓝洞的锚绳，要求小鱼和马朋待在山顶，由他先下去探探究竟。

在王法下洞前，马朋还是做了友情提醒："大概下去九十米就会到爆炸的位置，你要小心下面有冷箭。"

总是哥前哥后的马朋现在已经不再亲热地叫王法了，但王法没有在意这种细节，他拍了拍马朋的肩膀表示感谢。知道要下九十米的位置好办多了，他要计算好到横向洞口的步伐，还得提防下方有偷袭，这也是他不让小鱼、马朋冒险的原因。

在挂好八字环下降器时，王法抬头与趴在洞口旁的小鱼对视了一眼，对于王法独自下洞的决定她这次没有任何异议，但一个眼神就知道她是紧张他的，那不亚于对海哥的担心。王法的身体是疲惫的，心却是甜滋滋的。

王法一蹬一顿开始快速下降，在顶上的人眼里，只能看到他那头浓密黑发渐行渐远。小鱼和马朋连大气都不敢出，生怕惊动了躲在某个黑暗角落的坏蛋，朝着王法就是一记偷袭。马朋计算着王法的下降时间和深度，估摸着快到九十米左右，正要向他扔个小石子提醒时，却发现王法停顿在那个地方不动了。

小鱼和马朋的心都提了起来，王法发现了什么吗？

他们猜得没错，王法已经到了横向洞口处，不过他看到的却是一堆乱七八糟的黑色大石头堵住了洞口。炸药爆炸果然就在这里，不过目的似乎是封住这个山洞，让里面的人出不来。海哥还没有脱身，那这炸药就一定是笨叔放的，这显然是个蓄谋已久的计划。

王法借助攀岩绳把身体荡开，然后双脚向洞口的大石头蹬去，他想用加速度的蹬腿力量蹬开石头。

好家伙！纹丝不动！王法的身体被反弹开，又再次撞到了洞壁上。

因为横向洞上方的凸石遮挡，小鱼和马朋不能清楚地看到王法所有动作，忍不住同时喊了起来："怎么了？！"

王法的回答在蓝洞里拖着长长的回声："没事！洞口被石头堵住了！我来想想办法——"

其实吊在这半空中王法无计可施，他只能徒手去搬洞口的大石，不过每块石头都相互卡死，王法掏了半天也没能挪动半块。看起来这里堵的石头少说也有好几米厚，没可能徒手刨开，引爆炸药的人分明是想绝了洞中人逃生的可能。海哥和湾鳄母子究竟在不在里头呢？

就在这时，王法感到了手中的攀岩绳一阵阵震动。原来小鱼也下来帮忙了。

见到洞口堵塞的石头阵，小鱼比王法想象中要冷静，她没有试图去搬或蹬，而是仔细寻找着，终于发现洞口还有一根攀岩绳垂向了蓝洞水面："瞧！看来我爸他们也下到水里了，说不定水下有突破口，我去看看。"

"我去。"王法习惯性地要当前锋。

"不，我水性比你好，相信我。"

的确，小鱼的自由潜王法是见识过的，他犹豫一阵点了点头。

不过小鱼在王法的攀岩绳上方，得绕过他才能用第二段攀岩绳下到水面。正当王法想要帮助小鱼下来时，小鱼却解开了下降器，轻轻一跃，像根筷子一样笔直地插向水面。山顶的马朋和攀岩绳上的王法都倒吸一口凉气，那可是从三十米的高空跳水啊！

小鱼的入水动作干净利索，几乎没有溅出什么水花，便消失在蓝洞水面，只留下一层一层荡漾的波纹。马朋和王法一上一下都目不转睛地盯着水面。一分钟过去了，两分钟，三分钟，五分钟……

令人窒息的时间流动。

马朋在上面急得喊了起来："小鱼会不会像上次那样在水下昏过去？"

小鱼参加自由潜比赛那一幕还历历在目，那次她是在八十一米处昏厥的，只是那次她有安全绳和救生员，还有声呐追踪系统。这次就算她在水下出了意外，王法也不能下水救她，因为他并不擅长自由潜，潜不了小鱼那么深，下水救人只会变成白白送死，没有智慧的勇敢比胆小还要可怕，这是他教小鱼的。现在他只能在心里祈祷小鱼平安归来。

"已经五分钟了！我们得下去救她！"马朋已经有些嘶哑的喊声在蓝洞里回荡着，他站了起来，有纵身往蓝洞跃下的冲动。尽管他也清楚，从一百二十米的高空跳水结果肯定是死路一条。可如果小鱼没了，这个世界对他来说还有什么可眷恋的？

"少安毋躁，她会回来的。"王法传上来的回答沉稳而镇定。

这次小鱼是在起跳前便开始努力深呼吸，杀进海水之前一秒还在努力吞咽空气，她像离弦的箭一样向深海飞去，下潜到十几米过后，水温骤降，亮度变低，第一次不是因为怄气和狂热自由潜，第一次自由潜不是为了挑战某个数字而战。三十米之后，不用加速身体也在下坠，小鱼往越来越冷越来越黑的地方飞翔着，脑子里却前所未有地一片清明，她始终心无旁骛地寻找着那个可能存在的水下洞穴，直到估算着肺部的空气刚够折返她才换个姿势折返上浮。

水面冒起了令人惊喜的泡泡，没一会儿，小鱼湿淋淋地冲出了水面，大口大口地喘着气。岸上的两个男人大汗淋漓地松了一口气。

小鱼看着攀岩绳上的王法，一脸忧虑地摇了摇头。

虽然小鱼一无所获，王法却忍不住赞扬她："小鱼，你知道刚才你下到多少米了吗？"

小鱼在水里茫然地摇摇头，她没有戴潜水电脑表。

王法向她伸出一个大拇指："我给你掐了时间计算了速度，你应该下潜超过八十五米了，你有破全国纪录的实力。"

小鱼苦笑："我不想要什么纪录，只想找到我爸爸。"

话一说出口她自己也惊了，不断刷新纪录不是她一直在狂热追求的吗？为此她不是愿意拿生命做赌注的吗？

小鱼重新回到横向洞口时，忧心忡忡地问了王法一句："我是不是变了？变成爸爸想要的那种人了？我应该坚持最初的我吗？"

"现在很流行一句话：不忘初心方得始终，可如果一开始就走了一条绝路，最初的心又有什么意义呢？"

王法的回答让小鱼沉默了。

7

湾鳄这一生经历过多少大风大浪，无论如何也没想到最后会被困在这样一个只能爬行的黑暗甬道里。

炸药爆炸令脆性的黑曜岩大面积开裂，小石块混合着粉尘不断掉落，眼睁睁看着裂缝不可阻挡地蔓延开来，饶是足智多谋的碧荷和最爱扮酷的自健也惊呼着低头趴在了地上。一阵地动天摇、嘎吱嘎吱后，世界终于安静了下来。

天没塌。碧荷姐和自健都还活着，只是掉了一身粉尘石块而已。令人惊奇的是在自健现在躺着的右方位置出现了一个塌方的新洞口甬道。碧荷姐让自健退上去，她爬上来研究了一阵，又照照头顶岩石的裂缝，恍然大悟："这就是游大海为什么失踪的原因！这条通道还有其他出口！平时一定伪装得不错，所以刚才我们没发现，游大海就是从这个出口开溜的。他以为能把我们母子困死在这里，可是那个爆炸把他的伪装给震塌了，真是天不绝我！"

自健悲观地提醒道："妈，先出去再说，搞不好这个出口也是死路。"

自健麻利地先钻了进去，这次他关闭了手电，一来节约点电量，不知道还要耗多久，二来怕海哥在甬道那头来个突然袭击。母子俩默契地在甬道里悄悄爬行着，这次却感觉一路渐渐往下倾斜，最后自健从一个洞口掉了出来，刚好掉在一堆石头和一个人影中间。

碧荷姐尾随滑出，却发现黑暗中自健已经和一个高大的身影厮打在了一起。

那人拳脚生风，自健身形灵活，黑暗中两人打了个不分高下。碧荷姐大喝一声："都给我住手！"

厮打声极不情愿地停了下来，自健按亮了手电。和他厮打在一起的那人，当然是刚才突然失踪的海哥。

原来这个新甬道的出口位置在藏宝洞入口不远处的天花板，他们进来时只顾着前进根本没往头顶看，也难怪他们没在甬道入口发现有别的山洞，原来海哥一早就计划好要把他们引入爬行甬道，他自己利用地形从"X"字甬道另一个出口脱身，再从主通道回去关闭了他们爬行甬道的入口。

自健的手电照到了藏宝洞的出口方向，只可惜那里已经面目全非，石山石海堵得一丝光线都透不进来，不知道有多少吨石块挡住了前方的去处。

碧荷一见这情景便怒了，大声吼道："游大海！关闭甬道那算你本事，把洞口也炸了这是要同归于尽吗？"

海哥叹了口气："洞口不是我炸的，我原本也没打算留下来陪你们。"

自健恨恨地说："少装蒜了，这里是你的地盘，不是你放的炸药难道还有别人吗？"

这句话提醒了海哥，他心口一震，半晌说不出话来。

碧荷这时已经认清形势了。眼下再恨海哥也不能跟他翻脸，毕竟大家都被困在这里，还得靠他走出去。想到这里碧荷的声音又重新和缓了："这里不可能只有这一个出口，你带我们出去，刚才的账就算了。"

海哥却疲惫地靠着洞壁坐了下去："真的只有一个出口，本来那个甬道是'X'字形的，一头是你们进去的入口，一头是你们看到的死路，一头通往实验室，另一头通到这里出来，现在大洞口已经被炸了，我们出不去了。"

"不可能。"碧荷姐不相信，"不是还可以往实验室走吗？"

海哥叹了口气："也被人堵住了，刚才我还奇怪为什么会被封住的，走到这里炸药爆炸才知道，有人想我死，和你们一起死在这里。"

"呸！我们才不会死！我看你个老东西就是一肚子坏水不肯说真话！不教训下你不知道死活！"自健咬牙切齿地冲了上来。

"省点力气想办法吧。"碧荷姐拦下受了刺激的自健，走到海哥身边坐下，也叹了口气，"事情到这个地步，我愿赌服输，只是我想死个明白，你能把这件事的来龙去脉讲清楚吗？"

海哥苦笑："我要是知道来龙去脉就不会被困在这儿了。"

"你是不是结了什么仇家？还是有别人相中你这块风水宝地？"碧荷姐启发道。

海哥怔了怔，迟疑地道："敢来抢地盘的也就是你，至于仇家……"

碧荷姐突然想到一事："能进来堵你后路炸你出口的人一定非常熟悉地形，除了你还有谁……"

"阿笨！""笨叔！"碧荷姐和自健同时喊了出来。

海哥沉默地低下了头，显然他也已经想到了。

"这个笨叔到底是什么人？他不是你的马仔吗？"碧荷姐不解地问道。

海哥看着黑暗中的某处，皱眉思考着："两年前，我想把这个荒岛好好修整下，有天早上发现他奄奄一息躺在海滩上，你也知道这个岛外围的情况，根本没有外人能进得来。我救醒了阿笨，比画了半天才搞明白，原来他以前是个渔民，年轻时在一次海难中差点死掉，后来被海盗救了卖去了邻国当渔猎劳工……"

说到这里海哥看了一眼碧荷姐。

碧荷姐敏感地道："我可没干过这事，孩子他爸也没有。卖劳工能有几个钱，那都是小毛崽子干的事，笨叔的账算不到我头上来。"

"阿笨当了半辈子劳工，两年前被带到这附近偷猎，阿笨就趁乱逃跑了，也是他命大，在这个岛外围扑腾了半天居然没有死。我看他有残疾又想不起家在哪儿，就把他安顿在这个岛上，有一次他得了阑尾炎我还接他去三亚做手术，小鱼就是那次给他取了个阿笨的名字。"

碧荷姐点点头："这些我听小鱼说过。"

"这两年多阿笨做事勤勤恳恳，这个山洞他确实很熟悉，不过他要害我机会多的是，何必等到今天。"

这时已经冷静下来旁听的自健插了一句："妈，笨叔是不是把卖他当劳工的账算到我们头上了，所以把我们引过来和游大海一起送死……游大海，我再问你一次，这里到底有没有宝藏？"

"宝藏？每个人对宝藏的定义不一样，你眼里的垃圾，说不定就是我的宝藏……"

"好了，你俩别再吵了，先把救命的事搞清楚吧！"碧荷及时阻止了下一场冲突，把话题又引回刚才的思路。她详细讲述了一个线报如何通过中介把湾鳄战队引向了逐浪岛，而他们如何不按指示出牌，不绑海哥却把小鱼骗来逐浪岛的经过，现在碧荷怀疑那个线人其实就是笨叔。

海哥却立刻否定："阿笨只是个没有文化的渔民，根本没在文明社会里生活过，他怎么会发电邮？不可能。"

"你想过他可能是别的什么人吗？也许，是二十二年前和你一起打捞沉船宝藏的人？你不是独吞了吗？另外两个人后来怎么样了？"

海哥一怔，再次沉默了。

看来这是整个事件的要害。碧荷乘胜追击："你独吞了宝藏，人家回来寻仇很正常。如果真是这样倒好办了，只要藏宝室里的东西还没转移出去，他一定会再回来的。"

"事情不是你们想象的那样……"

"那是哪样？"

海哥并不接话，他仿佛瞬间恢复了斗志，一骨碌爬了起来："我们再去试下看能不能打开通往实验室的甬道。"

这次进甬道只有自健和海哥两人，共同的困境让他们暂时放下了仇恨，可当自健爬到"X"字形甬道观察时，失望地发现那唯一能通向实验室的出口已经被水泥浇筑，与黑曜岩牢牢凝固在了一起，刚才的爆炸也没能撼动到它们，可见浇筑得有多厚。除非他们有爆破工具，否则无法从这里打出一条通道来。

再次从甬道出来时，自健的脸上已经布满杀气，他已经捏紧了他的小钢镜，只要够快速，一定可以让海哥见血封喉。

海哥突然伸手在通道上摸索着按了一下，通道上方竟然亮起了一盏微弱的电灯，海哥自言自语道："还好爆炸没有炸到线路。"

灯一亮，碧荷姐立刻明白了一脸杀气的自健要干什么，赶紧使个眼色让他别轻举妄动，海哥还有很多他们不知道的秘密，现在也还没山穷水尽，绝不能轻易放弃。

海哥像是猜透了娘俩的心思，转过身来慢悠悠地说道："其实刚才我站在这里想，如果和你们一起死是天意，那我也是愿意的……"

说到这里海哥意味深长地看了一眼碧荷，碧荷的脸突然发起烧来。

"但我得搞清楚阿笨到底是怎么回事，所以我现在还不能死……"

自健冷笑："你被关在这里能搞清楚才怪！"

碧荷瞪了自健一眼，换上一个笑眯眯的表情："看来海哥一定还有其他出口。"

海哥却重新靠着洞壁坐了下来："真的没有了。不过小鱼和王法一定会想办法来救我们，所以我们想活命，现在只有一条路。"

"什么路？"

"等。"

海哥疲惫地坐了下来，左手暗地里按住了右胸，那个位置是之前飞行器撞山留下的纪念，从越来越剧烈的疼痛可以判断，他应该是肋骨骨折了。

第 八 章

逐浪计划的终极秘密

笨叔把门后一张扔在地上踩满泥土的大照片抖搂干净，
原来这就是墙上最后一张空相框里的照片，
照片上正是年轻的海哥、兰蕙心和笨叔在逐浪岛海滩的合影。
笨叔的声音悲凉而痛苦：
"事已至此，我把所有真相，都告诉你们……"

1

炸药爆炸后的藏宝洞现在已经没有了靠人力进入洞口的可能。

明知如此，小鱼仍然不死心地冲着那堆石头喊了一阵，遗憾的是她的嗓子都快喊破了也没有任何回应，倒是王法拿起一块石头在石堆上使劲敲打，又把耳朵贴上去听了一会儿，突然满脸惊喜地告诉小鱼："里面有声音！"

小鱼把耳朵也贴了上去。果然，隐隐约约听到很远的地方传来有节奏的敲打声，那是石器撞划发出的求救信号，洞里有人！小鱼热泪盈眶地喊了起来："我爸还活着！我爸还活着！"

王法又凑上去听了一会儿，这回他很确定："是海哥敲的摩斯密码，他说：'三人被困，两头堵死。'后面是什么意思我听不出来，我记得的摩斯密码太有限了。"

海哥还活着！这个求救信号很鼓舞军心，可"两头堵死"是什么意思？海哥是在教他们如何解困吗？王法知道的摩斯密码有限，他只能记下了后面的敲击声。面对已经炸垮的洞口，两人挂在攀岩绳上一筹莫展，最后还是马朋大喊他们上去想办法，王法才带着心急火燎的小鱼重新攀上山顶。

几天几夜奋战不休，这次攀岩彻底压垮了王法的体力，他疲惫地说要坐一会儿，可没一会儿便倒下睡着了。马朋爬上飞机捣鼓一阵，发现跟他玩过的模拟 VR 飞行差不多，说不定他能开得了这架飞机，可面对复杂的通信系统却束手无策。小鱼则发现了摆放在飞机下吃剩的食物，心想着父亲为她豁出性命跟那个狡猾的湾鳄周旋，再看看王法疲惫不堪倒地而眠的样子，怔怔地落下泪来。

马朋这时已经坐在小鱼身旁，却完全没在她的视线内，尽管已经接受了小

逐浪计划

鱼不爱他的事实，还是难过地叹了口气："小鱼，你知道吗？刚才你在水里没上来，我真的好害怕。我以为再也见不到你了，当时那种痛苦，真的觉得小说里的生离死别都写得太浅了。"

小鱼转过来看着马朋，眼睛里噙着感动的泪："谢谢你这么在乎我，可是……"

"我明白，你在乎的人是你爸爸和他……"马朋黯然地看着王法，"我从来都没想要勉强你，我只是想知道，如果没有他，你会喜欢我吗？"

小鱼怔了怔："我不能骗你，我只是把你当成特别好的朋友和弟弟，没想过会有别的可能。"

"是因为我不如王法有勇有谋？还是不如他风流有趣？"马朋横了心追问到底，他想要一个死刑宣判书。

"不不，从出事到现在，你的勇气和能力是大家有目共睹的，只是一个人爱了谁不爱谁都是没有办法的事……一般人的爱情只建立在你有几套房你会不会出轨你父母好不好相处这种琐事上，可我和他，是能够把性命交给对方的……"这些话小鱼从来没跟王法说过，却能在马朋面前一股脑地掏出来。

"难道我们不是可以交付性命的感情吗？"马朋失望地说。

小鱼忧郁地看着马朋："我说过如果二选一我可以为你牺牲，但那是不一样的感情……"

马朋叹了口气："本来我有个新的办法可以救海哥……"

"什么办法？"小鱼紧张地拽住了他。

"如果，如果我救出了海哥，你愿意给我一次机会吗？只要一次你把我当交往对象认真考虑的机会，别再把我当小孩，也许你会爱上我呢？"马朋抱着最后一丝希望问。

小鱼看了一眼王法，把嘴唇都快咬出血了，半晌终于下定决心："我……"

"别说！什么都别说！"马朋打断了小鱼，痛苦地闭上眼睛，"你不愿意我会难受，你说愿意我会觉得自己卑鄙……现在我明白了为什么有人肯当备胎，在喜欢的人面前真的会像抽了筋骨一样软弱……"

"我愿意！"小鱼突然爽快地给了一个回答。

马朋得到了他想要的答案，却是一脸吃惊："你愿意……是因为被我威胁吗？"

"不，你知道我的脾气，不愿意的事十头牛也强迫不了。我是在想，其实我挺自私的，从来没为我爸做过什么，如果这是老天给我一次补偿他的机会，我愿意。如果这个机会对你这么重要，那我也愿意。"小鱼转头看着马朋，眼神坚定而真诚。

马朋的心又开始沸腾了，斗志重新在血管里燃起，可他还是不放心地看着王法："那他呢？"

小鱼咬了咬牙："只要能让我爸平安回家，我可以跟他分手。"

这时熟睡的王法突然受惊般打了个冷战，从地上猛地弹坐了起来，眼睛还没睁开就在喊："快，快联系逐浪号游艇！让他们带人来救海哥！"

小鱼心疼地按住了王法的手，不忍心地说："飞机上的通信系统我们不会用，笨叔虽然有部卫星电话，但他肯不肯联系外面的人是个问题。"

王法一骨碌站起来："那我们去木屋拿工具，我就不信钻不开那些石头！"

小鱼柔声道："我知道你行的……你太累了，再多睡一会儿吧。"

这种语气在一个女汉子嘴里说出来格外动情。王法的心顿时融化了，如果马朋不在，王法真想拥她入怀。

"咳咳，"马朋看不下去地插进话来，"没错，我们是要回木屋，但不是拿破拆工具，而是去拿水肺。"

"为什么？""为什么？"

工法这时已经完全清醒了，小鱼也瞪大了眼。

"还记得我们第一天到淡水湖吗？下了几天几夜的暴雨，那里的水位也没涨，当时我就说过可能有水下暗道，它会自动泄洪。"

"对！可这跟救我爸有关系吗？"小鱼困惑地说。

王法却一点即透，恍然大悟："这里的水路是通连的！小鱼你在蓝洞不是没探到出口吗？那海哥平时的机器设备是怎么运输进藏宝洞的？不可能从藏宝洞那么小的洞口进去，肯定还有其他入口！"

"马朋你真行！"小鱼咚地站了起来，"那我们赶紧下山！"

有了方向就好办了，三个人很快沿攀岩绳下到了营地。他们都还在，笨叔虚弱地倚靠在岩石上，坚强、丽丽则像一对病猫一样相互靠着对方打盹。小鱼跑向了笨叔，把手伸了出来，没好气地说："卫星电话给我。"

笨叔看一眼小鱼："砸了。"

"你撒谎！"小鱼气得抬起了手。

王法抓住了小鱼愤怒中正欲挥出的手："如果我是他，要策划这么大一个阴谋也会把电话砸了，免得受人威胁。"

"别跟他浪费时间了，我们自己救海哥吧！"马朋已经先往山下滑行了。对救人这个问题他重新积极起来，是因为有小鱼的承诺，更因为想赢回自己的尊严。

王法却在地上画下几个"."、"—"的符号："笨叔，我不勉强你和我们一起救海哥，只想请教这几个摩斯密码是什么意思。行吗？"

笨叔迟疑地道："水路……突围。"

水路突围！海哥是在给他们指明方向，刚好跟马朋的推测吻合。王法大喜过望："多谢笨叔！"

笨叔自知失言，恨恨地瞪了王法一眼。

小鱼和马朋第一时间奔赴木屋整理装备，王法把他绑在丛林里的两个马仔押了回来。经过一天的饥渴折磨和蚊虫叮咬，彪悍的海盗再也威风不起来了，马朋给了他们少量食物补给，王法把他们重新捆绑在木屋大柱上。在移交给警方前，王法可不想他们没命。

背着沉重的装备回到淡水湖畔，太阳已经西斜了，在夜幕降临之前他们还有一个小时可以借助自然光。为马朋能不能洞潜的问题他们发生了争执，马朋仅仅考到了进阶休闲水肺潜水员资格，按说不能参与这种对技术要求很高的洞潜，但他无与伦比的方向感和空间辨识能力又是找到海哥的关键。马朋执意要下水，但考虑到他的安全，小鱼和王法都是坚决反对的。最后说好先由王法小鱼下去找到入口，度量难度之后再让马朋下水。

湖水很平静而且不很深，看起来比波涛汹涌的大海让人安心得多，事实上湖潜也隐藏着不可预知的危险。他们在水面穿好了装备，王法和小鱼同时按下了泄气筏。水面往下，温度和光线都直线下降，水中到处是张牙舞爪的水草，他们必须小心翼翼地护住所有管线设备不被缠到，但因为必须拨开水草寻找洞穴，很轻微的动作也会连带起湖底的淤泥沉沙，水中能见度越来越糟糕。

但更糟糕的是，他们把锅底状的湖床摸了个遍，也没有找到马朋分析的水下暗道，小鱼的心越来越凉，难道真的没法救出父亲了吗？

这时小鱼发现自己被一大团金鱼藻包围了，正常情况下她应该原路退回，转身反而会加重纠缠，但此刻四面八方都是细长浓密的藻叶，她已经陷入了各种纠缠中。幸好王法还在外围，一见小鱼被困便拿出了潜水刀，细心地帮她一把一把割断身上缠绕的藻叶。小鱼配合地停在原地不动，看着王法在她身旁忙活不停，内心一阵酸楚。王法还不知道她与马朋的约定，如果知道她为救父亲如此轻易放弃爱情，一定会瞧不起她吧。

和这个男人之间从来没有海誓山盟的承诺，但那种托付生死的信任却仿佛是与生俱来的。想到父亲和王法之间她只能选择一个，小鱼的眼泪在面镜里滚落着。

王法割完水草发现小鱼在流泪，还以为是受伤了，赶紧察看她的身体。就在把她的身体转了一百八十度后，她身后突然露出一个洞口来。原来那团缠绕小鱼的浓密水草正好遮挡住了洞口，在王法一通大割之后露出了庐山真面目。小鱼和王法同时用手电照过来，发现真的有个水下洞穴！

洞口不大，幽深不见底，水流也没有往那个方向涌动，看起来不像是一条河道，也不知道洞的另一头会通往何方。

这时第三束手电光照向了洞口，原来马朋也已经下水了。

2

淡水湖里的水下洞穴很狭小，仅够一人游进，如果前方没有可以调头的空地，进去的人只能倒退着游回来。三人组在水下做了简单的手势会议，决定由王法带着线轮游进洞穴，进去下导线打绳结，而他们在间隔一会儿后跟着导绳进洞。

王法又一次作为前锋出战了。

这个洞穴主要是石灰岩结构，有着云层般美丽的岩壁，到处都有小型钟乳石凸起。时间虽然紧迫，王法却根本不敢踢动蛙鞋，因为极微小的动作也会引起洞穴中沉积的浮尘，一旦扬起泥尘，水下就会卷起一场沙尘暴，不仅他会立刻迷失方向，后面的伙伴也会损失能见度。他只能让前游动作极其轻微有效，同时还要兼顾速度地布线结绳，给后面进来的潜伴导明方向。

终于，在穿过一百米左右漫长崎岖的水路后，水下空间突然开阔上拐，王法感觉自己已经上浮到了与淡水湖湖面平行的位置，果然，水下洞穴戛然而止，他已冒出水面，到了一个空旷之地。

这是一个山中洞穴大厅，一个拥有巨大空间的平行世界。六千 K 的强光手电都探测不到它的空间到底有多辽阔，石壁是天青色的碳酸盐岩，高空倒挂着一排排云帘般的奶白色钟乳石，地面结着褐黄色的钙华，更生长着如龙舌兰绽放一般的巨大水晶簇，每照见一处异彩，王法就会脑补着这里是怎样一幅多彩多姿的图画。而从淡水湖水下洞穴涌出来的水池紧邻着一个更深的山洞洞穴，下面是一段斧劈般的峭壁，峭壁下面是深不见底的海水，如果那边淡水湖水位上涨，这边就会形成泄洪的瀑布，将多余的湖水倾倒进大海。

大自然造物真是鬼斧神工。

王法突然想明白了，海哥摩斯密码里传达的"水路突围"可能还有从发电机组下面入口进来的意思，只要等到海水涨潮时分，他们就能比较容易地升上这段洞中峭壁到达洞穴大厅，这应该才是海哥运送大型机器设备进来的秘密。

王法小心翼翼地取下了面镜，试探着吸了一口气，发现这里的空气又湿又暖，这跟气瓶中干冷的压缩空气刚好相反，看来这里还有其他出口形成空气对流。王法用手电照在洞壁上仔细察看着，突然间他扫到了一根粗大的线缆。莫非岛外那个波力发电机组连接的就是这里？王法心里一动。沿着线缆扫过去，他发现了高处有一个出口，而出口下方有一条人工浇筑的水泥阶梯紧贴洞壁斜拐下来。阶梯的尽头接连到了水池边，而池边上方的洞壁垂着一个老式的电灯开关按钮。

王法毫不犹豫地脱下了潜水装备。甩脱枷锁，第一件事便伸手握住了开关线，轻轻地按下去，面前的洞穴大厅顿时整个辉煌了起来。

此时小鱼和马朋也刚好从水中冒出头来，目瞪口呆地看着这个梦幻世界。

刚才王法用手电看到的不过是冰山一角，此刻无数灯光将洞穴照亮，才知道他们闯入了一个山中宫殿。这里是一个神奇的晶石空间，紫水晶、白水晶的巨大晶簇破土而出，欣欣向荣地长满了整个宫殿，灯光照在晶簇上，每一根晶莹剔透的晶柱都闪烁着耀眼的华彩。

虽然目的是来救人，但此刻三个人的心跳都开始加速。谁能想到这个神秘的岛屿里还藏着一座宝石原矿呢，如果好好开采说不定还有更珍贵的共生宝石。拿它跟传说中的沉船宝藏相比，谁的价值更大还真很难说，而这里仅仅是个开始，海哥真正的秘密一定会给他们更大惊喜吧？想想就让人激动。

三人组现在已经会齐了，两个男人把小鱼护在中间向水晶宫殿出口进发，拐进出口到了一条宽敞的通道，足够他们三个人并排前行。他们一路前行渐行渐上，洞穴大厅的灯光已经照不进来了，大家开了手电，发现岩壁开始由天青色转暗变成黑灰色，这里已经不是碳酸盐岩和石英岩结晶了。王法察看了一下觉得这些岩壁跟他们在蓝洞横向洞口看到的大石块很类似，不由得纳闷："这里的地质结构还真是层次分明，同一座山竟然会有截然不同的好多种石质，怎么会这么奇怪呢。"

"有什么奇怪的，同一个人身上还层次分明呢，何况是一座山。"小鱼不以为然地说。

王法认真地点了下头："也是，脑子里装的是脑浆子，肚子里装的是屎尿，还真是层次分明。"

小鱼绷不住地大笑了起来："呸！什么东西到你嘴里一说就奇臭无比！"

小鱼这几天不是担惊受怕就是愁肠百结，好久没这样开怀大笑了，王法暗暗松了一口气。

马朋突然停了下来，用手电照着墙上一幅二十寸照片，惊讶地问："你们看这是谁？"

精致的手工原木相框里裱着一个姑娘的半身照，她穿着牛仔背带裤梳着马尾，明眸皓齿，笑靥如花。

小鱼仔细端详一阵，摇了摇头："不认识……难道……"

让海哥在秘密宫殿收藏照片的女人，一定是他心头最要紧的人。

想到这里黑暗中三个人的脸色都变了，王法赶紧在那张照片附近摸索，终于又摸着了一个电源开关，按下之后整个通道都亮堂了起来。天哪，后面通道两侧的岩壁满满当当都是照片墙，而且挂的全是同一个姑娘的照片，有在漫天樱花下捧书阅读的，有白雪皑皑中穿着大红羽绒服行走的侧影，也有泳池边身着连体泳衣的美丽背影，这些照片都有共同的特点，像素不高，而且大部分照片姑娘都没有看镜头。

王法一路看过去，越看越惊讶："这些照片好多都是在我们学校照的！她就是小鱼的妈妈兰蕙心！"

马朋看看照片又看看小鱼："你跟你妈妈长得真不像。"

的确，兰蕙心肤白胜雪小鱼麦色肌肤，一个深秋幽兰一个炎夏玫瑰，从外貌到气质都不像。小鱼不高兴地嘟囔着："怎么不像？我们一样漂亮！"

马朋仍摸着照片若有所思："你们不觉得这些照片是用老式胶卷相机照的吗？大部分都是偷拍，照片模糊是因为这些都是翻拍了老照片放大的……"

小鱼却半天没接话，她站在一张照片前，全身颤抖热泪盈眶，一句话也说不出来。王法和马朋赶紧跑过去看。那是一张在帆船上的合影，年轻的兰蕙心和年轻的海哥都穿着救生衣，笑容满面地对着镜头比画着胜利的动作，照片的背景是一座海岛，虽然只是个远景，他们却从那奇峻的浪蚀岩形状一眼认出了那正是逐浪岛。除了斑白的双鬓和多刻了几道皱纹，年轻时的海哥和现在相貌差不多，最大的变化却是现在失去了照片上那种意气风发和自信满满。改变他的，除了岁月莫非还有痛彻心扉的往事吗？

王法和马朋沉默地在心底唏嘘着，小鱼却开始泣不成声："这是我爸妈唯一一张合影，我却从来没看到过，爸爸到底有什么事情瞒着我……"

王法也有些黯然："前几年我给我奶奶拍了一组照片，后来没多久她就去世了，那组照片存在我的电脑某个文件夹里，一直到现在也没打开过。我知道它们就在那里，可是没有勇气打开看，我恨自己没能在她生前多陪陪她……"

小鱼略微感到安慰了些："所以这里就是我爸的电脑库？存着他平时害怕

触碰的回忆吗？"

王法认真地点了点头。

马朋突然想到一点："你们说这张照片是谁拍的呢？"

还能有谁，只可能是笨叔。

三个人找遍了照片墙，可以肯定的是没有笨叔出镜的照片，对此马朋不客气地下了结论："既然笨叔和海哥之间那么大仇恨，海哥怎么可能挂一根刺扎在心上？所以不可能有他的照片。"

王法却在通道尽头发现了一处疑点，原来墙上有个空相框，按说应该会和其他地方那样挂一张照片，这里却影去框空。王法有了个不同意见："目前只能确定笨叔恨海哥，我看海哥倒是个念旧的人，不然怎么会用这么多照片纪念小鱼妈妈。说不定这里原来就是挂他们三个人合影的，只是让笨叔给取走了。"

无论如何这都是种猜测，眼下救人要紧，暂且也只能把照片墙搁置一边。通道的尽头是一扇关着的门，一看就是岛上自产木材打造拼接的。大门没有锁，却用一根巨大的门闩从左到右地卡死了。王法和马朋合力把门闩取了下来，然后把门打开。

本以为门的那一面又会是一个黑乎乎的空间，没想到却是灯火辉煌。只是当看清门那边的情况，三个人异口同声地惊呼起来："啊——！"

3

这是一个前所未见的世界。

空间比洞穴大厅更大，黑曜岩洞壁质地平整，灯光充足温度恒定。经过前面的洞穴大厅，再看到这些出现并不出奇，奇怪的是这个空间里摆放的东西，是一排又一排玻璃水族箱，每个水族箱上方有几根同样长度的灯管罩着，箱子里都铺着细沙，盛满海水，里面生长着五颜六色、形态各异的小珊瑚，它们整整齐齐地排列着，好像在列队等待客人们的检阅。站在门口的位置一眼看去，这里简直就是一片珊瑚海！

王法第一个奔向了珊瑚海，惊喜地在水族箱之间穿行着。这里起码有超过三百个品种以上的珊瑚，很多品种连他这个海洋生物学博士都只在资料图片上见过，有个角落还摆放着一台水下机器人。王法兴奋地一会儿在这个箱子外看看，一会儿隔着那块玻璃摸摸，嘴里连连惊叹："太意外了！太伟大了！"

马朋和小鱼则是一脸错愕地愣在了门口。

小鱼忍不住发问："意外什么？伟大什么？"

王法一脸激动地抬起头："知道这是什么吗？这里是一个珊瑚培育基地！没想到海哥躲在逐浪岛上竟然是在做这个！这太了不起了！"

"可是我爸为什么要培育珊瑚？"小鱼困惑地问道。

王法思考着："也许，是你妈妈的遗志？"

小鱼的眼睛亮了起来，她乐于听到一切有关她妈妈的美好猜测。

"这里都是非常罕见甚至有些传说已经消失的珊瑚品种，每一个拿出去都是价值不菲！你们看，每个水族箱都配了专门灯管，这是模拟太阳的不同色温光照，还有这个，水质过滤系统，这个，自动饲养系统，这个水下机器人是用来探索人力难以深潜到的地方。海哥花了这么多财力精力打造这里，就是想给这些珊瑚安个家……"

马朋插进话来："可是珊瑚的家不应该是大海吗？"

"所以你在这里看到的全都是珊瑚幼苗，相信长到一定程度海哥就会把它们放归大海！"王法满面红光眼睛发亮，认识他以来还没见他如此一本正经地兴奋过。

"既然这些都是做好事，爸爸为什么要鬼鬼祟祟躲到这山洞里来搞培育？"小鱼显然更困惑了。

"海哥的确可以在丛林里建一个培育基地，那样成本更小，可是一旦这个岛有人踏足，基地就可能遭到破坏，还不如一劳永逸地把它放到这个不需要人看守的地方。用珊瑚海守护晶石原矿，晶石矿护卫珊瑚基地，一个学海洋考古的人建起这么伟大的一个珊瑚基地，海哥太了不起了！"

"我还是不明白，难道这里不应该是放沉船宝藏的地方吗？"马朋皱着眉挠着脑袋。

"根本就没有什么沉船宝藏！"王法叹了口气，"我和小鱼去看过那艘沉船，早就成为珊瑚之家了。我是研究海洋生物的，可以负责任地说，那艘船三百年之内没有搬动物品的痕迹，否则珊瑚的生长态势会不一样。所以我一直相信海哥说的，真的没有宝藏。"

马朋沉默了，但他还是不死心地在珊瑚基地四处找寻着。这里三面都是黑曜岩洞壁，只有通向洞穴大厅的一个出口，的的确确再没有什么密室，看起来这里就是山中洞穴的最深处。只在某个角落有一个不规则圆形洞口，但那里已经被水泥灌满，如果这是一个出口，那一定是被人有意堵住了。

王法跟着马朋的发现在那个洞口研究了一阵，突然想起海哥摩斯密码里的那句"两头堵住"，难道是指这里？他把耳朵贴上去听了一会儿，里头一片死寂。

"你怀疑这里头有人？"马朋闭上眼想了一会儿，突然恍然大悟，"这个方向和位置离藏宝洞洞口不远了，海哥他们几个的确很可能被堵在了里头。"

王法捡起地上一块石块，在洞壁上敲打了起来。他有节奏地按摩斯密码数字长长短短地敲划着，发出"有人吗"的信号，每敲完一次他都会停下来听一会儿。只可惜一连敲了十次里面也没有任何回应，这时的他已经越敲越没力气，他实在体力不支了。

小鱼急了，也捡起一个石块在洞壁上咚咚咚地砸了起来。她可不管什么信不信号，只是用尽全身力气乱砸一通，确定父亲在这个方向后她恨不得把岩石砸穿，可惜直到砸得上气不接下气也没能把岩石砸出一星半点坑口。突然，王法示意她停下，再次把耳朵贴了上去，小鱼和马朋见状也跟着贴上了去。

里面很远的地方隐隐约约传来了石器撞击声，显然也没什么规律，而且声音疲软微弱，但足以让贴在洞壁上的三个人听清了，就在这块洞壁的后头，还有人活着！

小鱼和马朋都欢呼了起来。

王法却感到了一丝不妙，这次的石器撞击声不是海哥发出的摩斯密码，那就只能是湾鳄母子的求救信号了，不知道和她们被困在一起的海哥怎么样了？

虽然兜了一大圈从水路进发已经找到了海哥所在的位置，但情况并不比在蓝洞横向洞口好，要穿过厚厚的岩石和水泥混凝土仍然是件非常困难的事。众人在珊瑚基地一通翻找，这里工具倒还真不少，不过都是些小型铁器，电钻虽然找到了一个，可才在混凝土上打了一个几公分的小洞，钻头就断在了里面。

钻头断掉的那一瞬间，筋疲力尽的王法再也握不住抖动的电钻，力不能支地倒在了地上。小鱼惊呼着扶起他，王法吃力地说："快，快去把笨叔带来，他是最后的希望。"

一直在帮忙的马朋也疲惫地蹲了下来："除非用炸药，否则这里不可能打开缺口。"

"不。"小鱼使劲摇头，"不行，这里的岩石很硬，但是也很脆，炸药没用好就会整个塌掉，我爸会更加危险……"

既然无计可施，那便真的只剩下去找笨叔一条路。王法需要休息，马朋洞潜技术不过关，小鱼决定独自返回营地。王法挣扎着想起来，马朋也执意陪同，小鱼却一手一个把他们按在了原地："现在只有我可能把笨叔带来！王法，是你教我的，想救人先要保持理智！你们在这里休整恢复体力，我一定会想办法让笨叔救我爸！"

王法和马朋从来没见过如此冷静而努力的小鱼，他们顺从了。

让笨叔出手救一个他恨了半辈子，好不容易才设计好请君入瓮的人？小鱼真的没什么办法。通过洞潜再攀岩回到营地时，已经是星空满天了，笨叔和两个笨贼还在那里，不过一见小鱼回来笨叔便起身迎了过来，看样子他的伤势已经好多了。

小鱼拖着疲惫的身子走过去，咚地跪在了笨叔面前："笨叔，求你救救我爸爸，不管我爸做了什么对不起你的事，都算在我头上吧！"

笨叔想把小鱼扶起来，她整个身子却像灌了铅般地粘在地上，笨叔不由得愤愤地道："他害死了，你妈妈！"

"什么？"小鱼此时也早已在体力极限，听到这句话她吃惊地抬头看着笨叔，只感到一阵天旋地转，笨叔的脸在星空中变成了重影，然后越来越模糊。

小鱼昏了过去，她再也承受不了体力和精神的双重刺激了。

小鱼再次醒来的时候发现自己好好地躺在营地，一旁笨叔正扶着她的头喂水，丽丽此刻已经松绑，殷勤地在给她做肌肉按摩，看来是丽丽救治她换来了松绑自由。小鱼烦恶地推开了丽丽，虚弱地问笨叔："笨叔，跟我一起去救我爸好吗？"

丽丽讨好地说："我看笨叔才是你亲爸，你得改口了……"

"闭嘴！"尽管筋疲力尽，小鱼骂人的威风不倒，两个字就让丽丽灰溜溜地挪到一边了。

笨叔叹了口气："你们，找到，珊瑚基地了？"

小鱼点了点头："我不管爸爸妈妈和你之间究竟有什么仇，天大的事先把他救出来再算，好吗？"

笨叔摇摇头："炸塌了，没得救。"

"你胡说！还有救！你肯定有办法的！"小鱼一下崩溃了，带着哭腔喊了起来。

笨叔长长地叹了口气："那你先吃点，我陪你，下去看看。"

这是小鱼吃过最快的一顿简餐，她几乎是用把脑壳揭开往里头倒饭的节奏就吃完了，要知道每耽误一秒，海哥就更危险一分，她这是在跟父亲的生命赛跑啊！

小鱼和笨叔要洞潜，丽丽和坚强却哭喊着说看在丽丽救治大家的分上不要再捆绑他们，再绑下去四肢要坏死了。笨叔置若罔闻，小鱼却有些心软了，把两个笨贼背靠背互绑的方式改成了单独捆绑四肢，给了他们相对较多的活动余地，又警告了他们绝对不要玩花样，这才和笨叔一起下山。

再次潜入淡水湖时水中已经一片漆黑，小鱼的心里却有一盏明灯，尽管抵达彼岸还有太多艰辛，可她知道自己一定不会放弃，因为她要救的那个人，是这世上最爱她的男人，哪怕他是打家劫舍的强盗，哪怕他辜负了全世界，哪怕妈妈真的因他而死。

何况，小鱼打心眼里不相信一个守护珊瑚基地的父亲能干出什么害人的事。

4

小鱼带着笨叔回到珊瑚基地时王法和马朋倒在地上睡得正香，小鱼蹑手蹑脚地走过去，但他们还是一个激灵从地上弹了起来，看到笨叔果真被带来，两个人都喜出望外。

不过笨叔第一句话就给他们泼了桶冰水："我是来，看游大海，死了没。"

笨叔走到他的水泥浇筑洞前，伸手抚摸了一阵，他摸得那样轻柔细致，就像在摸自己的一件杰作一样，摸完他又贴到洞壁上倾听了一会儿，这时那头正好一片死寂。笨叔仰头大笑起来，他的笑声在空旷寂静的珊瑚基地里久久回荡着，笑得让人毛骨悚然。

王法向马朋使了个眼色，两人一边一个上去架住了笨叔的胳膊。王法用手中一把潜水刀比在笨叔的腰腹间，低声喝道："笨叔，你再不说救海哥的方法就别怪我们不客气了！"

笨叔把身子往刀口一转，白 T 恤立刻出现一道血痕，幸好王法手缩了一下，不然那把刀就要刺进他的肾脏了。王法和马朋都被吓得立刻缩回了手，放开了刚才他们还扬言要对其不客气的笨叔。笨叔满不在乎地擦了擦腰腹间的血，冷笑道："吓我？嫩了点。我是一个早活够了的人。"

小鱼冲到了他们中间，双手握住笨叔的手，满眼是泪地恳求："笨叔我求求你了，救救我爸爸，你要我做什么都行，叫你爸都可以……"

笨叔一怔，苦笑道："我倒真想你，叫我爸爸……"

这时空中突然传来一声咆哮，那是一种困兽的吼叫，那是一种被压抑的愤怒，被锁住的野性。笨叔脸色大变，问众人："你们，听到没？"

小鱼恍了下神，以为自己是幻觉，使劲甩了甩头。

这时又响起了一声咆哮，这次大家听得明白真切，声音是从洞穴大厅那边传过来的。王法纳闷："奇怪，我在沉船附近也听到过两次这种声音……"

笨叔一把抓住王法的领子，激动地问："你真的听到过？"

王法一脸莫名其妙地点了点头。

第三声咆哮再次响起。这次笨叔拔腿就往洞穴大厅跑，众人不解地也跟着跑了过去。他们穿过照片墙通道，跑下晶石宫殿的长阶梯，看着笨叔一下跪倒在通往海底的洞穴旁，老泪纵横地看着底下翻滚的海水。这时已经涨潮了，海水已经漫上来掩盖了大部分峭壁，那个吸引笨叔追过来的咆哮声却消失了。

小鱼忍不住发问："笨叔你这是怎么了？"

笨叔老泪纵横地站了起来："就是那个声音！就是它！"

王法此时已经有了一点模糊的答案，他不确定地问："是不是这片海域有什么很珍奇的海兽？你们一直在等待它出现？"

笨叔示意大家安静，他又侧耳倾听了一会儿，那个咆哮声却再也没有响起。终于，他沮丧地低下了头。

小鱼按捺不住再次开口："笨叔……"

这时马朋突然发出了一声惊呼："天哪！"

众人吓了一跳，王法转头看向站在淡水池旁的马朋："马朋你别一惊一乍的，嫌我们受的刺激还不够吗？"

马朋结结巴巴地指着地上："我们……我们的水肺不见了！"

他指的空地上，原本摆着四副水肺，那是他们从淡水湖洞潜过来的生命工具，现在却全部不翼而飞了。要知道这段洞潜地形复杂艰险，没有水肺不可能只身回去。当王法问清楚小鱼因为动了恻隐之心把坚强、丽丽的绳索改绑了姿势时，顿时叫苦不迭："你能从他们的绳索里脱身，他们照样也可以！"

小鱼这时还没意识到问题有多严重："没关系啊，洞潜回不去，咱们还可以从这个海底洞穴出去……"

笨叔接了句："没有水肺，一样出不去，水太深了。"

马朋这时开始着急了："那就是说，不仅现在我们救不了海哥，连自己也要陪葬了？"

笨叔再次大笑起来，这次他的笑声格外悲怆："天意，天意啊！"

小鱼满脸歉疚地看着马朋和王法："对不起，我，我……"

"没关系。"王法如释重负地嘘出一口气，"做了这一行，我随时都做好以身殉职的准备，今天能跟你们死在一起，我知足了。"

"冷静，冷静，一定还有别的办法出去。"马朋手扶脑门闭上眼睛，突然间又睁开眼，"笨叔……"

笨叔把手一抬阻止了马朋的恳求，声音低沉地说道："你们跟我来。"

笨叔步履蹒跚地领着大家回到了照片墙通道，他把门后一张扔在地上踩满泥土的大照片抖搂干净，原来这就是墙上最后一个空相框里的照片，照片上正是年轻的海哥、兰蕙心和笨叔在逐浪岛海滩的合影。

笨叔颤抖地抚摸着照片中的兰蕙心，声音悲凉而痛苦："事已至此，我把所有真相，都告诉你们……"

在确知没有逃生可能后，在这个挂满回忆的通道里，笨叔用他不甚流利的语言讲述了二十二年前的因和而今的果。

笨叔原名季之章，他跟海哥的确是共同研究海洋考古的同学，年轻时的他们都倾心爱慕着研究海洋生物的校友兰蕙心，照片墙上这些偷拍的照片大部分都是笨叔的杰作。当时海哥有个发财梦，他想找到一艘没人发现的古沉船，偶然机会他们得到了记载安济号沉没的文献，并有了进入逐浪岛的路线口诀和图纸。兰蕙心对这片有丰富海洋生物的海域也非常感兴趣，请求和他们一同前往，于是他们进入了这个荒岛。经过了一段时间的拓荒探险后，他们终于找到了安济号，可安济号上竟然没有任何值钱财物。笨叔当时提出返回，但遭到了另外两个人的反对，海哥是不甘心，认为附近还有其他真正装满财宝的沉船，兰蕙心却因为听到了海底野兽的咆哮声，她认为这里隐藏着未知的珍奇海兽，希望一探究竟。

带着各自的梦想，他们向更深海进发，可恰巧那天他们遇上了最可怕的乱流。这片海域的乱流王法算是新人当中见识最多的了，但此刻听笨叔讲来依旧惊心动魄。当时他们三个人紧贴着海中大悬壁下潜，突然发现蕙心被沉降流带走，当时笨叔第一反应便是追下去救她，然而海哥却挂住流钩稳定了自己的位置，并且拽住笨叔，比手势说蕙心的位置离他们超过了一百米。笨叔一辈子也无法忘记海哥当时的动作，他在脖颈处横拉一下示意放弃救援，笨叔却毅然甩开了海哥的手，飞身向蕙心的方向追去。

笨叔关于蕙心的最后一个记忆，是她突然像子弹一样向上方弹射过来。笨叔离她只有一个手臂的距离，却只能眼睁睁看着她飞向水面。笨叔当时就知道完了，因为兰蕙心肯定在沉降流里按了充气气阀，原本是为了抵抗跳楼流而上升，不料这突如其来的跳楼流又悄无声息地变成了上升流，于是已经在强烈跳楼流里按下上升筏的蕙心便像离弦的箭一样向上方发射了。水肺潜水员在上升时如果没有足够的安全停留时间，以稀释体内血液因下潜增加的氮气，会无法避免严重减压病甚至死亡。但是笨叔没有时间再救蕙心，他自己已经被一团猛烈的洗衣机流包围……

笨叔不知道他是怎么回到人间的，只记得再有意识时他已经在一艘海盗船的渔网里。那次海下遇险伤害了笨叔的脑神经，很长一段时间他迷失了记忆，直到再次作为渔猎劳工身份回到这片海域时，一进入到熟悉的海水中他便找回了自己。他奋力逃向逐浪岛，没想到一睁眼就看到了海哥那张他这辈子再也不会忘记的脸。游大海这个时候早已经认不出面目全非的笨叔了，于是，笨叔就开始装聋作哑，当确定兰蕙心已死他便决定在海哥身边潜伏下来，为的就是给死去的蕙心和他这二十年的青春讨回公道。海哥不在时笨叔便去百花岛学习现代文明，是他把湾鳄团伙引上了逐浪岛。他想让海哥和海盗互相残杀，毁掉海哥的秘密宫殿，一举报了海哥与海盗两个大仇。可为了不殃及无辜，笨叔匿名给小鱼发信息离间他们父女，目的确实是为了让小鱼置身事外。

笨叔的故事讲完，王法和马朋都沉默地看着小鱼，她是当事人的女儿，是非对错应该由她来评判。小鱼沉思了半晌才开口："虽然遇难的是我妈妈，但我认为我爸没有错，如果他那个时候去救妈妈，结果肯定是一起死，或者像笨叔你那样只留下半条命，作为一个理性的领队，他的决定是正确的。"

王法惊讶地看着小鱼："小鱼你真的变了，不过这种事情一旦自己面对就很难抉择，否则你也不会为救海哥被困在这里。"

小鱼幽幽地叹了口气："如果知道现在这个结果，至少我不会让你和马朋进来陪葬。"

"这是我自己的选择……"王法摇摇头，"至少现在我知道了，海哥守护这个岛建立珊瑚基地，不仅仅是为了完成蕙心老师的遗愿，他还在等待那个让蕙心老师付出生命追寻的海兽……"

马朋却思维跳跃地问笨叔："笨叔，你这么在乎小鱼，真的想她死在这里吗？"

笨叔一脸悲哀："我不想，可是没办法了。"

"小鱼的爸爸究竟是你还是海哥？"马朋继续追问。

笨叔苦笑着摇了摇头。

"摇头是什么意思？你们都不是？"

没等笨叔回答，突然间他们脚下的地面抖动了起来，同时那个野兽的咆哮再度响起。这次再也不是困兽之声，而是冲出牢笼的猛兽，声音洪亮而持久。它的吼叫让整个天地都在颤抖，黑曜岩洞壁到处在撕裂，墙上的照片开始一幅幅往下掉落。

众人惊慌失措地张望着，王法大喊着把小鱼的头抱在他怀里："大家快趴在地上！护着头！"

马朋歇斯底里地冲着笨叔叫："你他妈是不是还有炸药？"

地面出现了一大道裂缝，笨叔却充耳不闻地站在那道裂缝上，脸上的表情阴晴不定。

王法拉住了马朋，一脸黯然地说："这是海底火山爆发，原来这个岛地貌这么诡异，全因为它底下是个活火山口，我们听到的海兽叫声其实是火山活动的信号，没有炸药，没有海兽，没有宝藏……"

"什么都没有！什么都没有！"笨叔把手伸向天空，仿佛那里有上帝之光。他再次疯狂地大笑起来，他笑得既狂喜又绝望，既解脱又崩溃。

笨叔脚下的裂缝越来越扩大，眼见着他就要掉进那个裂缝了，马朋扑过去看了看裂缝走向，大喊了起来："我们赶快去珊瑚基地！"

三个人站起来拔腿就跑，走之前王法扑上去给了笨叔脑门一拳，笨叔身子一软倒了下去。三个人齐心协力架起笨叔，把他拖进了珊瑚基地。

灯突然间啪啪全黑了。

5

看过山体的开裂走向后，马朋闪电般在心里绘出了一幅裂变后的图像，领着众人径直奔到珊瑚基地最角落的地方。他不知道火山喷发究竟有多可怕，但清楚站在刚才那个裂缝旁边一定会死。

已经断电了，山体在剧烈摇晃，珊瑚基地里水族箱不断撞击发出破碎的声响，随时可能会有玻璃碎片飞射过来割断他们的喉管，这里虽然条条都是死路，他们却选择了一条最快的捷径。刚才马朋只顾着裂缝完全没考虑玻璃碎片，很快，大大小小的碎片不时向他们飞来，每个人身上都开始出现划伤。可在这样一个角落，他们已经避无可避，只有坐以待毙。

马朋吓得浑身发抖，崩溃地哭了起来："对不起！我带错路了！我害死大家了！"

黑暗中王法张开双臂挡在了他们身后，他要用自己的背脊多抵挡一点玻璃飞弹。马朋想转回原位，却被王法伸手按住："我们是会死，但不会死在这里，我们还有很长一辈子的朋友要做！"

另一只柔若无骨的手也伸过来握住马朋："就算真的要死，我们死在一起就是最好的结局！"

无须多言，他们传递过来这种生死与共的信任就是对马朋最好的镇静剂。王法、马朋和小鱼三个人相互搭着肩膀埋下头围成三角，把昏过去的笨叔保护在中间，虽然地动山摇，心却不再慌乱。

只听得一阵飞沙走石、噼里啪啦、吱吱嘎嘎之后，突然间涛声大作，海底有一股庞大的力量带着巨浪向天空冲去。它们冲向云霄的力量随着高度递减，很长时间之后才无力地化成雨点砸落下来，狂风卷起滔天巨浪，暴雨开始疯狂肆虐，把抱在一起的几个人劈头盖脸浇了个透心凉。他们紧紧地抱成团，谁也不敢松开谁。

也许过了一个世纪，也许只有几分钟，狂风暴雨像吹了一声口哨一样瞬间停止了，咆哮的大海虽然还一涌接一涌地奔腾，但终于有了平息的势头，黑暗世界突然被亮光撕开，闷热的洞穴也似乎已经门户大开，清新的空气扑面而来。

睁开眼一看，三个人都不相信自己地揉了揉眼睛，他们竟然看到了满天异彩。那是怎样一种奇异的天象啊，不仅星辰漫天，而且还有一轮满月，东方甚至还挂着露了小半脸的太阳，虽然是三更时分，天空却因为这处处明灯而明亮如昼，不时有一两颗流星划过，海水里倒映着另外一组日月星，海天之间几乎无缝连接，一幅如此不真实的海市蜃楼。

马朋喃喃道："哥，我们是在天堂了吗？日月星同辉，太美了。"

王法却狂喜地大喊起来："我们没有死！我们不会死了！"

火山喷发后，这一场地动山摇将完整的逐浪岛山体割裂成了很多块，神奇的晶石宫殿和伟大的珊瑚基地带着它们的秘密永远沉没在大海，原来的丛林却耸起一座针锋般的高山。一小时前，小鱼他们的位置在差不多海拔三十米，现在却已经是裂变后最高的异峰。他们能捡回小命全靠马朋无与伦比的空间判断力，刚好跑到了山体分裂边缘，笨叔的小腿已经有一截挂在高高的悬崖外侧，只差半米他们就要跌入深渊被海龙王带走了。三个人见状赶紧把笨叔拖了进来。

小鱼第一时间想到了海哥，不知道这场裂变过后父亲还在人世吗？小鱼着急地大喊起来："爸！爸！"

王法和马朋也立马呼应："海哥！你在哪儿？"

"唔——唔——在这儿——"旁边分明传来海哥的声音，可他像被人捂住了嘴一般只能用喉咙发出闷闷的回应。

父亲那变调的声音此刻在小鱼听来如同仙乐，三个人东张西望地寻找着，奇怪，他们所在的位置只是原来珊瑚基地的小角落，前面就是裂变后的新悬崖，后面还是整块的黑曜岩石壁，这场地震虽然让它大面积开裂，但也仅仅是开裂，人力仍然无法将它推垮。可海哥的声音分明就在附近啊！

小鱼让王法抓紧她一只手，她则紧贴着悬壁朝洞壁后面探出大半个身子，没想到这堵洞壁只有一米厚！饶是如此，小鱼仍然看不到那边的情况，便提高声音大喊："王法，你再把我放过去一点！"

他们可是站在万丈悬崖的边缘，强劲的海风呼呼地把人往外面拽，恐高症的人看一眼都要晕眩。为了安全起见，马朋拉住王法，王法拉住小鱼，像一串鱼干一样贴在洞壁慢慢将小鱼放斜倾倒。终于小鱼的半个脑袋能在另一侧探出了，于是看到了令她目瞪口呆的一幕。

海哥浑身是血地趴在地上，他小半个身子已经挂在悬崖外侧，可还是拼尽全力拖拽着手里的一根绳索，绳索的另一端套在碧荷姐的胸口。她整个人都吊在悬崖外，无处着力，无法藏身，而她自己似乎也没有想攀绳上来的欲望，只是单手拽绳，怔怔地挂在绳索上随风飘转。

小鱼大喊了起来："爸！你快放手！我没法过来帮你！"

海哥咬紧牙关，抖动着脑袋，也不知道是摇头拒绝还是用力过度。

碧荷姐抬起头，表情悲伤地看着海哥："你不该救我，自健没了，我的孩子们都没了，我留下来干吗？"

海哥脸上身上全都是血，因为太用力他的表情显得格外狰狞和痛苦，他半天才一字一顿地说出来："撑——住，碧荷你，上来……"

"上来等着进监狱挨枪子儿吗？这个世界已经不需要我存在了，它是属于你们这些好人的，我们这种人，活该下地狱……"碧荷姐失魂落魄地看向大海，看着那一片日月星同辉的真实幻象。如果那是地狱，那这个归宿还算美丽。

"我，需，要，你……"海哥看来是力不能支了，绳子拖拽着他的身体又向悬崖外滑出了一段。可是他不能放手，下面这个女人已经不是那个心狠手辣的湾鳄，而是一个像兰蕙心一样重要的存在。二十二年前，他已经因为理智放弃救援兰蕙心的机会而悔恨了一辈子，这一次，去他娘的理智，他只想要救自己喜欢的女人。

碧荷姐眼里燃起了一点火光："需要我，你能和我做普通夫妻吗？我的债总有一天要还，你能把我藏多久？"

海哥一怔，这些问题是他没想过也不敢想的。只是一秒钟的迟疑，立刻让碧荷姐看了出来，大滴大滴的泪从碧荷姐脸上滚落，她目不转睛地看着海哥，就像要把他的样子印进骨头里一样："放手吧，不然你也会死的。"

"决——不——放——手。"海哥的脸憋得通红，手在剧烈颤抖着，他的身体已经向外滑出一半，眼见着马上就要和碧荷姐一起跌落山崖了。

碧荷姐从怀里拿出一样东西，小鱼看得真切，那是自健经常用来梳妆和攻击的武器——随身钢镜。碧荷姐深情地看着海哥："海哥，我们来生再见！"

在小鱼的惊呼声中，碧荷姐快手一挥，她用小钢镜在绳索上一拉，绳索陡然成了两截，她像个断线木偶一样向下坠落，她的头、胸、腹在锋锐凸起的崖石重重撞击了好几次，然后像块石头一样砸落在海面，瞬间被汹涌的海浪吞没了。

"啊——"悬崖上的海哥发出了野兽一般的嘶吼，那是一种穿透心肺、痛彻骨髓的悲吼。

目睹了全过程的小鱼也眼泪簌簌而下。那一瞬间，她完全明白了海哥与碧荷之间的感情。

在小鱼他们水路突围的时间里，起初湾鳄母子对营救还抱有希望，但他们所在的空间没有食物补给，三个人渐渐虚弱，受了内伤的海哥第一个体力不支。过长的等待接着让自健精神崩溃了，他把被困的原因归罪于海哥，三番五次要跟他决斗，还好都被碧荷姐拦了下来。但随着海底火山喷发引起山体裂变，自健以为他们必死无疑，发疯般地袭击海哥，这便是小鱼后来看到海哥浑身是血的原因，有碧荷姐在一旁，他对自健手下留情了。山体裂变引发海啸时，自健首先被裂缝带走，后来碧荷姐也从立足地跌落下去，幸好海哥眼明手快抓住了之前用来连结三人的绳套。

这些是小鱼后来才知道的。

当碧荷姐自断绳索坠海，听到海哥发出兽吼的时刻，小鱼真怕海哥也跳海殉情，可也正是海哥的吼叫提醒了他们的存在，丛林升起的另一座山峰也传来了几个人的叫喊："小鱼，我们在这儿——！"

隔崖相望，旁边那座较矮的山头上有几个人在向他们使劲挥手，正是偷走水肺害他们被困洞穴的坚强、丽丽和被王法绑在木屋的两个马仔。更让王法想不到的是，初六和阿牛也在，阿牛的右臂已经没了，但毕竟是从鲨鱼嘴下逃生了，而初六也摆脱了危险的沉降流，只是看起来得了减压病，和阿牛一样奄奄一息地躺在地上。

王法心下有些恻然，如果这些人早出现一分钟，也许碧荷姐就不会自断绳索了。

就在众人茫然之际，大海里有两艘游艇向这边全速开来。

6

高岸为谷深谷为陵。逐浪岛现在已经不复存在了，海底火山喷发后已经彻底释放了它蕴藏的能量，长期笼罩在这片海域的神秘磁场消失了，不再有狂风暴雨中的海市蜃楼，不再有吃人无形的狂涌乱流，如果不是亲眼所见，小鱼也无法相信自己那晚曾经看到过晶石宫殿和珊瑚基地。现在的逐浪岛只剩下了一高一矮两座山峰，现在这片海平凡又温柔，和其他海域一样静静地滋养万物。

逐浪号游艇的及时出现解救了被困在新悬壁上的众人，海警也带走了他们通缉已久的湾鳄海盗团伙，只是对于湾鳄团伙描述在逐浪岛上经历的一切，警方完全找不到证据证实，只能下结论这是串供好的一派胡言。至于海哥等人如何在南海航线里迷失荒岛，又是如何奇遇了海盗和火山喷发，媒体倒是穷追不舍了好一阵，只可惜每个幸存者都守口如瓶。

海哥回来后大病一场，在那场与生命赛跑的战斗里他身上多处被割伤，还断了一根肋骨，那根肋骨竟然是他背着飞行器撞岩洞时受的伤，那之后他竟然一声不吭撑了一天，毅力惊人。在他入院期间小鱼犹豫不决地让医生给他们做了一个亲子鉴定。那天小鱼去拿海哥的住院清单，海哥却在大厅等她，默默地把一个信封递给了她。

当时小鱼并没在意，随手把信封里的东西抽出来一看，纸头俨然写着"亲子鉴定报告"。小鱼一惊，赶紧把纸头塞回去，尴尬得脸上都冒汗了。

海哥苦笑："不要紧，你看看吧，这件事早该告诉你了……"

"爸！是我不好，当时我还没想明白，以为一个人总得弄清楚自己的出身和来历，所以才请医生做了鉴定，现在我越来越觉得爱和陪伴比血脉的连结更重要，我是谁的亲生孩子又有什么关系呢？所以……"

在海哥惊讶的眼神中，小鱼伸手把亲子鉴定报告撕了个粉碎。

"不管报告怎么说，我确定你就是我亲爸，因为这世上没有人比你更爱我……"小鱼眼里含着泪，向海哥张开了双臂。

海哥迟疑地也张开了怀抱，父女俩像革命战士一样亲热又生硬地拥抱了一下，但只是一秒钟海哥便推开小鱼皱起了眉："电影里演这个都是假的，咱们是中国式父女，这些假洋鬼子的礼节还是免了吧。"

小鱼破涕为笑，用手挽住了海哥的胳膊。

海哥的笑容很快黯淡下去："你妈妈那年从海底弹射上来之后肺部扩张很严重，等我送到百花岛她就去世了，后来我把她海葬了……"

泪珠在小鱼脸上簌簌滚落，不过她却微笑着说："很好，妈妈那么爱那片海，这算是求仁得仁……还有，碧荷姐也安息在那片海里，这也是她最好的归宿。"

虽然一直小心翼翼避开这个话题，但得到最终的结果海哥的眼眶还是湿了。

"小鱼，关于王法和马朋……我想给你一个态度，不管你选择谁，只要是你喜欢的，我都接受。"

小鱼有些黯然地垂下眼睛："你不是说王法的工作很危险，不希望我过提心吊胆的生活吗？"

"爸爸想通了，危险的工作也得有人做，本质上我们是一样的人，不可能因为害怕出事坐在家里等着看事故新闻。以前的人，都是为家庭为别人活着，至少你们这一代可以少背一些包袱，选择为自己活。"

虽然对这个结果小鱼期盼了很久，此刻却不想再谈论这个话题："走吧，爸爸，我们要给你一个惊喜！"

海哥出院的第一个节目是逐浪俱乐部在游艇上给他开派对。在一群年轻人的欢歌笑语中海哥却笑得有些落寞，他的眼神总在人群里寻找着什么，找来找去他的表情更寂寞了，他更愿意独自坐在船头吹吹风喝喝酒，直到发现游艇停在了一个叫桃花岛的小岛。小鱼把海哥拉上岛，推着他走进了一个院落。

这是一个搭着遮阳棚的大院落，院子里摆满了玻璃水族箱，每个水族箱上方有几根同样长度的灯管照着，箱子里都铺着细沙，盛满海水，里面生长着五颜六色、形态各异的小珊瑚，它们整整齐齐地排列着，好像在列队等待客人们的检阅。站在海哥的位置一眼看去，这里简直就是一片珊瑚海！这简直就是逐浪岛珊瑚基地的翻版，只是珊瑚的品种要少得多。

一看到这熟悉的场景海哥眼圈就红了，更令海哥惊奇的是他一直没找到人影的笨叔此时正在珊瑚海中穿行，他一会给这个箱子清理一下浮尘，一会给那个箱子调整一下灯光。此刻的笨叔看起来平静又快乐。

小鱼站在后面鼓励海哥："爸，进去吧，笨叔已放下过去了……我们租下这块地来做珊瑚培育基地，是笨叔自己要求来这里打理的。"

海哥已经迈进院门的一条腿又缩了回来，他欣慰地看着笨叔："他过好最重要，我还是别再打扰他的好。"

小鱼却用力推了海哥一把："我知道你有很多话要跟他说，你们老哥俩好好聊聊，把几十年的心结全打开吧！"

笨叔这时终于注意到了门口的海哥，他面色平和地等待着海哥慢慢走近。在小鱼的泪眼婆娑中，两个老男人的手握在了一起。

这时小鱼的肩膀突然被人拍了一下，王法一脸高兴地站在她身后："我可找着你了！"

小鱼却像个被抓了现行的贼一样慌不择路，连称自己有事快步往码头跑。自从回到三亚后，她一直以各种理由躲着王法。王法好不容易在基地逮着了她，这下哪肯放过。他气呼呼地把一块大石头扔进了海水，发出咚的一声巨响。小鱼吓了一跳，脚步终于停了下来。

"游小鱼，你总不能睡了我就跑吧，到底要不要负责任了？"

王法一张嘴就引来路人无数惊讶的目光，小鱼窘得满脸通红，冲上去捂住了王法的嘴，低声喝道："你胡说八道什么！"

王法趁势搂住了小鱼的腰："你得对我负责任，反正我早就是你的人了。"

小鱼又气又急："滚！"

"好吧，就算你要甩我，也得给我一个判决书吧？这么聪明帅气的男朋友，甩出去可就捡不回了，你想清楚。"王法又恢复了他往常的腔调。

小鱼下决心地说："我这段时间在重新考虑我们的关系，你这么花样百出，我却呆头呆脑，我们真的适合吗……"

"当然适合，你不是早试过了吗？"王法总是三句不离主题。

小鱼气急，嘭地给了王法一拳。王法龇牙咧嘴地捂着胸口蹲了下去："咳咳，好家伙，谋杀亲夫啊……"

小鱼却再也笑不出来："王法！我是说真的，我配不上你！我是一个只会冲动和冒险的大小姐，一个自私又愚蠢的笨女人！我又黑又瘦又没胸，没有一处地方符合你的择偶标准！"

王法站了起来，脸上挂着一个忍俊不禁的微笑："的确，我的前女友都是白雪公主，你是唯一一个松花蛋。"

小鱼的眼泪掉下来了。

王法不忍心再捉弄她了："你真是个笨女人，是因为在山顶对马朋的承诺才躲着我吗？你说过如果他救了海哥就给他一个机会。"

难道那天他没睡着？小鱼眼神闪烁地盯着脚尖，沉默不答。

"你先看看这个吧。"王法把他的手机递了过来。

小鱼犹豫着接过来一看，那是巫马朋发给王法的微信。他们回到三亚之后巫马朋便回家了，这些日子虽然小鱼心心念念牢记她对马朋的承诺，而且也确实做了疏远王法的决定，但因为忙着海哥出院和珊瑚基地的事，几乎也没联系过马朋。对马朋，她有感激，有怜爱，有感动，却唯独没有男女之爱。她害怕面对马朋，所以也没问过回家后的马朋在干什么。

巫马朋给王法发来了两张照片，一张是他设计开发的手游《逐浪计划》平台公测的消息，一张是他和一个短发大眼妹子的合影。他附了一条信息：哥，在逐浪岛的经历是我人生中最大的奇迹，希望我能以这个奇迹为起点，开始属于我自己的旅程。妹子是我刚交的女朋友，我在你身上偷师的绝招都很有用，这次，我不再是个备胎了。我曾经以为世上最糟糕的是得不到自己最爱的人，其实更糟糕的是因为太爱一个人而失去了自己。代问小鱼好，她是我的最爱。

小鱼抬起头来，百感交集得说不出话来。

王法上来捏捏小鱼的腮帮子，微笑着说："想不到我王法一世聪明，最后栽在了你这个松花蛋手里。"

桃花岛涛声阵阵，夕阳下，王法和小鱼的剪影重叠到了一起。

二〇一六年十一月二十六日完稿于深圳翠拥居

图书在版编目（CIP）数据

逐浪计划 / 林小染著 . — 武汉：长江文艺出版社，
2017.4

ISBN 978-7-5354-9555-6

I. ①逐… II. ①林… III. ①长篇小说—中国—当代 IV. ① I247.5

中国版本图书馆 CIP 数据核字 (2017) 第 052680 号

逐浪计划

林小染　著

选题产品策划生产机构 | 北京长江新世纪文化传媒有限公司

选题策划 | 金丽红　黎 波　安波舜

策划出品 | 果然杰作　魏 童

图书监制 | 罗小洁　　　　　封面设计 | 尚书堂　　　　　媒体运营 | 释道合一　张 坚　符青秧

责任编辑 | 苏 漫　　　　　内文制作 | 张景莹　　　　　责任印制 | 张志杰

法律顾问 | 张艳萍

总 发 行 | 北京长江新世纪文化传媒有限公司

电　　话 | 010-58678881　　　　　传　　真 | 010-58677346

地　　址 | 北京市朝阳区曙光西里甲 6 号时间国际大厦 A 座 1905 室　　　　邮　　编 | 100028

出　　版 | 长江出版传媒 长江文艺出版

地　　址 | 湖北省武汉市雄楚大街 268 号湖北出版文化城 B 座 9-11 楼　　　　邮　　编 | 430070

印　　刷 | 北京玥实印刷有限公司

开　　本 | 710 毫米 ×1000 毫米　1/16　　　　印　　张 | 15.5

版　　次 | 2017 年 4 月第 1 版　　　　印　　次 | 2017 年 4 月第 1 次印刷

字　　数 | 240 千字

定　　价 | 36.00 元

盗版必究（举报电话：010-58678881）

（图书如出现印装质量问题，请与选题产品策划生产机构联系调换）